传奇抗战女兵
和她的传奇今生

温 敏 著

红 晖 整理

中国文史出版社

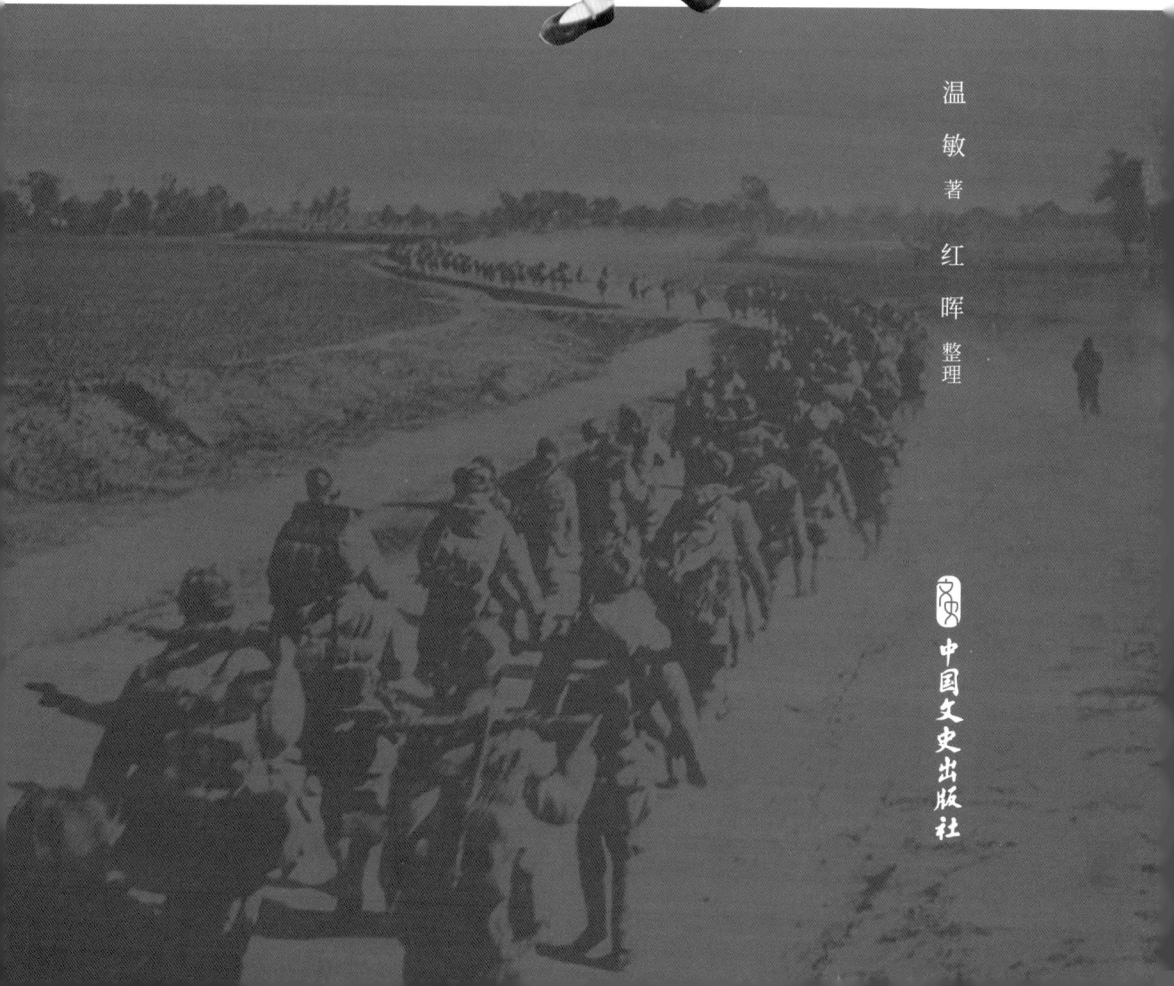

图书在版编目（CIP）数据

传奇抗战女兵和她的传奇今生 / 温敏著 ; 红晖整理

. -- 北京 : 中国文史出版社, 2023.8

ISBN 978-7-5205-4240-1

Ⅰ.①传… Ⅱ.①温… ②红… Ⅲ.①传记文学—作

品集—中国—当代 Ⅳ.①I25

中国国家版本馆CIP数据核字(2023)第150987号

责任编辑：卜伟欣

出版发行：中国文史出版社

社　　址：北京市海淀区西八里庄路69号院　　邮编：100142

电　　话：010—81136606　81136602　81136603（发行部）

传　　真：010—81136655

印　　装：廊坊市海涛印刷有限公司

经　　销：全国新华书店

开　　本：16开

印　　张：19.5

字　　数：235千

版　　次：2024年1月北京第1版

印　　次：2024年1月第1次印刷

定　　价：69.80元

16 岁时的温敏（摄于 1947 年开封）

温敏（摄于 1947 年打游击时）

温敏与陈端（摄于 1947 年 7 月）

温敏在豫皖苏第十团打游击时期
（摄于 1948 年扶沟县）

温敏在豫皖苏第五军分区电台工作时留影
（摄于 1948 年）

温敏、陈端夫妇与陈端母亲（中）
张陈氏合影（摄于 1950 年开封）

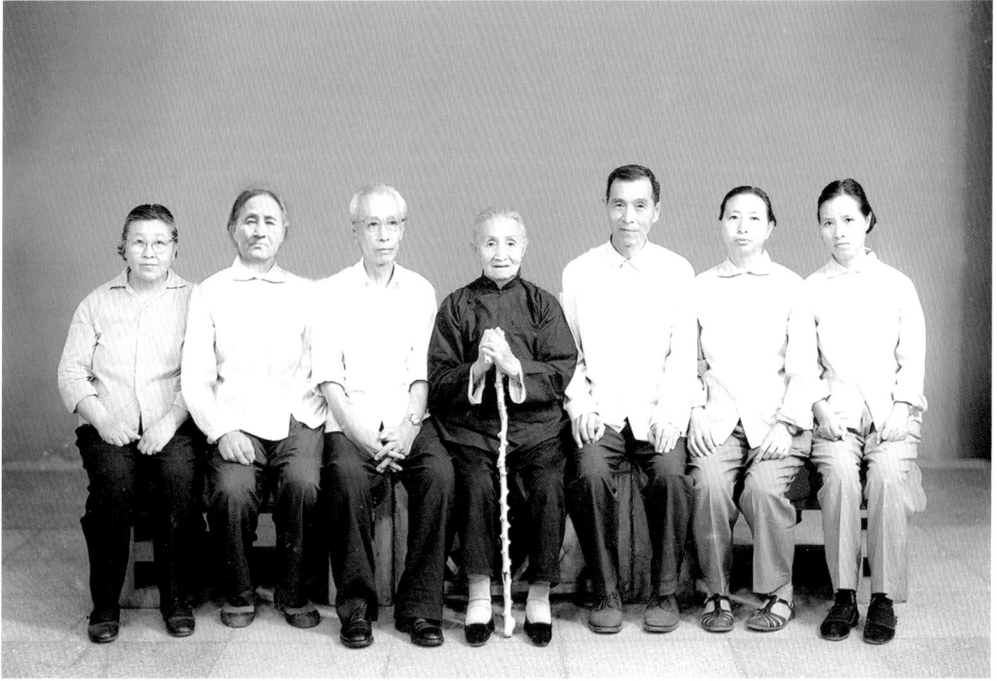

温敏与母亲姬秀莲及部分姊妹在一起（摄于 1951 年北京）
左起：三姐温德珍、大姐温德章、二姐夫纪纲、母亲、大哥温德庆、二姐温德勋、温敏

温敏（摄于 1953 年
开封河南军政干校）

温敏、陈端夫妇与儿女亲家陈俊（陈昌浩胞弟）合影
右起：陈俊、陈端、温敏（摄于 1953 年 3 月）

温敏在河南省工农速成学
校学习时期（摄于 1955 年）

"中原突围"生死与共的战友再相聚。右起：
杨兰春（著名剧作家，代表作豫剧《朝阳沟》，
杨守谦、温敏（摄于 1988 年 8 月杨兰春家）

温敏与裴子明（传奇团长）夫人李清香合照（摄于 1989 年郑州）

温敏(右一)和皮定均次子皮效农(右二)、
花晓宁（右三）夫妇合影。皮效农曾多
次专程到郑州看望、问候温敏
（摄于 2023 年 7 月 19 日郑州温敏家中）

"当代文化愚公"李公涛（左）与温敏（右）畅谈（摄于 2007 年开封李公涛家中）

李公涛一行到温敏家作客。席间，公涛指着烧鸡、排骨、红烧肉说："我把这三样打包带走吧！"转尔，又自嘲地哈哈大笑起来："哪有这样的客人？到人家家里去蹭饭，竟也要求打包？！"温敏连忙说："谁不知道老哥为了建碑林，勒紧裤带节约每一分钱！估计你们家至少有一个月没吃肉了吧？你要打包，正说明没拿我当外人，我高兴还来不及呢！"一席人不由得都笑了起来，鼻子却是酸酸的。

右起李公涛、陈端、温敏（摄于 2007 年 3 月郑州温敏家小院）

后排左起，温敏大姐、外孙女、三姐、温敏；前排右起，温敏小妹、本书主编王红晖
（摄于 2007 年 4 月洛阳）

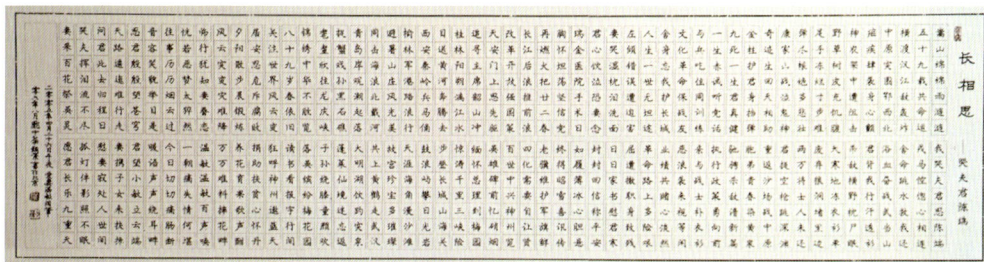

中国硬笔书法大家庞中华亲笔抄写的温敏诗作《长相思·哭夫君陈端》
（摄于 2007 年）

皮定钧中将夫人张烽（右）2008 年 3 月向温敏介绍皮司令的事迹展览

2009 年 6 月，张力雄（左）与温敏于杭州再次会面。张于 1945 年 8 月 24 日任河南军区六支队政委期间，与一支队司令员皮定均并肩指挥了登封对日最后一战，当时温敏为参战者。张力雄生于 1913 年 12 月，今年 110 岁，是目前仍健在三位开国少将中最年长的一位。

王树声大将夫人杨炬与温敏热切交谈（摄于 2009 年冬北京王树声家中）

温敏与王树声大将女儿四毛合影（摄于 2010 年 2 月郑州温敏家中）

温敏 89 岁生日照
（摄于 2020 年 5 月 4 日郑州）

让传奇，直到永远

《传奇抗战女兵和她的传奇今生》即将出版了。

88 岁的本书作者温敏老人笑靥胜花。朗声而来：

"书中所写，尽是不忍不写，不得不写，不能不写的故人和往事。真的是亲闻亲历，亲见亲感；真的是人人铭心，事事刻骨！他们是我的战友，是我的至亲，是我心中永远的传奇啊。我只想无愧于他们，便只得横下这条心，拼上这条命，明知不可为而为之了！"

且说"不忍不写"。

温老那年七十五岁。却执意信马由缰，一路向南，向北，向西，向东。

她总有着说不尽的福建深度行，听不尽的北京访谈声，阅不尽的武当铁道义，叙不尽的秦川寻根情……

且说"不得不写"。

温老那年八十二岁。却执意当面采访，实地发掘，哪顾得滴水成冰，酷暑如蒸。

她岂止是四下登封觅旧部，八赴洛阳拜故乡，无计其数地疾驰开封问端详……

且说"不能不写"。

温老如今年近九旬。却执意奋笔亲书，全不惧冗繁万端，孤灯夜半！

她亦不知多少回晕倒在床前，多少次累瘫于桌边，多少趟被送往医院……

就这般。

一字字，一行行。

一章章，一篇篇。

温老一边写，一边发表；一边发表，一边写。

就这般。

13年如一日哪。

她的《传奇司令和他的传奇团长——皮定均与裴子明的故事》，别开生面，令人感叹；

她的《那并未远去的血与火的洗礼——追忆与王树声大将在战争年代的数度相遇》，直播亲历，令人感涕；

她的《战友啊战友——永远的杨兰春，永远的〈朝阳沟〉》，字透纸背，令人感泪；

她的《传奇文化愚公和他的传奇碑林——听李公涛弹起的精神之歌》，能量满满，令人感撼；

她的《为了一个深藏七十年的心愿——皮定均哀斩红军侦察员王铁山之后的之后》，独家示秘，令人感惜；

她的《长相思——哭战友、夫君陈端》，意绵情长，令人感仰；

她的《传奇伉俪和他们的传奇之恋——皮定均与张烽的故事》，与史同载，令人感怀；

她的《枕着敌尸沉睡的小女兵——实写中原突围》，沙场重现，令人感缅；

她的《我的母亲我的家——永难磨灭的记忆》，简朴无华，令人感遐；

她的《大将，就是大将——陈昌浩亲述王树声》，珠盘珍贵，令人感佩；

她的《我和登封有个约定——记豫西军民对日寇最后一战》，翔密无疏，令人感服；

还有她的《一段尘封的历史，一份光荣的使命——豫皖苏军区第五军分区文工队创立追溯》，她执笔并作序的《永永远远的恩情——陈端怀念父母，叙说家史》，她的《好一家人　好一个家——阅李广文〈伟大的时代，平凡的经历〉有感》等，篇无虚言，令人感念……

"我已经无法止笔。我还要写下去，一直写到写不下去为止！

我现在最关心的是，哪天我该走了，而该留下的人却没有留下，该记住的事却没有记住，该写完的书却没有写完！"

88岁的温老啊，身本柔弱，为书则强。

深深地，深深地祝福温老——为书则强。

让传奇，直到永远。

王红晖[1]

2018年9月19日于洛阳

1　王红晖，女，祖籍山东。1955年生于洛阳。本科学历。先后从军、从工、从农、从警、创业等。大型传记文学丛书《将帅夫人传》主编。1971年始撰写各类文稿，并陆续在《人民日报》《农民日报》《法制日报》《中国改革报》《人民公安报》《河南法制报》，《长安》《河南公安》《法制新闻界》杂志，中央电视台、中央人民广播电台等媒体发表。主要出版、发表的纪实文章有：《只有香如故——罗瑞卿大将夫人郝治平》《受缚的缉私队长和队员们》《不负人民养育情》《化作泥土也芬芳》《树高千丈，根在父老乡亲》《今天的杜康，怎能重复昨天的故事》《忽报涧西曾伏虎》《但使龙城飞将在》《法制，从源头做起》《国宝报平安》《没有你的日子里》《请君只看洛阳城》《听洛阳警察讲春天的故事》《他们在追寻什么》等。

目录

那并未远去的血与火的洗礼

——追忆与王树声大将在战争年代的数度相遇

初识王树声大将是在 73 年前。虽说时过境迁人亦去远，但在我的眼前，仍时常浮现出那并未远去的炮火硝烟……

"倒地运动"初相见

1945 年 4 月底，我 13 岁，是河南省军区皮定均第一支队的女兵，正在箕山马峪川豫西抗日军政干校杨树林分校学习。按照校长何玉农、政委李先民的安排，我们学员也参加了驻地如火如荼的"倒地运动"。

那时，河南省军区设在登封县（今登封市）马峪川孙桥村（今徐庄镇）孙桂林家。司令员王树声居住在县东白栗坪村李大娘家。

"倒地"条例一公布，"倒地运动"便如熊熊烈火般燃烧起来。成百上千的群众从四面八方赶来，把负责办理"倒地"手续的工作人员围了个水泄不通。

战争年代的温敏（摄于 1947 年）

战争年代的王树声大将
（摄于 1944 年）

大约在 1945 年 5 月中旬的一天，我和干校同学张钦、姚树英、宋玉被派到白栗坪附近的小熊寨村，我们的任务是配合政府工作人员，为群众办理倒地和房产移交手续。整个办理过程具体透明，直截了当：由卖户、买户当面协议，群众当场评议，政府工作人员依据政策，当场裁定。双方一手交钱，一手交契约文书。那场面，真是热火朝天，令人激动不已。

大家正忙时，从村东头崎岖的山路上忽然走来一群人，只见走在前面的一位，身材魁梧、面目慈祥、皮肤稍黑，穿着一套合体的灰粗布军装，腰间扎着皮带、挎着手枪，更显得精神抖擞、气度不凡。在他身后，还跟了几位将士，其中有我认识的一支队政委徐子荣。一行人径直走到群众中间。

徐子荣向大家介绍说："乡亲们，这是我们河南省军区的司令员王树声。'倒地运动'就是在他的主张下，河南区党委一起研究制定的……"在场群众听了，先是一愣，接着都停下办手续和询问活动，呼啦一下围了上来。

我看到人们眼里都含着感激的热泪，有的老大爷、老大娘还赶紧跪下来磕头，不停地念叨着："真是咱穷人的救命恩人！俺们盼星星盼月亮，总算见到日头出来啦……"

见此情景，王司令员非常不安，一边喊着"大爷、大娘"一边赶忙弯腰搀扶老人们起身。司令员激动地摆着手高声说："大爷大娘，兄弟姐妹们！我们八路军，是咱贫苦农民的儿女，我们的任务就是让老百姓翻身解放，过上好日子！党中央毛主席听说咱豫西人民有了难，遇上了水、旱、蝗、汤，民不聊生；日本鬼子铁蹄又踏进豫西，更是雪上加霜！国民党 40

万大军不抵抗，37 天丢了 38 座城市！国民党的地方保安团摇身一变，又成了日本人的走狗！这些坏人一起坑害咱，逼得老百姓一步步陷入苦难的深渊。党中央派咱八路军来，就是要和老百姓一起消灭日本鬼子，打倒汉奸恶霸，推翻反动政权，夺回咱们的土地，由咱老百姓自己当家做主！"

听司令员一席话，群情振奋，大家不约而同地高呼："共产党万岁！毛主席万岁！""军民团结起来，消灭日本鬼子！""打倒卖国贼，打倒狗汉奸！"

当场，一位王姓大娘一把拉过身边的青年，说："这是我儿子！他是皮司令从日本人的飞机场救出来的，要不早就没命了。让他参加八路军吧！"接着，又有几个青年争先恐后地说："我也是！我也是！我们都要参加八路军，打鬼子去！"

司令员高兴地连连说："好！好！"

司令员一行离开时，乡亲们都依依不舍，一直送到村口，直到看不到他们的背影，有人还巴巴地远望着，许久舍不得离去。

那时，我们几个干校的学员还都没有发军装，穿的仍是家里的粗布补丁旧衣裳。我站在人群里，面对这样的场面，真是激动万分，泪流满面，同学们也无不以袖拭泪。我们是多么想上前和王司令员握握手呀，但又不能和沸腾的乡亲们去争，只有无声地感受，体味着这份激情。

这，就是我与王树声司令员初次相遇的情景。距今 73 年了，却犹如昨天一般。

中原突围再相遇

1946 年 7 月 1 日，中原突围部队到达湖北。在冲过平汉铁路王家店站的战斗中，我再次与王树声司令员相遇。

当时，我在中原军区一纵三旅政治部宣传队任宣传员。中原军区成立时，下设两个纵队，王树声被任命为中原军区副司令员兼一纵队司令员。

中原突围原三旅旅长刘昌毅被任命为纵队副司令员，二旅旅长张才千任纵队参谋长，原三旅副旅长闵学胜被任命为三旅旅长。

中原突围开始时，中原军区一、二纵队分南、北两路突围。一纵属于南路，约15000多人，其中皮定均率一旅约6000人，担负整个中原主力突围的掩护任务。所以，一纵突围时实际只有二旅、三旅，约万人左右。

6月26日晚，部队秘密出发，一路向西展开突围。7月1日，部队在通过平汉铁路时，必经湖北孝感王家店火车站。由于该段铁路从两座山丘之间蜿蜒穿过，战略位置十分重要。而在车站南北一线，国民党军为防止我军突围，早已在此构筑了数十座碉堡，进行严密封锁。当日上午11时左右，我纵队开始冲过铁路。王树声司令员和刘昌毅副司令员赫然站在铁路中间，镇定指挥前卫营率先通过。恰恰在这最紧要的关头，敌人的两列铁甲列车突然窜出，且由南、北双向擦身而驰！我前卫部队迅速从铁甲车中间飞穿而过，我们宣传队的女宣传员戴敏竟也一下子随着前卫营冲了过去。顿时，我军被敌人截为两段。铁路东侧的敌炮兵猛烈射击，炮弹连连落在我军阵地。三旅政治部宣传科挑油印机的小王被当场打中，壮烈牺牲。阵地旁边的溪水被炮弹掀起一丈多高的水柱，我们被溅得满脸满身泥水，踉踉跄跄站立不稳。

此刻，只听炮弹震天炸响，只见机枪、步枪发出一道道火舌！同时，对我军威胁最大的5个敌碉堡群也射出了密集的炮火，继而，空中又出现了3架敌机，齐齐向我军俯冲扫射。硝烟弥漫，不见天空，整个战场成为一片火海。一时间，疯狂的三路劲敌，竟对我军构成了立体式炮火包围网！

当时，我一纵队万余将士被压在铁路东侧一个丘陵畈地，形成一眼望不到边的人海，整个纵队全部暴露在敌人的炮火之下！见此危情，我军部分人员开始沉不住气，有的指挥员甚至产生了急躁情绪，向敌人碉堡乱开枪，甚至表现出惊慌失措。部队存亡，只在一念间！十万火急之际，王树声司令员沉着果断，发出铿锵有力的命令："同志们！我们要不惜一切代价，坚决摧毁面前的敌人碉堡，冲过铁路，就是胜利！党中央毛主席在看着我们！"紧接着，司令员振臂高呼："毛主席万岁！胜利万岁！"一派"不成功便成仁"的虎将风度。

强将手下无弱兵。随着司令员一声令下，纵队参谋长张才千登上一座土丘，从容操起送话器，威严地大声说："同志们要沉着，节约子弹，不要乱开枪，听我的命令行动！三旅七团，坚决摧毁面前敌人的碉堡！"

几乎同时，刘昌毅副司令员发出命令："八团，集中火力掩护！总队机枪连把机枪举起来，向敌机射击！"说着，刘昌毅副司令员像头雄狮一般，一下子甩掉上衣，光着臂膀，率领纵队一个排的战士，提上早已准备好的"集束手榴弹"，迅速冲上敌人的铁甲列车，拉开导火线，一下子就把手榴弹甩进了车厢！顿时，从列车中发出鬼哭狼嚎的声音！机警的将士们又迅速解下绑腿带，连着捆了十几个手榴弹，如法炮制，驾轻就熟地破坏了铁路。很快，两辆冒着烟的敌铁甲车一动不动了。在我军机枪连的强火力扫射下，低空俯冲扫射的敌机吓得胡乱丢了几个炸弹，赶忙逃命去了。

时不我待。在闵学胜旅长指挥下，七团团长阙子清、政委何德庆率领七团勇士们，像离弦的箭一样冲向了敌人的碉堡！在依托铁路东侧的土丘上，面临着敌人一字排开构筑的4个碉堡。这些碉堡大部建在地下，地面上只露上一二尺高，其中左、中、右方向枪眼密布，又盖了个像大伞棚的顶。在土丘的顶尖上，还有一个主碉堡，是用钢筋混凝土做的，有一米多厚，分上、中、下三层，设置的枪眼控制着每个角度。这上下5个碉堡火力很强，无疑更是一场恶仗。

我军第一梯队尖刀排猛冲上去时，还未接近碉堡，就伤亡了10多个战士！紧接着，连续数次强攻，都被敌人的火力压了下来！见此情景，王司令员极为震怒！他果断命令张参谋长："集中纵队所有的轻重武器，掩护七团！"随着令下，我军火力一起发威，震得天摇地动。趁敌人慌乱地缩在碉堡中不敢露头时，打红了眼的将士们一鼓作气，彻底摧毁了敌人的5

个碉堡。顿时，铁路线被撕开了 1000 多米长的大口子！

为了加快速度，摆脱敌人各路赶来的增援部队，我部吹响了嘹亮的进军号，灵活地变成几十路行列，齐头并进，奋力突围。就这样，大部队豪迈地伴着进军号声，终于突破了敌人妄想"消灭"我军的第一道坚固防线——平汉铁路。

事后，我和三旅宣传科长陈端碰面。

陈端对我说："我在抗大任教员时，就知道王司令员是位战将，更难得的是他爱护战士胜过自己。1932 年 12 月底，红军进军川北，王司令员任红 73 师师长，奉命和红四方面军政委陈昌浩率部征战。在由平溪坝进抵南江县大河口时，途中先与敌刘汉雄一个团遭遇，他迅速指挥部队应战。一举把敌歼灭后，又遭敌 19 旅杨选福部的伏击，处境万分危急。王司令员亲自和战士一起战斗，硬是靠甩手榴弹打退敌人多次攻击，一直打到黄昏。这时，他指挥部队先撤伤员，再撤战士，最后王树声师长和陈昌浩政委撤出时，都是从冰岩上一路翻滚到了山底。这是亲身参加战斗的一位战士亲口对我讲的。

"今年 1 月 11 日，就是国共签署'停战协定'的第二天，咱三旅被迫撤出息县，部队刚走到县南八里岔，就遭到敌人伏击。刘昌毅旅长带你们七团反击，负了重伤，嘴被打穿，牙被全部打掉，当时缺医少药，伤口严重化脓腐烂，旅长昏迷不醒，生命难保。王司令员伤心得不吃饭，派出纵队最好的医生，也就是他的爱人杨炬，杨医生从驻地泼陂河到咱旅驻地浒湾住下，亲自为旅长擦洗伤口，清除腐烂发臭的脓和血水。旅长手术后，由于她的精心护理，才转危为安。后来旅长见到我，一谈起这事就感动不已。"

"真是一位好首长呀。"我钦佩地说。

在豫西"倒地运动"中初次相遇的王树声司令员和这次陈端口中的司令员，在我心中形成了高大且鲜明的形象：对民众，他是可亲可敬的儒将；对敌人，他是敢死敢拼的虎将！

原始森林又相知

1946 年 8 月中旬，我中原军区一纵突围至武当山区，进入了原始森林。在极其险恶残酷的环境中，我有幸充当了王树声司令员的临时联络员。

事情是这样的。我一纵自 6 月 26 日实施突围，直到 8 月中旬。在这一个多月中，将士们晴天一身汗，雨天一身泥，衣服湿了干，干了再湿，几乎是天天打仗，时时行军。而在军需保障方面，却是从日常生活到武器弹药，没有任何的补给。偌大的部队，天天都靠野菜、野果果腹，几天难得吃上一顿饭。将士们体质急剧下降，伤员和患疟疾、痢疾者不断增加，大量人员掉队，已达到了生存的极限。

同时，为了避开与敌人遭遇，我军哪里山高往哪上，哪儿人稀往哪行，而且人人练就了一套一边行军一边睡觉的本领。

记得 7 月中旬，我们硬扛着到了房县千家岭。这里山路崎岖，人、畜几乎无法前行，部队筋疲力尽，饥饿难耐。万般无奈，只得忍痛把与我们朝夕相处、在战斗中立过功劳、行军中做出贡献的战马都杀了，胡乱煮煮果腹。不少同志边哭边强咽下，情景十分悲壮！

为了再轻装，我们不得不把宝贵的文件、档案也付之一炬。就这样，我们走进了武当山原始森林。原始森林里没有人烟，只有野兽出没。部队在鲜见天日的原始森林中行进着，有时竟能一下子遇到几十只大灰狼。它们见我们人多，并不敢进攻，但似乎对这支大部队满不在乎，我们当然也顾不得去惹它们。于是，狼群便像逛大街一样，悠悠闲闲在队列中穿行。

一天，当一个灰狼群从我面前穿过时，一只只头都抬得高高的，擦着我的身子，目不斜视，耷拉着尾巴，就这么一连过了 7 只灰狼。我静静地欣赏着它们，享受着这人世间难觅的奇观。同行的政治部组织科干事范钦扭过头来，看着我的样子，也笑了。

此后两天的一个晚上，我随着大部队一边走，一边睡。正迷糊时，感觉前面的人不走了，我也就站着睡着了。不知过了多久，也似乎是在一瞬间，我警觉地睁开眼，竟发现：走在我前面的原来中等身材的战友不见了，换成了一个身材高大的人！这个人也是站着睡的，并且睡得正香。我连忙揉揉眼，紧跑几步再往前面一看："不好！已经没人了！"我转过身来，这才借着月光，仔细地看了看眼前这位挂着一根大棍子的高个子。这一看不打紧，我惊讶地张大了嘴巴：他不是别人，竟然是纵队司令员王树声！

只见他蓬头垢面，骨瘦如柴，和突围前几乎判若两人！我急忙把他叫醒："王司令员，不好了，咱脱队了！"他一下子睁大了眼睛，震惊地打了一个激灵，马上拍着我的肩膀说："小鬼，赶紧向前跑步，联络部队！"这可是纵队一号首长对我下的特殊命令呀！我二话不说，拔腿就跑。

在那没有路的山林子里，我只能沿着被前面战友踏倒的荒草藤蔓，双手不停地拨着被折断的树枝，并以此作为判断大部队行进的路线。我一路跌跌撞撞，艰难前行着。还算不错，大约走了一个钟头，我就看到了大部队！

由于情况紧急，我马上向队伍最后面的一个战友说："快往前面传口令：一号在后面，部队暂停！"当听到战友们按我的要求，由后向前，一个接一个传着口令时，我扭头又向回转，要赶紧向首长汇报呀！这时我发现，这一个钟头最多走了两里路。但这两里路不是在"走"，更不是"跑"，而是在崎岖的山路上手脚并用地攀爬！由于慌不择路，我还摔了好几次跤，腿都摔伤了。

待我返回去联络王司令员时，大约只用了20来分钟，就见到他气喘吁吁，挂着大棍子艰难地赶了过来。首长一见我，马上问："小鬼，你联络上部队了吗？""联络上了，我已经传令过去，叫部队暂停等首长！"他马上松了一口气说："做得不错，多亏你这么机灵，真要谢谢你这个小女兵！"我顾不得答话，急忙跑过去，拉住首长一起走。有时山路窄，两人不能通行，我就先爬上去，再伸手拉他。这一路上，首长和我说了不少话。

"你叫什么名字？"

"首长，我叫温敏。"

"你从哪里来当兵的？"

"洛阳伊川县吕店乡温沟村。"

"哦！那是个老区！我到豫西来时就听说了。伊川有个张思贤，他是老地下党员，组织了几百支抗日武装，我在登封见过他！"

"首长，张思贤在伊川可有名气啦，他是我上高小时的校长哩，我参军时不到 14 岁，皮定均司令嫌我小，不要我，还是张校长帮我说的情哩。"

"这么说来，你是这次突围的小兵呀！"

"首长，我不小，已经是共产党员了。"

"哦，好呀。家里还有哪些人啊？"

"有母亲和 6 个兄弟姐妹。除了最小的弟妹，我母亲、哥哥、大姐、二姐、三姐，他们都在为革命工作呢。"

"好！是革命大家庭。"

接着，首长又说："咱们这次突围可真够艰苦了。如果这次能挺过来，以后再大的困难也不怕！我们红军过草地吃草根皮带，这次我们是吃野菜，还捡野兽骨头吃。实话说，这次大突围的困难程度，可不亚于红军长征啊！"

"首长，我前天在路上看到敌人贴的一个布告，说是凡拿住您的人头，就赏法币 500 万元，拿住刘昌毅、张才千的人头，赏 300 万元。我气得把布告撕成了碎片。叫敌人做梦吧！"我说。

"我也看到了，这是敌人一贯玩弄的卑鄙伎俩。"他笑着答。

"首长，您说得对。"

"革命是解放全人类的伟大事业，革命就意味着牺牲！抗战时，蒋介石不打日本，反而来打八路军；抗战胜利了，他又来抢占胜利果实，想消灭我们，手段非常残忍。前几天，我还看到咱们一个掉队的伤员，敌人抓住他后，把他的手脚都钉在树上，我和几个警卫员一起，把这位牺牲的伤员取下来掩埋了。"

接着，王司令员又义愤地说："我们要好好打仗！只有消灭敌人的武装，推翻国民党的反动政权，才能建立人民的新中国！"

我俩一路说着，很快就赶上了部队。分手前，我对首长说："首长，这一路您对我的教育很大，我一定牢记在心。不过，我看首长身体不太好，要多注意多保重呀！""小鬼，我知道了。谢谢你啊！"说着，就有两个警卫员跑来接司令员了。首长再次朝我挥挥手，向前而去。

冠木河谷鼾声香

离开首长约两个小时，战斗就打响了。经过约半个小时的激烈战斗，又恢复了平静。我们继续赶了一段路。忽然，前面传下命令："部队原地休息！"我不管三七二十一，连眼也不睁，迷迷糊糊，骨碌一下就躺在了地上。

因为这是在原始森林里，树木千百年来自生自灭，地下的腐殖质很厚、很软，躺下去就像躺在棉被上一样，我似乎感觉到头部还高出一层，软绵绵的像天然枕头一样舒服，于是一躺下就深睡了过去。一觉睡到下午两三点钟，我才睁开眼。我起身一看，天哪！原来我头下枕的，可不是什么天然枕头，竟是一个穿着黄军装的国民党军官的尸体，这个家伙不但头上开了花，连脑浆也流了一地。

正在这时，我突然看到刘昌毅副司令员从不远的一个小破庙里走来。我和他本很熟的，在宣传队时我演《兄妹开荒》，宣传队员王金花演《打渔杀家》，旅豫剧队演《樊梨花》《桃花庵》，他场场都去看，对我们每个宣传员都很热情，还时常爱开个玩笑。

刘副司令员这一来，却正巧看见我从敌尸上站起来，便惊讶地说：

"小温，你真胆大，敢枕着敌人的尸体睡！"说着，还连连伸着大拇指："真够可以！真了不起！"

我不好意思地说："首长，那还不是太瞌睡了，走着都睡，能躺下睡真是神仙了，还管头下枕的是什么东西！"

"我说你就是够胆大！也不看这儿是啥地方！"

"首长，这是啥地方？"我问。

"这是冠木河呀，这股敌人尾追我们好几天了，真把大家害苦了。这次打伏击战，王司令员和我一看这地形，正是打伏击的好地方，就决定让七团在这里伏击，就地歼灭这股敌人！"他说。

"原来是这样呀，我说咋能睡这么个好觉呢，王司令员在哪呢？"我问。

他指着破庙说："在里面睡得正香呢。司令员身体又不太好，太疲劳了。"

接着，刘昌毅副司令员又兴奋地说："整个部队体力都消耗太大、疲劳得不行！但我们这次伏击很成功，缴获了敌人不少军火，还有大米，我们准备让部队在这里休整几天，睡个好觉，吃顿饱饭。小温，你这下可以放心睡觉了。但是，可不要再枕着死人睡啦。"他一边说，一边还摇着头哈哈大笑。

说着，刘副司令员向我挥挥手，去看望他的那些横躺竖卧、深睡在这原始森林的部队，去慰问参加这次伏击战的三旅七团将士们了。

刘副司令员走后，我又向四周观望了一番。原来，我睡的位置是一条山谷。在这条约三四百米宽，有一二里长，被风化的树木和草丛填平的山谷里，满地都是身着灰色军服的战友们熟睡的身躯，中间还夹杂几具黄色制服的敌人尸体。我抬头再望，山谷两边的陡坡连着高山峻岭，山头上还隐约可见我们的游动哨兵。

我信步走到身边不远的一条壕沟边。一看，到处躺着缺胳膊断腿的敌人。有个人的一只眼球被打得流了出来，满脸是血。他见我腰挎短枪，就战战兢兢地趴在地下，不住地求饶。"你们是哪部分的？"我问。他吞吞吐吐地说："是，是国军75师，16旅47团的，我们是加强营的，有800多人。"

"你是干什么的？"

"我，我是一个连副。"

"你们这些天死尾追我们，也不打，是啥意思？"

"这一段，我们抓了贵军好几个掉队的伤病员，知道贵军的长官，不！是司令员，名叫王树声；还有一个副司令员，名叫刘昌毅；参谋长叫张才千，是从东边突围过来的。你们已经好多天吃不上饭，子弹也缺少，但打起仗来个个都是猛将。所以，我们的长官不叫我们和你们交手，就是命令尾追着不放，不叫你们休息和吃饭，想这样拖垮你们。可贵军也不理我们，一直走，我们被弄得很累，弟兄们怨声载道，劲都散了，打不起精神，拖得也没有一点警惕性了。结果，追着你们，又转到这山沟里，就突然被打了伏击，全营弟兄们都完了。"

"蒋介石老贼和全国人民作对，掀起内战，你们替他送死，活该！"我气愤地说着，扭头走开了。心里好解气啊。

接下来，我又走向小庙。悄悄进去一看，这座破庙最多有20平方米，四壁空空，满地都是乱草，像是猎人常来休息的地方。再仔细一看，王司令员和七八个同志像排队一样，整整齐齐地躺在一起，睡得很香，还发出呼呼的鼾声。我赶紧退了出来。

这次伏击战打得很漂亮，我部几乎没有伤亡。只有七团政治部副主任、老红军张宏胜左眼被打伤，后来失明了。中央军委、中原局对这次伏击战的胜利发来贺电，给予表彰。

这次战役不久，我被分配到谷（城）、南（漳）、襄（阳）中心县委任文书。从此，就没有与王树声司令员再相遇了。

和平年代有憾事

1968 年，正是"文革"时期。一天，开封军分区司令员杨子亚到郑州我家，说他要去北京看望王树声司令员。我问："你怎么认识他？"他说："我有个姑姑，她是王司令员的嫂子。"我就顺便给杨子亚讲了中原突围时，曾有幸临时当过司令员的联络员一事，并请他转告我对老首长的问候。

杨子亚由京返回开封时，"文革"动乱更甚。我爱人陈端时任河南省军区副政委，分管保卫省电台工作，正受到红卫兵的围攻。杨子亚不便再来我家，只好特地给我打了电话说："王司令员听说你从鄂西北安全返回部队，非常高兴。他叫你有时间去北京他家玩，还让我给你带回一枚毛主席纪念章。"

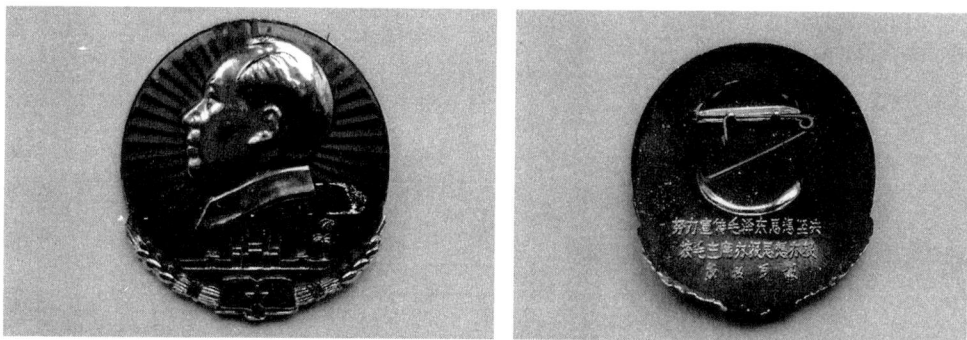

在"文革"时期，王树声大将托人转赠温敏的毛主席纪念章（正反面）

后来，我联系杨子亚，想要回这枚珍贵的纪念章。不料杨子亚歉疚地说："'文革'中丢失了，真对不起。"因此，我当时未能如愿收到首长送给我的这枚纪念章。

1974 年 1 月 7 日，我突然听到王树声司令员逝世的消息，万分悲痛。后悔没能早点到北京去看望老首长，造成了终生的遗憾！

1979 年，我陪爱人陈端到北京解放军 301 总院住院，巧遇原豫西一支队副政委郭林祥。从郭口中，得知王司令员夫人杨炬大姐也在住院，我马上赶去看望。我赶到时，她刚刚出院！由于我爱人也已办好出院手续，那次就未能见到杨炬大姐。

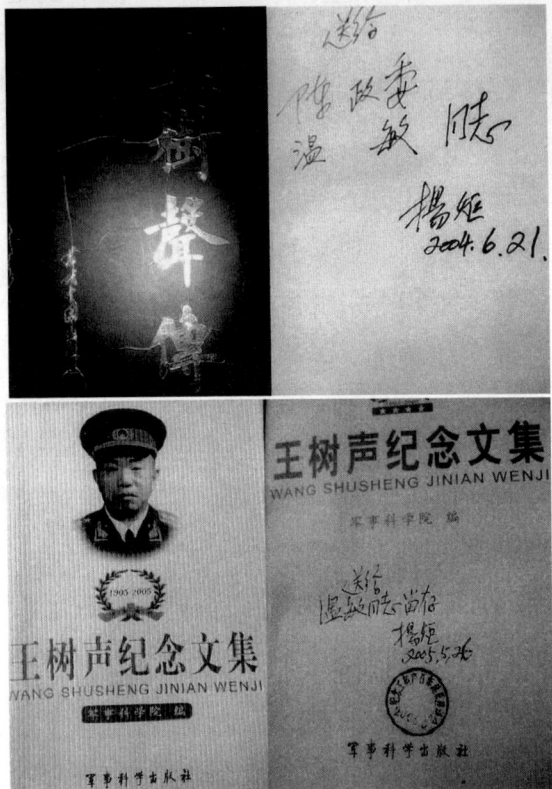

2004年夏，杨炬大姐给我寄来了由长征出版社出版、记载王司令家乡革命斗争史的《乘马顺河革命史》；由当代中国出版社出版的"当代人物丛书"——《王树声传》。在这两本书上，大姐一一亲笔签上：送给陈政委、温敏同志——杨炬2004.6.21。

陈端同志离世后，军事科学院于2005年出版了《王树声纪念文集》。大姐又特地寄给我，还亲笔签上：送给温敏同志留存——杨炬2005.5.26。

2005年6月1日，我又到了北京。这次，我特地让在海军司令部工作的女儿陈开国陪同，一起到杨炬大姐家中去看望。

大姐给我发的地址是在解放军报社的院内。我们进到一个小小的院子里。首先映入眼帘的，是一辆落满灰尘和树叶的小汽车，几间面积不大的灰色旧平房。院里很安静，鸦雀无声。很快，一个自称是保姆的中年妇女出来，把我们让进一间约15平方米的会客室。会客室内摆放着一套普普通通的旧布沙发，两株毫无生机只剩几个叶片的小橡皮树，还有一盆"天堂鸟"，也只开着一朵小花。门后的小黄柜子上，放了一个装了几支毛笔的笔筒。

这时，我们看到了杨炬大姐。只见大姐面部神情忧伤，拄着一根拐杖，从一条窄窄的走廊中缓缓走来。我连忙上前，大姐也拉着我，坐在了紧挨着的两个沙发上。我先作了自我介绍，还简略回忆了当年在武当山神农架，与老首长邂逅的情形。

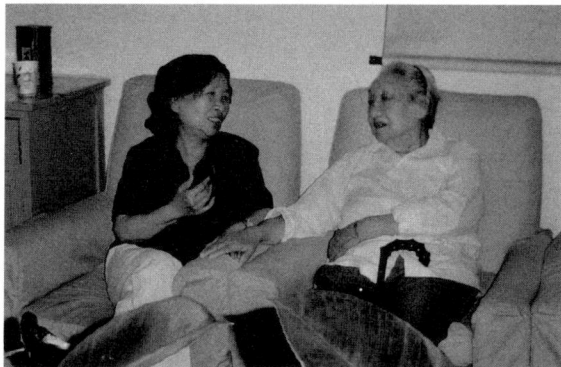

右起：杨炬、温敏
（摄于 2005 年 6 月 1 日）

"我听说了，谢谢你！"

大姐点点头，一边说着，一边仔细地瞧着我，还将她的手放在我的手背上，脸上显出亲切的笑容。接着，她叹了一口气，悲伤地说："我的大儿子鲁光，他最近走了。"

我记起 1946 年中原突围开始时，在路上我看见杨炬大姐挺着大肚子，被警卫员扶着上马、下马；有时她也拄着根棍子，摇摇晃晃，走在窄窄的稻田埂上。这情形，一下子浮现在我眼前！"大姐，是不是中原突围时您怀着的那个孩子？"我连忙问。"对！就是他。当时我已怀孕约 6 个月。过了汉江后，就不能再随部队行动了。经组织批准，我化装出来，好不容易才回到山东解放区。"她说。

噢，取名鲁光，一定是在山东出生的。可我屈指一算，鲁光才不过 50 来岁，怎么就走了呢？

大姐似乎看出我的心思，就接着说道："那是在 1972 年年底。鲁光一大早就骑着自行车去上班。万没料到，一出门就被无轨电车撞倒，他的脊椎骨被撞断，胸椎错位，没办法，只好做了高位截瘫手术……

"鲁光勤奋好学，考上了清华大学，是个品学兼优的好孩子。出车祸

20 世纪 60 年代，王树声、杨炬全家福
左起：三子建出、杨炬、长子鲁光、女儿四毛、王树声、次子楚还

时，他再有几天就要结婚了呀……"大姐强压悲伤，尽量平静地诉说着。

真是飞来大祸，白发人送走了黑发人！作为母亲，这种残酷的现实和悲痛，是无法用言语来表达的。

此时，我脑海中闪电般的一惊，突然意识到："王树声大将是 1974 年 1 月 7 日去世的。儿子鲁光是 1972 年底发生那场大灾难。那么说，1973 年的整整一年，父子两个同时住院抢救。这对于杨大姐，真是天塌地陷的打击啊！而我们的大姐，这位伟大的女性，居然都挺过来了！"

想到这些，我不敢再停留了。何况大姐又重病在身，万不能再打扰了。临走，大姐与我合影。

2009 年 10 月 6 日上午 10 点。杨炬大姐亲自打来电话，温婉地说："温敏同志啊，请你把你所知道的，有关树声在抗日战争和解放战争中的一些事情回忆一下，中央电视台记者会去采访你。现在，了解情况的老同志人不多了，你可要接待呀！"

信任至此，我除了应允，还能说什么呢。

重返战地话当年

我放下杨炬大姐的电话，就开始忙了起来。为进入最佳状态，我马上决定带上专职摄影者洛霞（她是我中原突围战友裴子明的女儿），直奔登封县（今登封市），重返老首长当年率领我们抗日的老战场，再进行一次调查采访。

2009 年 10 月 23 日一大早，我打破了往常的起居习惯，胡乱吃了早饭，提上昨晚忙乎了半夜才准备好的行囊，7 点半从家出发，到达目的地才刚 9 点。

我原想，找个熟悉路的老乡带路就行了。却不料，登封市老区建设促进委员会（简称老促会）已得知我们是为追寻老司令员王树声的抗战足迹而来，恰巧老促会又正在创办登封老区革命斗争历史展览馆，我倒成了他们难得的采访对象。

我们一到登封，老促会会长宫寅（原登封市委书记、人大常委会主任）等 11 位同志已早早聚齐，热情相迎。上午 10 点半，在老促会副会长王花冉（原登封市副市长）和办公室梁广印同志的陪同下，我们先到了白栗坪乡小熊寨沟（今南寨沟）。

当年旧址重现眼前，我心依然感触万端。1945 年初夏，王树生司令员亲自视察"倒地运动"，就是在脚下这片土地上，激情万丈地在父老乡亲中发表演说。

在采访中，我们见到了当年的见证人——村民梁文正之子梁水旺。水旺说，常听父亲梁文正讲："倒地运动"时，王树声司令员到了他家，并在他家门口向群众讲话。他当时很小，但也隐约记得。接着，我们又找了唐桂英、郭秀英、张桂英等老人座谈。她们争先恐后地回忆道："那年倒地时，我们还都是十几岁的小姑娘呢！""那阵子，贫苦农民可高兴可热闹啦！"

张桂英老人说："我娘家还倒回几亩地哩。"

唐桂英又说："那时，八路军和群众亲得像一家人。我家硬是腾出两孔窑洞给八路军住。我哥唐炳乾、五叔唐文元都参加了八路军，我哥还入了党。部队离开后，在打仗中，五叔因身体不好被疏散回来，被国民党逮住，把他杀害了。"

郭秀英老人说："我大哥郭云也参加了八路军哩！后因病了也疏散回来，被国民党关进监狱。为保大哥出狱，把全家东西、粮食都卖光了，连过年都没吃的。"

临别时，老人们热情地送我们一些自己采摘的"山里红"。

温敏在豫西抗日军政干部学校旧址留念
（摄于 2009 年 10 月 23 日）

离开小熊寨沟，我们又到了当年"河南省军区司令部"的旧址——登封马峪川孙桥村（今徐庄镇）孙桂林的宅院。孙家宅院在村边上，周围没有邻居，院子占地不足一亩。房子盖得很特别：大门是由一连三道平行的半圆形门组成，从外东墙可以看到，有一栋旧式两层楼，楼上开有两个小天窗。房子周围散乱着破碎的石块，长满了半人高的荒草。

我们小心翼翼地拨开荒草，踩着高低不平的乱石走进院内。里面断壁残垣，根本看不出原来的面貌。我们又仔细察看，在院内居然发现一个防空洞，也可能是地下仓库。只可以看到洞口，洞里面已全被倒塌的房屋塞住了。

陪同的王花冉同志说："我们老促会正准备找点资金，把这个院子整修一下，复原当年河南省军区司令部旧址，再现王树声司令员在这里工作时的面貌，把这里作为登封革命老区的一个红色旅游景点，供后人参观。"

由于顺路，我还回到了 65 年前我参加革命的起点——白栗坪豫西抗日军政干校杨树林分校旧址。

乡亲们听说我是当年干校的小兵，一下子便围了很多人，使我感慨万千。现在仍住在那里的老房东后辈人，还热情地送了我不少红薯叶。我回家后吃了好几天，真是别有一番滋味在心头。

重返老区话当年——杨树林村
（摄于 2009 年 10 月 23 日）

更有幸的是，我在登封敬老院里，竟找到了当年的老同学梁玉清。梁玉清已经 85 岁了，身体还行。至今，他仍十分遗憾因当时身体不好，未能随部队南下。

接着，我们来到此行最重要的一站——东白栗坪，就是王树声、杨炬夫妇当年的住处。看上去，是一连 5 间的上房，每间都很小，最大的也不过十一二平方米。在王司令员来豫西前，这里是八路军豫西抗日先遣支队皮定均司令员、徐子荣政委住的。河

王树声、杨炬夫妇 1945 年居住旧址——登封东
白栗坪李大娘家
前排左起：温敏、李遂义（李大娘孙子）

南省军区成立后，就由王树声和戴季英政委住。后来，王树声夫人杨炬医生也来到豫西，便和丈夫一起住在这里。

我们见到了旧址唯一的主人——当年老房东李大娘的孙子李遂义。李遂义已 77 岁，以放羊和打铁为生。

随行的老促会同志说："我们准备给他发一些生活补贴，让他安度晚年。"

临别，李遂义老人还絮絮地说："王司令员我认识。他媳妇是个医生，叫杨炬，我也认识。当时，我都十几岁啦。他们打小日本狠着哩，对俺乡亲们可好着哩，好着哩……"

哦，那并未远去的血与火的洗礼……

2009 年 12 月 5 日写于郑州

2018 年 11 月改于洛阳

（《解放军报》登载，有删减）

大将，就是大将

——陈昌浩亲述王树声

引 子

还得从 60 多年前说起。

1952 年至 1955 年，我爱人陈端与陈昌浩胞弟陈昌浚（后改名陈俊）同在河南省军区军政干校工作，两人分别担任政委和校长，又同住在一套房子里。由于志趣相投、秉性相合，我们在闲暇时，便时常开怀畅谈，话题大都回到那激情燃烧的岁月。我们一起说那些战争，讲那些战场，想那些战友，忆那些战事。每每谈到动情处，个个热泪满面流。

不久，陈端出面做媒，陈俊与张获缘定终身。此后，这份战友加兄弟的特殊感情愈加厚密，历久弥新。再后，我们又结成了儿女亲家，更使两个家庭、三代后人的浓浓亲情无法割舍。

记得一次倾听了陈端与陈俊的长谈后，我彻夜梦回中原突围大战场，重温与王树声大将的那段生死邂逅。一幕幕鲜活的场景，竟历历在目！

于是，在接下来的畅聊时，我请求陈俊道："这些年来，我总想对王树声大将再多一些了解。或许将来有一天，我会为他写点什么呢。而您，是最有条件帮助我完成心愿的人，您愿意帮我做这件事吗？"

陈昌浩（右）、陈俊（左）
（摄于 1964 年北京 301 医院）

"我能帮你？我当然愿意做了。你说，让我怎样帮？找谁帮？"陈俊很认真地说。

"其实，这件事根本不用找别人，只找您哥哥陈昌浩就行！"

"嗨！真是一句话点透了我！我哥确实经常谈起王树声。因为无论在红四方面军，还是在西路军时，王树声都是我哥的副总指挥。只是我记得事情很零星。既然你有这个心愿，我再去北京时，好好问问我哥哥，专门请他把所知道的与王树声有关的事情讲述一遍，我回来马上转述给你就是了。"陈俊很干脆。

"能这样当然是最好。只是太麻烦您和您哥哥了。"我高兴得几乎跳起来。

"这是应该做的事，也是应该说的话，谈不上麻烦不麻烦。不过，你要耐心等些时。"陈俊回答说。

"那就麻烦，不，拜托您啦！"我激动得话都说不连贯了。

没过多久，陈俊去北京回来，便与我转述了胞兄陈昌浩亲口讲述。

下面，便是陈昌浩的讲述。

大将，他担得起难中之难

——翻越大巴山天险，王树声开路做先锋

那是 1932 年底。红四方面军所驻扎的陕南极为贫困，时时面临生存危机。而邻近的四川则物产丰富、土地肥沃，且地势险峻、山高林密，正是我军建立根据地的好地方。同时，当地军阀割据，蒋介石的势力难以立稳，贫苦百姓身受地主、军阀的双重压迫，极利于我军动员和依靠。因此，红四方面军挥戈入川，势在必行。然而，自古蜀道难，难于上青天。横在红军面前的第一道难关，便是翻越大巴山。

这是一座贯穿四川、陕西、甘肃、湖北四省，海拔 1500~2000 米的大山。即便按照拟定最捷径的路线，经大天地寺、拉桃树入川，也要行近 200 多里的山路。所谓山路，其实就是羊肠道，是靠牧羊人、采药人和偷运盐巴的小商人一步步踩出来的。这小道宽不过 30 厘米，一边紧贴着悬崖峭壁，一边紧临着数百乃至上千米的深沟。每年深秋之后，山里风雪交加，小路就变成了光滑如镜的冰带，人一旦滑掉下去，连个影子都看不见。通常在 10 月以后，就再也无人敢翻越大巴山了。而红四方面军入川，择定的正是 12 月。此时，早已人畜绝迹，连带路的向导都找不到。

1932 年 12 月 15 日，红四方面军总部在陕南西乡县钟家沟召开会议，研究决定："由王树声率其 73 师，担当翻越大巴山的开路先锋。"陈昌浩代表总指挥部，向王树声下达了这个命令。

王树声一如既往，以坚定的态度接受了任务。之后，王树声马上召开全师大会，进行了深入的思想动员，一一说明红军入

开国大将王树声年轻时照片

川创建革命根据地的有利条件和重大意义，号召指战员们不畏艰难险阻，坚决当好开路先锋。

接着，王树声又把翻越大巴山可能遇到的各种困难和异常情况，进行了仔细分析研究，制定了实施方案。要求：每人必须携带3天的干粮、两三双草鞋、一捆稻草，带稻草是以便休息时坐、寒冷时取暖；同时还准备了一些铁镐，一是遇到难行的路时便于破冰，二是在转弯路口处掘坑打棚，作为后续大部队的路标。一切都安排得非常周密、细致。

12月17日，王树声率73师先行开路。当天，冰雪封山，寒风呼号，气候非常恶劣。光滑的盘山羊肠小道，像一条蜿蜒的银蛇，在山风里狂舞着，缠得人摇摇晃晃站立不稳。加之雪花满天飞，打得人眼睛都睁不开。为了防止大风把人刮到山下，大家蹲下身来，降低重心，手脚并用，一点点向前挪行。行进时，将士们的脸几乎贴到地面，身上单薄的军衣和头上的帽子早已被汗水、雪水湿透，很快又结成冰，变成了一个个头戴冰盔、身披冰甲的冰人。大家的双脚早已被似刀的冰凌划破，流出的鲜血与冰块冻在一起，草鞋成了红白相间的"花鞋"，每挪动一下，都疼得钻心。此际，身为师长的王树声比大家更苦更累。只见他跑前跑后，不停地巡视，一一检查危险路段，一一指挥将路上的冰砸碎，一一察看路标是否明确、打的棚是否牢固，唯恐后面部队行进中出现危险。

好不容易，王树声的73师指战员们爬到了大巴山顶上。但由于过于疲劳，一旦得以休息，不少同志就一头倒在雪地上睡着了。在没有任何保暖设施的条件下，人睡着就可能被冻死。王树声急得大叫："不能睡，快起来！快起来活动活动呀！不然要冻死的！"他亲自一个个去拉战士们起身。但最后，还是有特务连的几位战士，长眠在大巴山顶……

他们是冻死的，也是累死的。因为，这些英雄们已经到了生命的极限！

由于王树声率73师指战员担当开路先锋，任务完成得十分出色，从而保证了大部队安全顺利地翻越大巴山。

大将，他顶得起勇中之勇
——粉碎"三路围攻"，王树声血拼立首功

1933 年 1 月。红四方面军入川后，蒋介石为战胜我军，特委任四川军阀田颂尧为川陕边区"剿匪"督办，并拨发了 20 万块大洋和 100 万发子弹。田颂尧当即投入 38 个团，集中了 6 万人马，部署左、中、右三个纵队，分别由王铭章、罗乃琼、李伟御指挥，对我红军实行三路围攻，企图一举歼灭之。

当时，这伙敌人对我军没有任何了解，只看到我军穿得破破烂烂，像群叫花子，认为不堪一击，便一个个趾高气扬，不可一世。

针对此情，陈昌浩同徐向前商定：先采取防御战略。即：将主力部队和根据地逐步收缩，只用少数兵力与敌巧妙周旋，且边打边退，诱骄敌深入，消耗其有生力量，磨灭其锐气，择机歼灭之。

据此，我军放弃了刚刚解放的巴中县城，再退出南江，继而又让出通江两县城。敌人的几路人马不知是计，紧逼于后。

从 3 月 8 日开始，我军用了 3 个多月时间，把敌人诱入大巴山绵延三四百里的崇山峻岭之中。这里，除了羊肠小道，再无路可行。就这样，敌人的几万人马犹如一条被拉得很长很长的黑线，兵力根本无法集中，更无法发挥作用。田颂尧却不知早已中了我军的圈套，一路上向蒋介石频频传达"胜利"的捷报。

而此时，我红军则通过有计划的收紧阵地，将主战部队集中于通江以北方圆百里的空山坝地区。空山坝坐落在海拔 2500 米的险峻高山上，周围群峰耸云，怪石林立。沿着峭壁有两条羊肠小道，分别通往两河口和我红军选定的反攻突击方向。驻守在空山坝西南的是敌人的左路纵队，有 13 个团，兵力最多最强，是三路敌人进攻的主力。但由于此路敌人气焰嚣张，骄横冒进，争功心切，且与中、右路敌人拉开了距离，恰好给了我军可战之机。于是，陈昌浩和徐向前当即决定：先消灭这路强敌！这样，必定引

起其他两路敌人的极大恐慌，使其不战自乱。

时任73师师长的王树声，驻地正好就在我红军主力集中通过空山坝的咽喉之地——大骡马、小骡马和小坎子。显然，守住这块阵地，是我军反攻胜利的关键一着棋。如果此处被敌人突破，我军的反攻部署将付之东流。

对此阵地，陈昌浩和徐向前都极为牵心。他们俩一起找王树声说："你这里是关系到全局反攻成败的要命地方噢！牺牲再大，也要顶得住，这是我军胜利的希望啊！"

"有我王树声在，就有阵地在。73师指战员不会辜负全军的期望！"王树声做出铿锵有力的回答。

陈昌浩感慨地说："这可是你老兄立下的军令状啊！"

一切都在预计之中进行。很快，敌人左路的13个团开始向空山坝要地疯狂进攻。

这是1933年5月17日。王树声同73师勇士们并肩坚守一线阵地，指挥应战。英勇的红军战士看到师长和他们在一起，倍受鼓舞！只听得杀声震天，将士们一次又一次地与敌人血拼，一次又一次地展开肉搏！敌人的每一次集结猛攻，全都被将士们顽强打退！

就这样，王树声亲率他的73师，硬是在成堆的、发臭的敌人尸体中，顽强坚持了五昼夜的惨烈激战，终于保住了阵地，为我们大部队的集结运动赢得了宝贵时间，从而胜利地实现了战略大反攻！

5月21日，我总部终于下达了总反攻的命令！旋即，敌左路军的13个团在余家湾全部被歼灭。其余两路敌军的几十个团因战线太长，首尾不能相顾，在各路红军的攻击下，个个如惊弓之鸟，全线溃败！

此时，王树声率领73师，果断由防御转入正面反攻。经过3昼夜的战斗，将三江坝守敌一个旅大部消灭！73师217团的两个连，执行夜袭险要据点"华盖山"的任务时，仅以两名轻伤的代价，便歼敌500余人！我军通过此场大反攻，彻底粉碎了田颂尧的三路围攻之梦。田颂尧这位"川陕剿区督办"的头衔，也被蒋介石一纸命令罢免掉。

历经 4 个月的反敌三路围攻的战斗，我军不仅缴获了敌人大批武器弹药，恢复了原有的城池，而且地域扩展直到嘉陵江边，红军也由 16000 人扩大到 18700 人。

这次战役后，王树声的 73 师受到方面军总部的嘉奖，其中 217 团被授予"夜摸奇袭"奖旗。由于王树声在战斗中展现了杰出的指挥能力，很快被提升为红四方面军的副总指挥兼 31 军军长。

大将，他称得起忠中之忠
——舍命爱民爱兵，王树声凛然挽危境

1933 年 8 月，红四方面军决定依托川陕根据地，对敌发起外线进攻。

首先发起的是仪南战役。仪南，即指仪陇和南部县的嘉陵江地区，是军阀田颂尧的地盘。此役的目的，是为了解决红军和根据地 200 万群众的吃盐问题。在当地，盐价贵如金。一块大洋只买得一两盐，却买得 50 斤大米。谁家囤有一些盐，便可富甲一方。我通江根据地虽有几口盐井，但与需求相差甚远。加之敌人严密的经济封锁，仅靠一些小商小贩偷运根本无济于事。吃盐问题，已成为巩固根据地和红军生活、百姓生存的大问题。

于是，陈昌浩和徐向前商定：立即组织红军，到田颂尧地盘去抢盐。并决定由 31 军、9 军、4 军同时出动，实施抢盐计划。其时，王树声兼任 73 师师长，还任广元、南江、红江等数县独立团扩编的 31 军军长。得令后，王树声率部很快歼敌两个多营，一举形成了对广元的包围。接着，王树声部与党的地方武装紧密配合，仅用了 4 天时间，便将守盐井的民团团长徐子荣部全部歼灭。田颂尧见大势已去，只得带着两个团仓皇逃跑。

至此，嘉陵江东南的 90 多口盐井，已全部被我军占领。紧接着，王树声又动员盐井工人，奋力开发了 70 多口新井。随着盐产量的激增，又需要大量人力运往根据地。王树声便和战士们一道，昼夜不停地装盐，扛袋，

发车，圆满完成了任务。

事后，王树声见到陈昌浩时，高兴地说："这下好了，解决了我们红军和群众长期缺盐吃的问题。"一旁的警卫员实在忍不住了，马上向陈昌浩汇报说："我们住的房东家已经半年没吃上盐，他们十几岁的独子腿软得都走不动路了，王军长就把自己有盐的饭，经常换给房东的小孩吃。我看军长这样做，也把饭和房东换着吃。而军长和我却有很长时间没吃上盐了。"

陈昌浩听后，指着王树声感叹地说："难怪你大病后身体一直没有恢复。你这军长是拿自己的命，换取群众的心呀！"

1936 年 11 月初。陈昌浩时任西路军军政委员会主席，王树声任副总指挥兼 9 军军长。同年 12 月，西安事变发生。中央军委主席团电令西路军停止西进，驻守在永昌、古浪待命。

西安事变和平解决后，西路军的困难境况丝毫没有改变。全体指战员饥寒交迫，在外无援助、内无粮草的情况下，中央军委 12 月 27 日命令：西路军继续执行西进计划！在向中央报告实情的同时，西路军坚决执行命令，继续西进。茫茫戈壁滩，气温零下二三十摄氏度。很多将士的手指、脚趾、耳朵被冻掉，全身冻伤，不少人被活活冻死。

陈昌浩的妻子张琴秋偏偏这时生下他们的儿子。陈昌浩刚把身上唯一的毛背心脱下来，儿子却连哭一声都没来得及，一下子被冻成了冰球。

何止如此。西路军天天还要遭到马步芳匪徒骑兵的追击围剿，几乎天天打仗。但最苦的还是伤病员，红军有个原则，不管遇到什么情况，都不能丢下伤员。开始，有年轻力壮的同志抬担架。但后来，伤员越来越多，抬担架的人越来越少。见到这种情况，王树声不顾自己负过两次重伤的身体，竟毫不犹豫地拉上军政治部主任徐太先，由他们二人抬起担架来。看到重伤员衣不遮体，王树声马上将身上仅有的一件破夹衣脱下给伤员盖上，自己仅剩下一件汗衫。抬起担架后，虚弱的王树声一会儿便出了一身汗，汗水又很快结成了冰凌。每迈出艰难的一步，就发出哗啦啦的冰凌摩擦声。就这样，他们硬是坚持把伤员抬到一个围堡。此时，王树声累得倒在了地上。可他马上爬起来，接着指挥部队防守围寨，又派人接应后续部队和伤病员。不料，后续部队和数百名伤员遭到敌人袭击，他们舍身与敌人搏战，全部壮烈牺牲！王树声闻知，痛不欲生。当陈昌浩率部前去救援时，王树声正难过地念叨着一个个牺牲战友的名字……

2005 年初稿于郑州

（《解放军报》登载，有删减）

传奇伉俪和他们的传奇之恋

—— 皮定均与张烽的故事

源　起

读一对性情中人。听一段性情中事。阅一路性情中行。感一生性情中伴。只到这一刻，我才终于明白：

我以我能看到的、想到的、悟到的，且以我笨拙的笔耕方式所能做到的这一切，并不仅仅是为了呈献给我倾情记述的最浪漫的红色情侣、传奇伉俪——皮定均和张烽，还是为了那份无以言表的情怀——一个普通老兵那份岁月带不走，风雨蚀不尽的情怀。本来，已步入耄耋之年的我已不自量力，相继十易其稿，终于在 2008 年 8 月间出版了《传奇司令和他的传奇团长》，并有幸相赠予我的老上级、老战友、老同事，还有许多热忱的真诚的至亲的人们。

原以为，虽说只是区区不足 10 万字的"小册子"，但对于生我养我的豫西热土，我力已尽；对于引我领我走上革命征途的皮定均首长，我心无愧。情之至，愿之至，可以到此罢笔了。

孰料，不仅诸亲诸友对"小册子"悉心呵护、评说端详，更有某些文化团体和专业人士亲临寻访，甚至还约请了名家、制片人等，像是着意将"小册子"大发掘一番的样子。

尤其某访者郑重道：期待笔者能将皮定均和张烽的恋爱故事增加进来，使得人物、情节更多彩而动人，以便成就影视作品。

访者有意，笔者无心。无奈该访者初衷不改，追踪敦促进展。盛意难却。我只得硬着头皮，"再打锣鼓又开张"了。

当我再一次扑入那纷飞战火，去追寻浪漫往事，感知传奇伉俪的时候，我再一次被深深地震撼了！我震撼：他是崇山峻岭里走出的虎将，她是燕赵大地哺育的精英，革命是他们的红娘，奋斗是他们的伴郎。无论她走到哪里，无论他人在何方，爱是一个不变的诺言，是一次次永远的启航……我震撼：他已魂归大山，再不会归还。可她却坚信：这是一种特别的爱，一种保鲜的爱，一种超然的爱。任时空转换、天地阻隔，情是一根不断的红线，是一扇扇永远敞开的窗扉……我震撼：他们是革命夫妻的浓缩，他们是红色家庭的经典。这份爱，早已远远超越了狭义的恋人之爱、夫妻之爱、家庭之爱；这份爱，正是对党、对人民、对祖国的大彻大爱！点点滴滴，情在其间。枝枝叶叶，爱在其间。经历了一次又一次的震撼，我打消了"写个千儿八百字搪塞过去算了"的念头，依旧是三更明月五更起，写就写个痛痛快快吧！

这，便是本篇的源起了。

滚滚硝烟里，这份爱是一道特别的"命令"

那是一段全民浴血抗战，举国漫卷硝烟的峥嵘岁月。一代名将皮定均与张烽的火线之恋，也正发生在那个非凡的年代。还是回到1940年7月12日。

其时，皮定均任八路军129师特务团团长。那一日，大雨如注，夜空如漆。忽听马蹄声声，一阵紧似一阵。只说皮团长率部一路疾驰，直扑河北漳河西岸的涉县日军驻地"河南店"，出敌不意，攻敌不备，一举干掉正在野蛮屠杀我同胞的日本鬼子300多个。皮部再次威名大震。

战斗刚刚结束，皮定均便风风火火赶往县政府找郑晶华县长，商议组织民众、联合抗日的下一步行动方案。交谈之中，忽然响起了轻轻的敲门声。

郑县长说："进来。"

接着，就飘然走进一位十七八岁的姑娘。这姑娘高挑的个儿，白皙的皮肤，俊美的瓜子脸上一双会说话的大眼睛格外明亮。姑娘一见有客人在谈话，便长话短说，干脆利落地汇报完了工作，又迈着轻盈的步子，像影子一样消失了。

皮定均此时虽已27岁，却总因浴血沙场而无暇考虑男女婚嫁之事。可今天却不知怎的，这位八路军战将的心弦，竟突然被这个陌生姑娘拨动了。刹那间，皮定均似乎忘了置身何处，只顾痴痴地望着那扇门，那扇关住了姑娘倩影的房门……

被冷落在一旁的郑县长何等精明，便主动介绍说："她叫张烽，是我们县的妇联主任，人很能干，家就在涉县城关。"

"哦！哦！……"皮定均红着脸，不好意思地笑了。但他不愧为从滚滚硝烟里杀出来的指挥员。紧要关头，皮定均马上就下了一道特别的"命令"："县长同志，我给你个任务，请把她介绍给我做老婆吧！"

郑县长万分惊讶，一下子愣住了。他怎么也没有料到，这位红军团长竟如此大胆而直白！

可郑县长转而又想：像皮定均这样声名显赫的英俊战将，真不知有多少姑娘甘愿嫁给他呢！只不过他常年征战，根本没有机会，也很难有心思谈情说爱罢了。

"老皮呀，我一定完成任务，你就等我的好消息吧！"郑县长一边爽快地答应着，一边转身就去找到张烽，开门见山地对她说："刚才你在我屋见到的那个军人，就是皮定均。他一见你，就喜欢上了，想叫我出面介绍一下，他要娶你做老婆。"对于皮定均的大名，张烽早已如雷贯耳，心底当然仰慕这位英雄。但她却面无流露，并马上生硬地回答："我不愿嫁人。"偏这郑县长也没有说媒的经验，对姑娘的拒绝竟无言以对，只得为难地回来了。

刚走到门口，郑县长就看到皮定均正在房里团团打转，焦急等待消息。眼巴巴看着郑县长进屋，皮定均可算盼来了救星。他笑嘻嘻地上前一把拉住郑县长：

"怎么样？辛苦大媒人啦！"

"真，真对不住！你皮团长的命令，我执行得太糟糕了！我没有完成任务……"

郑县长沮丧地说。皮定均闻听，顿如一瓢冰水兜头浇来，一时也怔住了。不过，他很快回过神来，仍不失英雄风度地笑着，诙谐地拍着郑县长的肩头说：

"不是媒人任务完成得不好，只怪我的命令下得太早！看来，我的喜酒你一时半会儿是喝不上喽，哈哈……"遭到心爱的姑娘一口回绝，皮定均心里当然很难过。但作为大战在即的一线指挥员，皮定均必须全身心地投入新的战斗，不得不把张烽暂且"束之高阁"。而在皮定均的心底，却已深深地埋下了爱的种子。他想，这只是开始。对这样的好姑娘，定将永不言弃！

隆隆炮火中，这份爱是一座特别的"碉堡"

冬去春来，转眼已过两载。在反"扫荡"取得胜利后，皮定均所在部队进入了休整阶段。这时，皮定均更深深地思念起张烽来。虽说两年前曾遭到她的拒绝，但这位执着的英雄不仅没有退缩，反而将这份爱牢牢扎根于心田。

1940年年底，皮定均被任命为太行五分区司令员。也是上天有意，偏巧皮定均的分区机关就设在涉县。闲暇之时，皮定均数次独自前往故地，寻找心目中的那位好姑娘。不料，皮定均几次悄悄登门，均未见姑娘踪迹。一打听，才知道张烽去太行区党委党校学习了。

"好哇，不信我找不到你！"皮定均下决心"制造"与张烽面谈的机会。这天，皮定均去参加太行区党委军政高级干部会议，正好和老熟人、专署行政科长刘湘屏坐在一起，而张烽正是刘的部下。皮定均心想：这才是天上掉下来的大媒人呢，我再不会放过这个千载难逢的好机会！趁会议休息时，皮定均一把将刘湘屏拉到一边，又是单刀直入："刘科长，我知道你和张烽很熟，求你把她介绍给我做老婆吧！"刘湘屏听了哈哈大笑："果然是位猛将，敢打敢追呀！你的眼力不错，张烽确实是位好姑娘，我去给你保媒。"皮定均情不自禁，紧紧抓住刘湘屏的手，激动地连声道："谢谢！谢谢！太谢谢了！"

刘湘屏果然比郑县长"老辣"。她很快把张烽找来，开口不提皮定均的大名，只讲此人的身世条件，意在让双方先见上一面。聪明的张烽早已猜着是谁了，可她也不点破，只说："我谁都不见。"

刘湘屏见此招不行，遂另寻他方。还是这次会议期间。129师文工团有一场演出，名叫"孔雀东南飞"。刘湘屏便有意将皮定均和张烽的座位安排在一起，而自己则悄悄坐在两人背后。不知就里的张烽，果然兴冲冲地来到演出现场。岂料，张烽一走近座位，就"撞"上了皮定均那燃烧的目光！弄得她坐也不是，走也不是。正在踌躇之间，皮定均已站起来向张烽伸出手：

"你好，好久不见了。"

"哦，哦！我调到党校了。"张烽答着，分明感受到那双久经战火磨炼的大手的力量。她心想，"好啊，原来是刘科长导演的一场见面戏呀！"事已如此，张烽无可奈何，只得摆出以守为攻的架势，正襟危坐，目不斜视，旁若无人。而皮定均却在琢磨着怎么打开僵局，进入角色。本来，为了这次见面，皮定均此前已设计了整套的"进攻"方案，自以为"手到擒拿"。却不料人在眼前，事到临头，心一慌，神一走，全乱套了！皮定均憋了半天，终于扭过头来，微笑着先开了口："党校学习很紧张吧？"

"紧张。"

"学的什么课呀？"

"整顿三风——党风、学风、文风。"

"好学吗？"

"好学。"皮定均搜肠刮肚才想起了这几句话，也被他三下五除二问完了。两人又冷场了。

就这样，整场的演出，皮定均都不知台子上演的什么，只觉得一转眼工夫，就散场了。还没等皮定均说声再见，张烽已起身走远了。弄得皮定均束手无策，后悔不迭。再说张烽一溜烟跑出戏场后，心里也乱得很，一夜辗转难眠。说实话，张烽对皮定均这位英雄很敬重。尤其是一别两年，他还一直在想着她，这怎不让人心动呢。但作为一个少女，张烽本就不是那种爱张扬的人。加之考虑到母亲和家庭等因素，思来想去，张烽终于打定主意：对皮定均既不能太冷落，也不能太热情，进展的步子不能快，但也不能停止。那么，党校不是有个规定，学习期间不准谈恋爱嘛，就权且以此为借口吧！

于是张烽鼓足勇气，给刘湘屏写了一封短信，内容如下："刘科长，现在摆在我面前的是学习、斗争，不能谈恋爱的。这方面党校有明文规定。希望你以后不要再提这件事了。"

当刘湘屏把张烽这封短信交给皮定均时，皮定均那颗火热的心一下子被激痛了。他叹了一口气，苦笑着说："姑娘的心真难揣摩呀。这事，好像比打日本鬼子还难呢！"不过，皮定均很快又放出令刘湘屏都感到惊讶的"大话"来："我看准张烽了。她就是一座碉堡，我也要拿下！"刘湘屏先是一愣，马上回过味来，笑得前仰后合，两手捂着肚子说："老皮呀！你真是出口惊人呀，我的肚子都笑疼了！"接着，刘湘屏婉转地说道："你想一下，张烽也没有说不喜欢你呀！人家说得有道理，学生不准谈恋爱，这是党校的明文规定呀。老皮你放心，等学习一结束，我就再去找她，对你俩这事，我负责到底了！"

皮定均这才缓过神来。心想，对呀！还是女同志心细。那我就耐心地等吧！

等到了 1943 年。八路军开辟了太行七分区，皮定均走马上任，担任七分区司令员，徐子荣任政委。

临行，当徐子荣专程向刘伯承请示工作时，刘伯承特别指示："你要特别关心一下皮定均的婚姻问题。这个同志打仗很忙，没有机会接触女同志，更没有时间谈恋爱。"

对于刘伯承交给的这个任务，徐子荣当然十分在心。一到任，徐子荣便立即组织和发动当地妇女干部，大家接连为皮定均物色了好几位不错的姑娘。结果，皮定均不仅不领情，反而干脆一个都不见。徐子荣急得直冒火，又一位好姑娘被皮定均拒绝。

徐子荣气呼呼地指着皮定均的鼻子，大发脾气说："老皮，你给我说实话，你究竟要找什么样的姑娘呢？大家辛辛苦苦跑前跑后，给你选了这么多好姑娘，你竟一概不见，把所有的目标都否定了，你想怎么挑呢？这是刘伯承师长给我的任务呀，你叫我怎么复命呢？你说说，你到底想要谁？！"

皮定均才不吃这一套呢！只听他毫不含糊地大声说："我谁也不要，就要张烽！"

"张烽？！"

徐子荣一听就乐了："你怎么不早开口？这个事情由我包了！"

徐子荣敢说这样的大话，为什么？原来，他在太行区党委任宣传部部长、组织部部长时，张烽是他的老部下。一听说是张烽，徐子荣便成竹在胸了。

两两相悦时，这份爱是一坛特别的"喜酿"

皮定均一到豫北七分区上任司令员，徐子荣便立即派通信员把张烽找来。徐子荣还是单刀直入："张烽同志，现在我正式和你谈谈你的婚姻问题。"张烽一听，马上感到这次谈话不寻常。

"你有没有对象？"

"没有。"

"那我给介绍一个，就是皮定均同志。"

张烽一愣，好一会儿说不上话来。她深知，这位组织部部长保媒的分量。此时，张烽只得以实情相告：父亲早故，家中只有寡母，没有兄弟，只靠她和姐姐俩人分别照顾。她虽然爱皮定均是位英雄，但他是职业军人，南征北战，居无定所，一旦结婚，担心丢下老母无法照顾，反而会拖累皮定均。这也是她下不了决心嫁给皮定均的主要缘故。

"原来如此呀！我会尽力帮助你解决问题的。但你要答应我，不要再拒绝和老皮交往。"徐子荣叮咛道。

"好吧。"张烽终于点了点头。为解决张烽的后顾之忧，徐子荣马上通过师保卫部部长卜生光，让他先去做通张烽姐姐的工作。卜生光的爱人常马华曾是晋冀鲁豫地区的妇救会干部，和张烽姐姐很熟。因此，还没等张烽开口同母亲和姐姐说这件事，家里人就已经同意了她和皮定均的婚事。同时，徐子荣又安排民政部门，要求他们尽可能经常去看看老人，帮助解决老人生活中的实际困难。

诸事俱备。徐子荣立刻给皮定均写信，让他主动给张烽通信，再次表露心迹。接到徐子荣信的当晚，皮定均便老老实实趴在萤火虫般亮光的小油灯下，开始给张烽写信。他虽然没有谈过恋爱，文化程度也不高，更不知道情书怎么写，但长期的革命生涯使他无所畏惧，他用自己的方式谈起了心底的感受。信中，皮定均思潮如水，一下笔就写了好长。他像讲故事一样，讲到做一个军人的光荣使命，讲到豫北的山山水水，讲到那里可歌可泣的军民鱼水情……

虽然信中没有直接说出对张烽的爱恋，但字里行间透出了对张烽炽热的情感，这也是他第一次写这样长的信。

张烽接到皮定均书信后，立即回了信，并对信中的错别字逐一进行了改正。盼望已久的回信终于飞到了皮定均手中。他先是看到自己的信被退回来，顿时没有了精神。但打开一看，张烽的回信正藏在自己的信中。而且，细心的姑娘还为他改了错别字呢！

"我赢啦！我赢啦！我终于攻下姑娘的碉堡啦！"皮定均忍不住兴奋的心情，竟像小孩子一样冲到院中，大喊大叫起来！部属们一听，纷纷跑到院里。看到终日闷闷不乐的司令员终于攻下一座特殊的"碉堡"，大家也一起跟着欢呼起来。

鸿雁传书，一来二往。皮定均和张烽的"书信恋"效果卓著，他们一步步建立起了不可分割的感情。这时，上级党组织根据工作需要，正抽调一批干部到新区豫北开展工作。徐子荣公私兼顾，就把张烽列入了这批调干的名单，并把她安排在豫北皮定均所在的太行七分区驻地——林县（今属河南省卫辉市），任该县河涧区委副书记。

到了1943年6月底。皮定均与张烽，这对相识、相知了3年的革命恋人，终成眷属！在林县河涧区一间普通的民房里，皮定均与张烽举行了婚礼。婚礼由七分区保卫科长兼前线政治部主任曾宪池主持。

那天，皮定均、张烽仍穿着平日的旧军装，拘谨地坐在新郎新娘的位置上。宴席用的餐桌是用3张破桌子拼起来的，桌上只摆了两盆菜：一盆是炖白菜，菜里有少许的猪肉；另一盆是炖萝卜，没有肉。当主婚人曾宪池宣布道："哎，注意啦！今天为什么请大家吃饭呢？因为是皮司令员和张烽同志结婚！"到场人员你看看我，我看看你，却无人敢说话，仍保持正襟正色的样子。这是怎么回事呢？一来，当时处在残酷的战争环境，上下级关系比较严肃；二来，今天的主角是皮定均司令员，他下起军令来就像猛虎发威，不免使人敬畏多多。因此，虽然是婚礼，却谁也不敢闹点什么名堂出来，大家更像是静坐待命。一会儿，还是曾主任的爱人打破了沉闷：

"新郎新娘互敬一杯酒吧！"

"没有酒。"不知谁回了一句。

接下来，便又鸦雀无声。忽然，听不清是谁说了一字："吃！"

人们立即围上前去，一起向桌子上的两盆菜发起"冲锋"！只听筷子声噼里啪啦，三下五除二，两盆菜顿时被干了个盆底朝天。也难怪，在那艰苦的岁月里，能借光尝到一点荤腥，真是莫大的幸事了！事后，有人计算了一下，这场"哑巴婚礼"只进行了十来分钟，就圆满收官。后来，张烽在谈到这场"婚宴"时，平静地说："那天大家吃完饭，曾宪池的爱人就把我的被子抱过去了。我的财产就只有一床被子，一个当枕头用的衣服包。定均的被子、我的被子合在一起，就算结婚了。当时，我是20岁，定均说他是26岁，属蛇的。"

张烽还回忆道："这中间另有一个有趣的插曲呢。我们结婚后，皮定均接他母亲到白雀园驻地时，老人家又说他儿子是属虎的，结婚时他该是29岁。"

婆婆走后，我和定均开玩笑说："我们一结婚，你就年长了3岁！"

定均调皮地笑着说："还不是为讨你开心！再说你也有责任呀，结婚是一辈子的大事，你为啥不先看看我的档案呢？"

我怼他说："你可真是猪八戒倒打一耙！再说，你首长的档案，俺有资格看吗？"

定均哈哈大笑起来："你这个傻丫头！丈夫大几岁多好啊，把你当作小妹妹，我会疼你的呀。"

"算了，算了！我可说不过你这个刁钻的大英雄……"

在谈到婚后的情形时，张烽不无感慨："和定均结婚后，我才真正了解到他不仅是有智有谋、英勇善战的战将，而且对家庭也是非常有责任心的人。他对爱情一片赤诚，我能嫁给他，是我一辈子的造化，我庆幸找了个好丈夫。"

漫漫沙场上，这份爱是一种特别的期盼

皮定均和张烽新婚刚过 3 天，日本鬼子便又开始对林县新区实施大扫荡。皮定均火速率部出征，张烽则奉命来到离河涧区八里路的本篆村，担任部队征粮工作队负责人。从此，夫妻俩聚少离多，偶尔见一面，也总是匆匆挥别。

1944 年 4 月，日军调集五六万人踏入豫西，国民党 40 万大军不战而溃，37 天就丢了 38 座县城，广大人民群众陷入水深火热之中。

7 月 25 日，党中央、中央军委发出了向河南进军的命令。决定：由北方局从太行、太岳抽调一支约 1700 人组成的"豫西抗日先遣支队"，任命皮定均为司令员，徐子荣为政委。其使命是：插入敌人心脏，牵制敌人西进南下，开创牢不可破的豫西抗日根据地。

得知皮定均要挺进豫西，已身怀六甲的张烽很是担心。她对丈夫说："不知咱以后还能不能再团圆？"

"烽，你放心，我不会死掉的，我的命大！自打投身革命，我不知杀死过多少敌人，每次不都好好回来了吗？再说有你在，有咱们的孩子在，我怎么会死呢！"皮定均虽然嘴上说着安慰妻子的话，内心却波涛滚滚。他深知，此行仅率部队 1700 多人，要去开辟一个新区，去对付五六万的鬼子兵，那将是何等残酷的斗争呀！皮定均见妻子默默不语，也知道在这种情况下，说什么都显得苍白无力。他只能转了话题："你要生孩子了，还需要什么东西？"皮定均苦笑着问道。"现在什么都没有，你又能给我什么呢？"

确实，皮定均十分清贫，身边只有一匹青骡子，还是刘伯承司令员送给他的。骡子身上驮的马褡子，装着他的全部家当：《孙子兵法》《三国演义》《西汉演义》《东周列国》，还有一台练字用的方砚。

"生孩子应该吃什么？我也不懂。我问了老乡，说要吃红糖、鸡蛋。烽，你可要保重呀，别让我牵挂！"

他们谈着，似乎心情宽松了一点。当说到孩子降生了取什么名字，俩人小小争议一番，最后决定：不论是男孩、女孩，都叫豫北。也是对在开辟豫北根据地时，孕育这个小生命的一种永久纪念。

1944年9月，皮定均率豫西抗日先遣支队挺进豫西。张烽在皮定均走后3个月，生下了儿子豫北。由于当时环境恶劣，孩子不可能由自己带，张烽不得不把仅仅一个多月的儿子寄养在涉县一个老乡家里。临别，她含泪和儿子亲了又亲，把身上仅有的几块银圆全留给了老乡。

1945年4月，豫西抗日先遣支队经过数月的武装斗争，打开了局面，并且在登封、巩县、偃师、伊川、临汝、禹县、密县相继成立了抗日县政府，部队站稳了脚跟。新政权建立后，十分需要老区干部帮助开展工作。这时，张烽也可以到豫西工作了。

一天，皮定均亲自选派了有丰富敌区斗争经验的侦察员乔清和，由他去接张烽和徐子荣政委的爱人孟松涛。

乔清和出发前，皮定均从本子上撕下香烟盒大的一块纸，写了一封信给张烽，上面写道："烽：我们的脚跟已经在这里站住，现派乔清和来接你和孟松涛。均"

乔清和接过信，折叠好，当即拆开棉裤缝塞进去，又细密地缝上，这才上了路。

皮定均送走乔清和，仍不放心，又给太行七分区发了一份电报，告知此事。乔清和本来定好了再有半个月就要结婚，但一听说接张烽她们，二话不说出发了。他算了一下时间，半个月应当可以赶回来。

皮定均开辟豫西抗日根据地时，派马夫通过敌占区去接张烽
（摄于1945年）

乔清和这一路过关越卡，走了好几天才通过敌占区，来到了林县的林洪镇。

一见到张烽，乔清和就从裤缝里拆出皮定均的信。张烽一看是丈夫的字迹，知道他还活着，一直悬着的心才放下来，兴奋之情溢于言表。

"可是，这匆匆一走，不知什么时候才能再见到母亲和儿子'豫北'。"张烽想到这里，连忙同乔清和一道，去向母亲及儿子道别。当时豫北刚过百日，已经会笑了。

为了让丈夫早一点看看儿子的样子，张烽找了一个会摄影的，请他给母子俩照个相带着。谁知，小豫北因为不认识妈妈，张烽去抱他时，他的身子反而向外扭着，弄得张烽心里好不难受。虽然相照得不好，但总算留了个纪念。由于张烽他们急于上路，底片就来不及洗出来，只好带着底片奔豫西而去。在到达皮定均部的前一天，张烽和孟松涛住在洛阳白马寺附近的一个小店。半夜时分，这小店突然遭到土匪洗劫，他们除了身上穿的衣服外，所有东西被一抢而光，包括张烽和儿子豫北的那张底片。第二天，他们三人终于赶到了巩县上庄的八路军根据地，而皮定均、徐子荣却仍在前线打仗。得知妻子到来，皮定均就让政治部去前线送信的战士捎给张烽一张二指宽的字条，上写道："小张：知道你来了，我很高兴。即等。皮定均。"

完成任务胜利归来的侦察员乔清和，本来已与未婚妻定好半个月后为婚期，不料此趟来回竟用了48天。未婚妻以为他不守信用，一气之下竟和别人结了婚！张烽得知此情后，心里很不是滋味，难过了好长时间。在等待丈夫回来的日子里，张烽把被褥和脏衣服都洗得干干净净，屋子里也收拾得利利落落。可是，已经半个月过去了，还不见皮定均的影子。这天，张烽正在想丈夫和儿子，突然听到有人大喊道："一号回来啦！"

听到喊声，张烽的心一下提了上来！她撒腿就向外跑，第一眼看到的正是丈夫的警卫员刘忠英。

"小刘，老皮真的回来了？怎么不见他的面呢？！"张烽高兴得大声问着，迎上前去。哪知小刘一见张烽，"哇"的一声就哭了起来！

"老皮怎么了？！你快说呀！"张烽顿时两眼发直，六神无主。

"首长，他……他……负伤了，正在做手术。"小刘呜咽着说。

"啊！"张烽惊叫起来，脚下一软，差点栽倒在地！小刘连忙扶住她。原来，皮定均在指挥部队攻打登封大冶时，敌人的一发炮弹打过来，恰在他的身后爆炸，溅起的无数铁屑、石块立时嵌进了皮定均的背部，衣服上也成了一个个小血窟窿。可他咬牙毫不理会，继续镇定地指挥部队，一直到敌人被全部消灭！这时，人们才用担架把他抬了下来，现在正做手术。

张烽听后失魂落魄，疯了似的跑过去！她看见丈夫趴在临时搭的手术台上，支队卫生部部长高长喜在没有麻药的情况下，正小心使用手术刀，将嵌入皮定均背部肌肉里的几十个铁屑、石粒，一个个地挖出来……皮定均一声不吭，额头上豆大的汗珠，一滴一滴流着。终于，皮定均被抬下了手术台。张烽也顾不得周围多少人的眼睛，一下子扑上去抱住了丈夫。

看到妻子，皮定均脸上挂着微笑说："我这不是好好的吗？只是伤了一点皮。"

张烽看出，丈夫正忍受着剧烈的疼痛，他明明是在安慰她！

"我盼呀盼呀盼你早点回来，盼着早一天见到你，谁知盼到的竟是看着你挨刀子！"

"这不挺有戏剧性嘛，这种见面会更令人难忘呀！谁像你，分别这么长时间，一见了我不笑，还哭鼻子！你不想我呀？！"

"你呀！就是骨头硬，刀架在脖子上了，还笑！"

"这回你该了解你的丈夫了吧？我什么时候都很乐观的，对吧？哎！小烽，咱们那个小宝宝豫北呢？他长得怎么样了？"

"结实得很，一声不哭，光会笑，长大准跟你一样！"转而，张烽又呜咽着说："可惜我跟儿子合影的底板被抢劫去了！你这会儿是看不见儿子的样子了。"

"没关系，以后再照，机会多着呢！听你说说，我就已经满足了。"
皮定均伤口愈合后，张烽被分配在小关区任区委书记，领导农会开展减租减息和"倒地运动"。

1945年8月15日，日本宣布无条件投降。而国民党反动派为夺取抗战胜利果实，又挑起了内战。

党中央为顾全大局，制止内战，决定我豫西抗日部队撤离根据地，南下桐柏，与李先念率领的新四军五师，王震领导的三五九旅南下支队等部队会合，成立中原军区。

皮定均部被编为中原军区一纵一旅，由他出任旅长。离开豫西后，一旅驻扎在湖北宣化店附近的白雀园，张烽亦随队到白雀园小学任教员。此时，张烽又怀上了第二个小生命。为行动方便，张烽提出设法打掉这个孩子。

皮定均却说："咱才只有一个儿子，还是再生一个吧！"为了宽慰丈夫，张烽勉强同意留下这个孩子。夫妻俩商定：这个孩子生下来，就取名桐柏，以纪念在桐柏的难忘岁月。

重重黑幕下，这份爱是一双特别的"金睛"

没多久，国民党反动派疯狂调集30万大军，包围了中原军区6万将士，企图一举歼灭之。在这生死存亡的紧急关头，党中央命令：中原军区实施大突围！这便是举世闻名的中原突围。为保证突围的成功，部队必须减少非战斗成员，包括老、弱、病、残、妇女和孩子，这些同志必须化装成老百姓，分散行动。经旅党委研究决定：张烽、孟松涛，还有副政委的爱人周道，参谋长的爱人李伟，以及参议员郭贵坤等6人，全都列为分散行动人员，一起化装突围，目的地是太行根据地。离开部队前，6人都换上一身农家破衣服，各带一床土布破被子，女的头上打了髻，每人另取了一个化名。张烽化名为"淑珍"。天黑后，他们6人混入了难民队伍。路上，忽然碰上几个小贩模样的人，对他们6人好像特别关注，鬼鬼祟祟的样子。有时，这些人还站在路边交谈什么。不久，又接着过来一个推着车子、戴着草帽、挽着裤腿的人，他和那些小贩模样的人汇合成一路，总跟在张烽他们的身后。为了遮人耳目，这帮人有意与张烽一行保持相应的距离。

眼看难民队伍就到了敌人74师的防区，而这帮跟踪者眼睛却盯得更紧了，几乎一刻也不离开张烽一行。好在张烽他们有着丰富的地下工作经验，警惕性很高，早已发现了这一异常情况。

张烽小声对孟松涛说："不对头，咱们得准备应付敌人！"

当晚，他们6人随难民队伍到了半当岗村，分别住进了几间民房里。张烽和孟松涛挤在一处，周道、李伟等人挤在另一处。这个叫半当岗的小村庄，只有二三十户人家，位于信阳光山至潢川的公路边，南距我军最前沿岗哨六七里，北距敌人头一道封锁线也是六七里距离，算是敌我之间的一处真空地带。

张烽一行安顿下来后，忽然发现周围有人鬼头鬼脑，不停地窥视他们。同时，从敌据点潢川方向，还有一个人策马而来。此人虽是商人打扮，但细观察其举止，却有一股子军人气度。只见此人下马后，虽径直走向茶店歇脚，但一双阴险的眼睛却扫向难民群众，明显地在搜寻着什么。

这时张烽他们已走了一天路，加之张烽又怀着7个多月的身孕，一躺下就再也不想起来。

此刻，其他的难民早已发出各种呼噜声，个个深睡不醒。而张烽却无论怎样也睡不着，孟松涛也睁着眼看着她，好像都感到要出问题。

一会儿，从隔墙传来了嘀嘀咕咕的说话声。虽然声音很小，但由于土墙很薄，张烽睡的位置又正好靠着墙，所以听得很清。

"这几个人是什么人？叫什么？你有没有见过？"一个"破锣嗓"一连串急促地追问，声调中带着威胁。

"见过！见过！"一个战战兢兢的声音回答着。

"那就快说呀，快点！快点！"一个"公鸭嗓"不耐烦了。

"那个瘦瘦的大肚子叫张烽，是旅长皮定均的老婆；那个胖胖的、脸圆圆的叫孟松涛，是旅政委徐子荣的老婆；她们两个都在白雀园小学教过书。那个脸皮最白、个矮一点的是副政委的老婆，姓周，在旅政治部当干事；还有一个就是参谋长的老婆，不知她叫什么名字。"

"她们什么职务？""公鸭嗓"又问。

"皮定均、徐子荣的老婆在豫西都当过区委书记。"这次，回话的是一个带着"娘娘腔"的豫西口音。

张烽听着，忽觉最后这个豫西口音非常耳熟！她飞快地思索着，究竟是谁呢？"啊？！"张烽很快反应过来，原来是"他"！这个"他"，本是随部队南下豫剧团的一个丑角演员，每场开戏前，他都扭扭捏捏地从后台蹭出来，手里摇把小扇子，嘴里哼着几句老词："燕儿燕儿朝南飞，个个尾巴都朝西……"

张烽看过这个剧团的几回戏，所以印象深刻。最近听说此人开了小差，可万万没想到，他已成为敌人的走狗！此情此势，张烽紧张得手心都捏出了汗！事不宜迟。张烽马上压低声音，与相挨着的孟松涛商量对策。

幸亏敌人梦想"放长线钓大鱼"，并没有立即对她们下毒手。不多时，隔墙那几个家伙便响起了鼾声。机不可失，时不再来！

张烽和孟松涛不约而同地小声说："跑！"

可问题来了。一时无法与同行的另外 4 人联系上，怎么办？如果被敌人发觉，结果肯定是一个也跑不掉！倒不如她俩在天亮前赶回部队，另派精兵来营救同志。议定，张烽和孟松涛蹑手蹑脚，从后门溜了出来。门外，全是大片的稻田。在茫茫夜色的掩护下，她俩不管三七二十一，高一脚、低一脚，只管朝着北斗星相反的方向，拼命地跑。她们不知有多少次滑进稻田里，弄得满身都是泥水，可谁也顾不得这些了！尤其是张烽，跑得更加狼狈不堪。她一边跑一边喘着粗气，累得全身出冷汗，不争气的大肚子又一阵阵作痛，衣服全被湿透了。每当她们跑过村边时，不免又引来一阵阵的狗叫声，在夜幕中更令人心悸。不能停，累死也不能停！她俩太清楚了：如果耽误了时间，惊动了敌人，不仅自己被逮捕，连另外的 4 个同志也救不出来了……想到这些，俩人更加焦虑，只有不要命的奔跑，奔跑！她们就这样一口气摸黑跑了七八里。所幸没走弯路，终于跑到了我军营地的前沿哨岗！当听到我们的哨兵问：

"哪一个？站住！"一听声音，张烽一下子瘫坐在地，半寸也挪不动了。听她俩讲了紧急情况，部队立即派了一个战斗力最强的侦察班，跑步执行任务。侦察班总算在拂晓前赶到了半当岗村，救出了另外4个同志。

返回部队的张烽她们被暂时安顿下来后，政委徐子荣感慨道："你们真行呀，脑袋瓜真灵！要不是发觉早，跑得快，恐怕我和老皮都见不到你们了。"

再说张烽见到丈夫皮定均，委屈得掉下了眼泪。皮定均马上快步上前挽着她，扶她躺在床上，自己坐在床边。一把拉着她的手，又抚摸着她的肚子，心痛地说："烽，你这回真是虎口脱险，使我万分后怕！谢天谢地，你要万一出了问题，我可怎么办呀！"

"你要真不放心，就批准我随部队突围，不再化装随难民走，行吗？"

皮定均沉思了一会儿，摇摇头，无可奈何地对妻子说："眼下，一旅担任的是掩护主力突围的重要任务。主力突围后，我们必须与几十倍于我旅的敌人周旋，战斗一定打得很残酷！一旅将来结果如何，实难预料，我这旅长的责任不言而喻。万一出现失误，可怎么向党交代呀！"

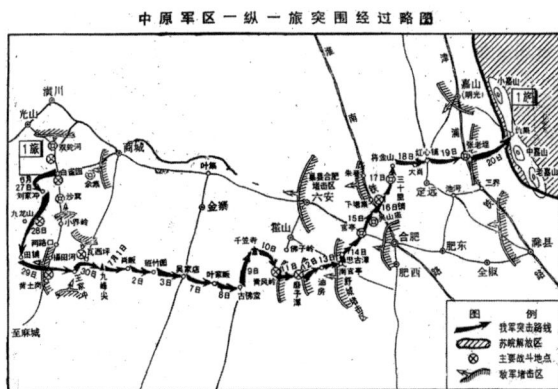

1946年，皮定均一旅中原突围路线图

张烽当然十分清楚：眼前一旅面临的严峻形势，以她目前的身体状况，无论如何是不能随部队行动的。同时，她更担心丈夫，似乎有一种生死诀别的感觉。作为一个职业女革命者，张烽一面痛恨国民党挑起内战，一面也赌着皮定均的气！如果不怀孕，如果早一点打掉这个孩子，这次就可以跟着部队，跟着丈夫一起去战斗、拼搏，何至于落到今天这种境况！

张烽越想越有气，就带着气发起了脾气："好，我走！我走！就是死也算了！省得人家说，部队为什么被打垮？就是皮定均要顾老婆！我一走，就是发生天大的事情，人家也不会捣你脊梁骨，怪我拖了你的后腿！"张烽一边说，一边掉泪。

皮定均心里明白，这是张烽在耍小孩子脾气，但她说得也是实话啊。为了他，为了这个小生命，她真是吃了不少苦，而以后的日子，还不知会有多少苦头在等着她，甚至于随时随地都会付出宝贵的年轻生命……皮定均不敢想下去了！内心痛苦、内疚，感到深深不安。任何语言，都是那么空虚无力。皮定均站起来，把张烽轻轻地托起，又揽进怀里，紧紧地贴着她的脸，两人的泪水交织在了一起。

张烽双手抱住了丈夫的脖子。她也实在不忍心：即将与敌恶战的丈夫，不应再承受更大的压力啊！终于，还是她先开口了："定均，咱们还是说说眼前的事情吧。"

皮司令这才抬起头来，先擦去张烽脸上的泪水，又擦去自己脸上的泪水，夫妇俩开始做起了设想。

"也许，我们俩都一切顺利，豫北和桐柏两个孩子也都安全，咱们全家4口人胜利团聚。"定均说。

"我若化装突围，万一路上遭到敌人逮捕或者不幸牺牲，你和豫北还有半个家。"张烽说。皮定均咬着嘴唇，没有接话。

"也许，我们俩全牺牲了，只剩下豫北一个儿子，你皮家至少还有个后代，让他接着搞革命吧。"

皮定均还是不说话。他们两个望着黑乎乎的民宅房顶，都陷入了沉思。是啊，这间民宅，是他俩结婚以来相处最长的地方了。他们睡的床，是用土坯垒的，还是用几根横木架起来的。床上铺的是用高粱秆编结的粗席，席上铺着稻草。枕头是用两个人的衣服包裹，这也是他们的全部家当了。眼看就要离开这间房了，可能今生今世也难再回来了。但它却会永远地留在夫妻俩的记忆里。

"烽，我俩不是常说嘛，有国才有家！相信你的丈夫是好样的，天再大，它也压不住地！我们一定能胜利的……"

"嗯……"

悬悬一线边，这份爱是一个特别的支撑

1945年6月中旬，张烽奉命又要离开部队了。为了保证安全，组织上安排旅保卫干事李明祥化装成小商人，张烽扮作家庭妇女，这样便于一路照顾。此番行动，路经开封、徐州，目的地是去江苏或山东解放区。但中途如果情况有变，也只好随机应变。总之，一切都得视情况而定。张烽和李干事刚一离开部队，老天就下起了雨。他们先到附近村子里，好不容易才找到一个避雨的地方。刚坐下，便有几个不农不商的人也跑来"避雨"。这帮人眼睛贼溜溜的，盯住他俩不松。一会儿，这几个人相互递了个眼色，便相继匆匆冒雨离开了。

"不妙！这里离敌人的封锁线很近，快撤！"张烽他们为了迷惑敌人，毅然选择了一条回头路。果然，他们一走出村子，就听到了后面传来的枪声。刚走不远，又遇到沙河洪水暴涨，挡住了去路。但为尽快摆脱敌人，他们只好冒险涉水而过。好不容易到了河中央，不料又是一浪打来，眼看张烽就要被卷进去！李干事不顾一切，拼命才把她拖上了河岸。脱险后，他们深一脚、浅一脚地踩着泥泞，停停走走，走走停停，虽然很累，不过还算顺利，总算找到了联络点。

接着，由我党的内线交通员做向导，3人趁着黑夜，尽选一些野地、田埂、荒僻的小道，还走了一段沙滩。由于交通员路线熟悉，他们平安地

穿过了敌人设置的层层封锁线，有时几乎是从敌人的碉堡旁边经过，甚至连敌人哨兵的咳嗽声都听得清清楚楚，可以清晰地看到从敌碉堡机枪眼里反射出的灯火。

终于，地下交通员顺利完成了护送任务，张烽和李干事与他依依惜别。次日天刚亮，张烽他们就到了敌人的后方。约下午2时，他们赶到了信阳火车站。售票处前拥挤不堪，人们争先恐后地抢购车票。李干事一头挤进人群，去买开往郑州的火车票。

已走了一整夜的张烽才觉得，全身的骨头架都要散了。当好不容易在候车的地方找了个位置坐下来时，张烽马上想到丈夫：他不知怎样？老胃病犯了没有？主力部队开始突围了吗？一旅掩护任务顺利不顺利？……想着，张烽便下意识地摸着自己的大肚子。小生命已经8个多月了。她不觉自言自语：

"孩子，如果没有你，我怎么会和你爸爸分离呢？"

这一想，不由悲从中来，她真想大哭一场！她太挂念丈夫，太挂念部队了！蓦地，张烽意识到自己现在的处境是在敌占区，她的任务是秘密转移，这也是与敌人的一场新的较量，必须赶紧回到解放区，找到党组织！只有这样，才能了解到中原突围的战况，也就知道了丈夫的命运……

张烽想到这里，又渐渐趋于平静：自己再苦再累，也一定要回"娘家"！在一片拥挤不堪的嘈杂声中，张烽他们总算挤上了火车。可车厢里的座位早被国民党的军官和太太占据了。这帮人有的躺着，有的摊开双臂斜倚着，一个人占着两三个人的位置。有位抱孩子的中年妇女实在太累了，刚想在他们身边的空位上坐下，就听到一个男人叫骂："滚开！滚开！你没长眼睛吗？敢占老子的位置，找死呀！"

这位妇女吓得战战兢兢，连忙抱着啼哭的孩子，知趣地又挤到了过道里。张烽气愤之极，真想上去给他们一枪！但为了安全，她只能强忍着。毕竟，这是敌占区呀！张烽咬住嘴唇，默默挪到车厢门口。列车晃得实在站不住了，李干事就强挤出一点地方，张烽这才坐在了自己的包袱上。李干事怕挤着她，还站在她前面，用力顶住挤过来的人群。

次日上午11时，终于到达了郑州火车站。可这里比信阳更紧张。到处站着待命的国民党军队，到处都是堆积如山的军火，这些都是美国政府支援蒋介石的军火，是用来打共产党和老百姓的。在这里，焦急等待火车的乘客们挤得水泄不通。大人喊叫，小孩哭闹，甚至有的被挤到了火车轨道上。这种情况下，去开封的火车票根本买不到，这可怎么办呢？张烽联想到自己曾在巩县一区工作，还领导群众进行"减租减息""倒地运动"，此时也有不少反动地主逃出来，万一被他们中的一个碰上，就暴露了。张烽越想越觉得危险，恨不得马上离开这里。

正在心急火燎时，她突然发现一些胆子大的乘客正往车顶上爬！张烽心一横，什么也不顾了，居然也跟着这些乘客，像他们一样手脚并用，终于也爬到了火车顶上！要知道，张烽此时可是怀着8个多月身孕的人呀！不久，这列火车隆隆地开动了！车头上冒的煤烟和粉尘一起卷过来，呛得张烽喘不过气，睁不开眼。况且，在火车行进的激烈振荡中，随时都有摔下来的可能，稍有闪失，便是粉身碎骨。万幸的是，张烽和李干事竟一道闯过鬼门关，奇迹般地到达了开封！

坎坎生死关，这份爱是一束特别的"智慧"

上天总有不测风云。张烽和李干事历经千辛万苦才赶去的开封，却并非什么顺境。他们按照组织上交代的联络接头地点去找，竟然是人去楼空！

房东说："出门快一个月啦！没有回来过。"在这人生地不熟的敌占区，又随时可能生孩子，这可怎么办？联络线索一断，何时才能到解放区，何时才能找到党组织呢？张烽焦急得眼中直冒火星！无奈，他俩只得再次赶回车站，再次挤上火车，于第二天到了徐州。他们按照地点找到一家茶庄时，得到的回答却是："人不在，上南京去了！"

就这样，联络的红线都切断了。当时，徐州是敌人向我山东、江苏解放区进攻的战略要地，车站特务遍布，连旅馆都守有宪兵盘查。

"徐州不能久留，必须尽快离开。"张烽和李干事想法一致。

又能到哪里去呢？张烽急中生智，对李干事说："不如经彰德到太行去。我家在那里，又是我工作过的地方，咱俩假装夫妻回家探亲，这样最保险。只不过，需要弄一张'回家探亲'的证明才行。可是，徐州没有亲戚，我们该怎么办呢？"

正在苦寻出路的时候，李干事突然想起来：自己原有一个堂兄在开封，是开杂货店的。但由于自己投身革命，已经多年没和堂兄来往，也不知他还在不在那里。

"他知道你是八路军吗？"张烽听李干事说了情况后，急促地问。

"不知道。"

"目前只有这一线希望了，我们就先去碰碰看。"

于是，他们又乘火车，再回开封。李干事按照记忆中的老地址去寻找，最后居然找到了！简单的寒暄之后，李干事便对堂兄说，自己在彰德娶了这个媳妇，在丈人家做古董生意，这次路过这里，顺便来拜访堂兄堂嫂。听李讲了情况，堂兄嫂对他们的到来非常高兴，不仅殷切接待，还挽留他们多住几天。接着，在大家谈话之中，李干事便有意无意地说："我两人出门的时候，风声还不太紧，所以没有想到带证明。可是现在回去了，风声又紧了，就怕路上万一耽搁住，你弟妹半路上正好要生孩子，那就麻烦了。哥哥能不能给我们弄个证明，路上好方便些？"

堂兄一听，马上说："你们不要怕，这个容易。"

很快，堂兄托了个关系，第二天便弄来了一张"回家探亲"的证明。张烽和李干事自然十分感谢！他们很快拜别了热情的堂兄嫂，又换车北上"回娘家"的路。他们到彰德一打听，城北5里就是解放区。两人当即雇了一辆马车，赶紧上路了。

虽然只是这5里路，可敌人几步一岗，盘查非常严密。由于张烽是本地人，也都应酬了过去。加上那张"回家探亲"的证明，又是小两口同行，女的还挺着个大肚子，敌人容易疏忽。他们竟一一顺利通过！只是在最后一道岗哨，敌人把他们的衣角、被角都搜遍了，才恶声地说："走！"

他们强按下内心的狂喜，坐上马车，终于顺利地到"娘家"——太行解放区。在漳河渡口，张烽他们正好碰上七分区的司令员崔建功。张烽被暂时安置在太行军区。由于颠簸劳顿，张烽提前分娩了。

她这次生了个女儿，就叫桐柏。刚生了孩子，太行军区作战科长安怀同志就拿着报纸，跑到张烽屋里，大声喊道："好消息，好消息！"他打开《新华日报》给张烽看，上面是一条醒目的大标题："彻底粉碎蒋匪围歼阴谋，皮定均将军所部胜利到达苏中"。张烽连忙一把抢过报纸，飞快地吞读完这则消息！不觉热泪滚滚，激动得放声大哭起来！她是天天想、夜夜盼，这好消息不负苦心人啊！一旅终于胜利突围，丈夫终于活着出来了！大哭一阵后，张烽又大笑大喊道："我们胜利了！胜利了！"

可是，只过了一会儿，张烽又流下了伤心的泪。因为她知道：丈夫虽然活着回来了，可是他们唯一的儿子豫北，一个鲜活的小生命，却永远也回不来了……

原来，张烽到了豫北解放区，就赶紧叫丁琦科长去找回寄养在老乡家的儿子豫北。可万万没有想到，去那老乡家一问，老乡难过地说："豫北本来身体不错，长得活泼可爱。但前些日子突然拉肚子，孩子身体拉得像软面条一样，也找不到医生，孩子就这样没了。"

张烽听到这个噩耗，欲哭无泪！作为母亲，她万分挂念这个一生下来就没有见过爸爸面的儿子！不料，儿子就这样带着深深的遗憾，冰冷地离开了人世，他才只有一岁多呀！

张烽生下桐柏后，形势又急剧恶化，战斗随时随地在进行。如此恶劣的处境，不允许她把幼小的女儿带在身边。无奈，只得又把小桐柏寄养在老乡家里。可怜这个女儿，也仅仅活了5个月，就染病不治而亡！

张烽闻讯，哭得死去活来！这是又一个未来得及见爸爸一面，就不幸夭折的孩子啊……几经折腾和打击，张烽病倒了。她又是高烧，又是"打摆子"。昏迷中，她声声念叨着：定均，定均啊！一双儿女都走了，他们在天上见面了！可我们两个凡间的人，什么时候才能见面呀……

沉沉黎明前，这份爱是一抹特别的曙光

皮定均率一旅胜利突围后，部队进行了休息和整编，准备投入新的战斗。此时，皮定均一面待命，同时也憧憬和妻儿团聚的幸福时刻。然而，他和张烽已失去联系，对两个孩子的下落也毫不知情。每念及此，皮定均便心急如焚。皮定均在日记中写道："自从她化装走后，就失去了联络，我虽发过三次电报到山东、太行、晋冀鲁豫，都无回音……她现在到底在什么地方？这里我很难知道，特别是她的一切行动，我是很担心……我在这遥远的华中盼望着她的消息。"

在另一篇日记中，皮定均写道："……我想到华北去……我的爱人，我的两个儿子——他们出生到今天，我都没有见过，他们是什么样子？这时我很想到华北去……这两天我的工作很忙，我要给家里去信。我没有见过我的儿子，没有什么东西给他。"

1946年9月，皮定均又在日记中这样写道："父子不能见面，本旅奉命回防高邮……想到十纵有很多儿子都跟着他们父亲在行动。在我个人计划应当有两个儿子，但是到现在父子不能见面，这在中国的社会中也是少有的，也是很难多见的，由此想来我的生活好不苦也。但这在革命阵营中并不稀奇。我思想上有很多说不出来的话……"

一天，皮司令思妻儿心切，为减轻心中的折磨，他竟然一个人跑到大街上，去参与一群孩子"踢田字"的游戏。何为"田字"游戏呢？原来，就是在地上划一个"田"字形的框框，在每个小格内放一块石子，一只脚跷起，用另一只脚踢石子。规则是：每人一次只能踢一个石子到框外，每个田字要踢4次才算赢。如果把石子踢到别的小格子，或一次踢不出来，

就会被罚下场。当看到一个大男人和孩子们玩踢石子时，周围的老乡纷纷围上前，人们都用奇异的目光，看着这位腰挎手枪，已过而立之年的大首长，不知他为什么会和这些流着鼻涕、脸上沾满泥巴的孩子一起玩耍。

开始，皮定均不懂这种踢石子游戏的规则。他上脚一踢，竟把4个石子全踢了出来，惹得孩子们大笑，一起喊着："踢错了！踢错了！罚下！"

皮定均便老老实实的下来。待玩到下一轮，他再上场时，孩子们却都踢不过他了。又玩了一会儿，部队的一群战士也看过来。只见一向严肃得令人敬畏的皮司令员，今天竟乐此不疲，玩起了踢"田字"的孩童游戏！

"想不到皮司令是这样喜欢孩子！"老乡们这样议论，战士们也这样议论。皮定均却充耳不闻。他一直陪同孩子们尽情地踢着"田字"，直到玩完了整场游戏。望着孩子们散去，皮定均又信步来到高邮当地的一座昭君庙。他仔细端详着昭君的塑像，越看越觉得亲切：不仅那面庞身段像妻子张烽，连手和脚都像张烽。他马上找了些碎布，又拿来了扫把等工具，亲自动手把昭君庙弄了个齐齐整整。

"想不到，真想不到！这位在火线上叱咤风云的英雄将领，对妻儿的爱却如此细腻，简直是柔情似水！"将士们的心也被融化了。

1946年10月16日，皮定均在日记中写道："梦见张烽，夜间是不能很好入睡的，就是睡着时也是不能定神的。我们每天的事也的确是很复杂的。我睡得正在甜蜜时，忽然那方面来的人，也是很匆忙的，走来问我：'你收到张烽的信了没有？'我当时回答：'我没有见到。'在不久的时间内我就醒来了，原来是个梦。"

皮定均接着写道："她当时告诉我，她到太行山休息去了，我听得不太清楚，到底是到太行山休息去了，还是学习去了，我很难想起来，我很可怕，莫不是她死了吗？她的'灵魂'在各地跑……我想到怕是她死了，来给我送信的……我也很难了解到她的苦和她的生活，我只好在这遥远的华中盼望着她的消息。"

惜惜别离际，这份爱是一股特别的凝聚

这是一个艳阳天。春的气息浓浓地包围着人们。这天，皮定均突然收到张烽的来信！

他情不自禁。当着干部、战士的面，皮定均就跳起来，大喊："来信了！来信了！"

这天，是 1947 年 4 月 18 日。

皮定均在日记中写道："今天接到张烽来信，我很兴奋……她怕我死了，我是轻易不会死的……人生在世之中是复杂的。世间有苦有甜……她为战争、同时为我经历了很多苦……"

再也等不得。皮定均马上派"老八子"段修德和另一个侦察员，赶去太行军区接妻儿回家。由于两个地区之间的货币不能通用，皮定均便想了个变通的法子：他先设法买了头小毛驴，让段修德他们带着驴去接人。而一到了太行，就可以将驴卖掉。这些卖驴的钱，便作为张烽及两个儿子，也包括段修德他们回来的盘缠了。

可是，当张烽和段修德一行千里迢迢，辛辛苦苦赶到驻地时，皮定均却又奉命到外线作战了。张烽独自一人，又足足等了他一个多月。这天，早已归心似箭的皮定均终于踏上了全家团圆的归程！他真想马上就见到日夜思念的妻子。还有豫北。还有桐柏。桐柏是男是女？豫北长得像谁？是跟爸爸一样吗？桐柏如果是女儿，一定像妈妈一样漂亮！皮定均越想，越心花怒放！他甚至想象着孩子们叫"爸爸"的声音，那一定会像小喜鹊般地好听吧！

他想的还有：当一下子见到母子 3 人时，能不能一起把他们都抱起来呢？如果抱不成，倒不如把一个孩子顶在头上，另一个孩子骑在脖子上，再腾出双臂，把妻子揽在怀中……

可他转而又想，总不能两手空空去见妻儿呀，起码也得给两个从未谋面的孩子一点见面礼吧！但我皮定均却什么也没有，拿什么作礼物呢？

想到这里，皮定均急得直拍脑门，还是没想出个所以然。此刻，他习惯地抚摸着腰间的枪。忽然就有了主意：对了！子承父业，精忠报国，将来孩子们都去当兵，一定要先熟悉武器嘛！那么，见面礼物就非弹壳莫属了。于是，皮定均连忙寻找，就地取"宝"，竟然找出了十多种各个类型的子弹壳，装了满满两兜，把军装都撑得变形了。

诸事齐备。只见皮定均揣着由子弹壳"集合"而成的礼物，扬鞭策马，身上不时传出"叮叮当当"的子弹壳"交响乐"。

一路同行的将士们看到平时威严有加的皮司令今日喜形于色，那发自内心的欢快劲儿，很久都没有见过了。大家也不免跟着他兴奋起来，有人还哼起了家乡小曲儿。

皮定均一路急驰赶到家时，早已看到妻子在门口迎候。他跳下马来，一个箭步冲上前去，一边抓住张烽向屋里拽，一边大喊："豫北！桐柏！爸爸回来了！"没有声音，没有回音！小小的屋子静悄悄，没有孩子们的影子！开始，皮定均不相信自己的眼睛，还以为孩子们故意藏起来了，不免四下寻探一番。

可再仔细一看，妻子泪流满面，身子晃得都站不稳了！皮定均只觉脑袋"嗡"的一声，也呆住了。

张烽再也克制不住，扑进丈夫怀里，号啕大哭起来！

"苦难的孩子，不！是两个苦难的孩子！怎么会没有了呢？难道说，我皮家后代真的没有了？连一个都没有了？！"皮定均问完，仍失神地站着，一动也不动，任英雄男儿的泪水长流！张烽一面哭，一面捶着丈夫的背。

他不由得仰天长叹道："我皮定均的家运怎么这样苦啊！"

又过了好一会儿，皮定均才发出了长长的"唉"声，总算回过神来。"烽，你为我，为皮家受苦了。我对不起你！更对不起死去的两个苦难的孩子。可是，这是战争给国家造成的苦难，也是千千万万老百姓的苦难！我皮家，不过是其中一分子啊……"看到张烽仍悲痛得说不出话来，皮定均把她抱得更紧了。

"烽，别难过了。再伤心，孩子也回不来的。我们还年轻，人生的路还很长，我们还会有孩子的……"

这次重逢，依然是处在纷飞的战火之中。之后，夫妻两个还是聚少离多，互相不知道音讯是经常的事情。直到1949年，皮定均和张烽才又有了一个孩子，也就是他们的第三个孩子。张烽生下这个孩子时，皮定均照旧是在战场上。

这时，新中国的曙光在望，宏伟的建国蓝图必将绘就，他们便为孩子取名国宏。皮定均在日记中写道：

"4月16日，生个男孩，汪林同志从淮南来……她却给我带来了令人兴奋的消息。她说：'张烽在上月16日生了个男孩，母子都好。'因此引起我很多感想。这已经是第3个儿子，可是所有的儿（女）子我都没有见到过。前两个因为环境的艰苦，战争的隔绝，都死在寄养的老乡家里了。这个可不能再让他死掉。我一定争取看到他……全国人民正在以欢乐的心情迎接伟大的胜利，我也要享受一下见到儿子的乐趣。"日记写于1949年5月11日。

1949年5月底，皮定均终于第一次见到了自己的儿子皮国宏！这时的小国宏还不到两个月。皮定均兴奋得不知怎么才好。只见他一会儿把儿子抱起来，抛向空中，然后再双手稳稳接住；一会儿，他又两手高高托起儿子，在自己的头顶上旋转；一会儿，他又把儿子架在脖子上，全身转圈摇晃个不停。这么

张烽、皮定均、皮国振（皮定均的堂侄）

稚嫩的婴儿，怎么经得起如此折腾啊。小国宏不仅大哭不止，还向爸爸全力发泄不满，尿了爸爸一身。

张烽在一旁嗔怪道："有你这样把儿子当皮球玩的吗？快给我，儿子该吃奶了。"皮定均这才意犹未尽地交出了儿子，连忙换了一身干净的衣服。一会儿，国宏吃完奶，才刚睡着了有一刻钟。皮定均又忍不住了，便再次抱起儿子，继续游戏不止。结果，儿子如法炮制，且哭且尿，皮定均刚刚换下的衣服，转眼又被尿湿了。张烽接过儿子，还是喂奶，接着哄他睡着。皮定均还是"不死心"，又抱起儿子玩耍。结果，儿子同前两次一样，不仅且哭且尿，甚至拉了他一身。这样的"戏法"几经重复，当然全是一成不变的结果。皮定均这才知道儿子的"厉害"，才明白养孩子的不易。

他幽默地对妻子说："儿子不好玩呀。除了吃喝拉尿，就是哭哭闹闹！烽呀，真是辛苦你了！"说着，皮定均将妻儿一道搂入怀中，心底涌起无限的暖流。这是爱的凝聚。

拳拳忠孝心，这份爱是一世特别的眷恋

1953 年，皮定均从抗美援朝战场凯旋归国。一进家门，他便走近母亲睡过的床铺，思念起老人家的点点滴滴……这天夜里，睡梦里的皮定均忽然被惊醒，却再也难合眼，翻来覆去，浮想连连，不觉长叹一声。听到动静，一向警觉的张烽也醒了，便推丈夫道："定均，怎么啦？"

"我刚刚梦到了母亲。她正往田里挑大粪，一不小心摔伤了身子，我飞跑着去扶她，不想又被田埂绊倒了。直到这会儿，我还没把母亲扶起来，心里正难受呢……"

"别再难受了，咱们这两天就抽空回趟老家，还带上咱的两个孩子，专程去看望母亲，行不行？"

"我早就想回去一趟了！看望母亲，看望众乡亲，还有故乡的山，山

上的牛和羊，我幼年的放牧场……"

"说定了回家去，那就快睡吧，明天的事还多呢！"

"好吧。"

张烽这才侧过身去，似乎又睡去了。皮定均却仍然无眠，一任思绪飞向家乡的崇山峻岭，更有儿时的白云黑雾……皮定均出生在安徽省金寨县古碑区岱家岭村。家里世代贫穷，多以帮工、讨饭为生。皮定均的父亲由于终年劳累，饥寒交迫，20岁就得了肺痨症。

1914年9月10日，皮定均呱呱落地，来到了这个苦难的家中。他出生不久，父亲便卧床不起了。当时皮定均的母亲陈氏才24岁，皮定均的哥哥皮贝才一岁多。

那天，陈氏眼看着丈夫活不长了，就悲痛地抱着襁褓中的幼子皮定均，走到丈夫床前说：

"他大（爸），你给孩子取个名字吧！"

皮定均的父亲看着活泼可爱的幼子，禁不住伸出颤抖的手，轻轻摸着儿子的小脸，泪流满面："儿子这样好，将来一定比我强。可惜，我不能抚养他长大成人了！看在咱们夫妻一场的份上，往后你就多心疼他们一点吧！"一边说着，一边把长子皮贝也拉到床边，凄然地说：

"我们皮家虽贫穷，可是人丁兴旺。瞧咱们这一对孩子，都是虎气生生，我死也闭眼了。这个小儿子，就叫他'双子'吧！"

说罢，又拉着妻子的手不松："你还这么年轻，让你跟着我受苦了。我走了以后，不管以后日子怎么过，你一定要把两个孩子养大，使皮家有根，我下一世就是变牛、变马，也要报答你……"

话还没说完，皮定均的父亲就突然吐血不止，撒手人寰。

丈夫走后，生性刚强的皮定均母亲陈氏，硬是在缺吃少穿、受人欺侮的困境中苦苦挣扎着。在这期间，总有些心怀叵测的人对她纠缠不止。孤儿寡母实在无法再生活下去，只好在皮定均3岁那年，母亲改嫁给了一个诚实可靠的邬姓青年农民。邬家虽然也很贫穷，但丈夫心地善良，表示乐意把定均兄弟俩带过来，一道过日子。

谁知生性刚强的皮定均却不愿到别人家去，他要和爷爷奶奶在一起，守着皮家的破屋子。哥哥随母亲去邹家没几天，因想念老家、想念弟弟，也跑回来了。不久，贫病交加的奶奶饿死了，爷爷的眼睛也哭瞎了。年幼的皮定均和哥哥便与爷爷相依为命，乞讨为生。不幸的是，可怜的哥哥在乞讨的路上连饿带病，赤条条离开了人世。

定均 8 岁那年，就开始靠给地主放羊、放牛、卖柴挣来一点点粮食，承担起赡养爷爷的重负，直到爷爷病故。

旧中国风雨飘摇的 1925 年，革命的火焰点燃了金寨，中国共产党的种子播进了岱家岭村。当时，皮定均 12 岁。这个受尽了磨难的刚性孤儿，从此义无反顾地踏上了革命的征程。作为一个天然的"赤色分子"，一个天生的无产者和革命者，无须任何烦琐的说教，皮定均便深知"没有国就没有家""国家兴亡、匹夫有责"的大道理，革命是他的唯一。大难当前，为国尽忠，皮定均别无选择。然而，作为大山的赤子，母亲的孝子，无论走到哪里，皮定均都永远对家乡、对故土满怀着深深的眷恋之情。

记得是在 1946 年 5 月。皮定均部驻扎在湖北白雀园，此地距他家乡仅 50 多公里。时任中原军区一纵一旅旅长的皮定均思母心切，就秘密派人将分别 17 年的母亲接来。

母子相见，抱头痛哭！妻子张烽在旁也抹泪不止。皮定均在当年 5 月 8 日的日记中这样写道："我的家是很可怜的，我的父亲死得早……从我记事时就体验到孤儿寡母生活的艰苦。

"我的家乡是为了革命叫国民党破坏了的，全家各走一方。我 14 岁就离开了家，特别是我只有一位苦难的母亲，她这一生受的苦够多的了。自我回到家乡来时，时常想到母亲一生的苦……"

在 1946 年 5 月 10 日的日记中，皮定均写道："这次我的母亲在离开我时，特别嘱咐我对穷人要尊重，有讨饭的来时要给人家饭吃，不要给人家吃了一半的剩饭……"

当一旅中原突围途径皮定均家乡附近叶家畈时，他在 7 月 7 日的日记中写道："我的母亲，我的房屋，我的放牛场，你们都应当很自在地生存在我们的土地上吧，等我们完成中国的阶级斗争任务时，来解放你们吧，再来换取你们的自由、你们的幸福吧，我个人相信为时是不会长久的。"

这一天终于到来了。

1949 年 10 月，全国刚刚解放。皮定均时任华东军区 24 军军长，驻徐州。张烽则在淮南煤矿任人事处副处长。好不容易安宁了些，夫妻俩都十分思念自己的母亲。于是，他们就把两位老人都接到了身边，一住就是一年多。

直到 1952 年抗美援朝战争爆发，皮定均赴朝作战，才把两位老人送回了各自的家乡。

两位老人在皮定均、张烽家里长住时，张烽还提议：将婆婆生养的邬姓弟弟和弟媳也接过来住。这么一大家子，其乐融融地在一起生活了好几个月。转眼间，又是一年过去。皮定均夫妇怎不思念老人家呢！很快，皮定均和张烽分别安排好工作，全家人踏上了离别 20 年的故乡路。此时，大儿子皮国宏一岁多，二儿子皮效农才几个月。这一路上，山道崎岖，交通不便，加之大雨滂沱，山洪暴发，车辆根本无法通行。皮定均便和警卫员轮流挑起扁担，一头挑着一个儿子。张烽也一同跋山涉水，艰难赶往安徽金寨。行至中途，全家人被困在山上，实在无法前行了。他们只好在一个老乡家待了 3 天，最后总算回到了皮定均的老家。老家的房屋早已没有了，皮定均全家住在了一个堂哥家里。当见到儿子、媳妇和两个孙子时，皮定均的老母亲禁不住热泪纵横，激动得什么话也说不出来！老人满脸泪水，抱起两个孙子，亲了又亲……

"小双子回来了！小双子回来了！"乡亲们亲切地叫着皮定均的乳名。不一会儿，大家就把皮定均堂兄家的小院子挤得满满当当。忽然，一位老母亲走上前，拉着皮定均的手问："小双子啊，我的大儿山伢子在哪儿？他咋没和你一起回家来呢？"

还没等皮定均答话，另两位大嫂也从人群中挤上来，其中一个先红着眼圈问道："双子兄弟，我的丈夫怎么没回来呀！我和孩子想他都想疯了……"面对众乡亲，皮定均无言以对！

当年，当地和他一起参加红军的本有 14 个青年。可他们，先后都战死沙场……只有皮定均。只有他一人幸存了下来！此时此刻，皮定均真是想见亲人，又怕见亲人！此情此景，令他想回家乡，又怕回家乡！皮定均心里不停地呼唤着："我的乡亲，我的战友，我的兄弟，你们在哪里？你们听到亲人的声音了吗？你们就这样安息了吗？古来征战几人回，古来忠孝两难全呀！可为什么？为什么战死沙场的不是我皮定均？！我情愿替你们而死，好让你们与亲人团聚啊……"

哀伤笼罩着皮定均的心。他为成千上万的革命先烈而哀伤！这次千辛万苦的回乡路，成为将军一生中唯一的一次，也是最后的一次！第二天，皮定均毅然携妻儿踏上归途。从此，他决不再提回家乡！

1958 年，皮定均的母亲不幸病故了。当皮定均得知噩耗时，老人已悄然过世。面朝家乡，皮定均深深跪拜道：

"母亲，请原谅儿子没有亲手为您的坟上添土。您的生养大恩，儿子生生世世都会报答……"

当天，皮定均寄了丧葬费给邬家弟弟。对于岳母，皮定均也同样十分牵念。与张烽结婚后，皮定均对年轻守寡的岳母很是敬重。他深知岳母一生最遗憾没有生个儿子，恐终老没人送葬。为安慰岳母，他不仅常和妻子一道慰问老人，而且还常抽空独去看望。皮定均曾在同时，亲自买了两件同样的皮袄，一件给岳母，一件给母亲。

1960 年，岳母去世，刚从高等军事学院毕业的皮定均立即同妻子一起赶回涉县，以儿子的名分为岳母送终，了却了岳母的心愿。

点点学为人，这份爱是一代特别的家风

皮定均夫妇深知，儿女是新中国的未来，首先要教他们学会为人。而父母则必须从小做起，从小教起，为家庭、为国家担起这份未来的责任。

因此，夫妻俩郑重约定：把崇尚劳动、崇尚务实、崇尚自然、崇尚节俭、崇尚布衣，立为一代家风。至今，将军的家人们仍忘不了那一桩桩诸如"皮女浇粪""皮子揪叶""皮氏持家""皮式假说"等故事，彰显一代家风的鲜活往事。忆起"皮女浇粪"，将军夫妇的小女儿卫华体味最深：

皮定均家的劳动工具（皮定均夫妇严教子女，经常开荒种地，参加体力劳动）

我家有个农具间，里面不仅有锨、镐、斧、锄、耙等各种农具，还有爸爸亲自制作的小型喷灌器。但我感触最深的仍是那对大粪桶和担粪的扁担。

那是在 1967 年。哥哥姐姐们都参加工作了，家里只剩下我和爸爸妈妈。爸爸要我挑大粪给葡萄施肥，我便一下子挑了满满两桶。当时我才 13 岁，挑起来自然很吃力。偏偏又不小心，一脚踩在了一块不平稳的石头上，结果人仰桶翻，我被浇了一头一身的粪水。爸爸见状，赶紧跑上前扶我起来，给我擦粪水，又亲自给我洗头。他一边洗，还一边心疼地说："你这么小，怎么一下挑两满桶呢？挑半桶不就好了。""我怕爸爸等得着急啊。再说，挑满桶可以少跑一趟呢。""真是个傻姑娘。你要知道，干活和吃饭一样，饭要一口一口吃，活要一点一点干。小孩子不能一顿就吃成一个大人，干活不能

一次就挑走一座大山，那样不但会把人累坏，当然啦，连大山也挑不成了。这才叫实事求是。你说是不是？我的乖女儿？"

听了爸爸一席话，我含着眼泪又笑了起来。过了一会儿，妈妈外出回来了，她一面问明缘由，一面连忙把我的脏衣服洗了，还说："你爸爸说得对，以后再劳动要量力而行。"

说起"皮子揪叶"，将军夫妇的儿子效农记忆犹新：

爸爸妈妈带我们几个孩子一起在树荫下散步。我那时很淘气，就蹦起来顺手揪了一片树叶。爸爸马上不高兴地说："你怎么不爱惜树木呀！这是多少人的劳动才换来的成果呀！"

"路边有这么多树，我不就揪片树叶吗？那有啥。"

"如果都像你一样，你揪片树叶，我也揪片树叶，这路上一天要走多少人呀，再多的树叶不都给揪光了？那我们现在还能在这幽美的环境中散步吗？这可不是小事情！你不但不尊重劳动，还不尊重大自然！你难道不懂，树木也有生命的呀！它和人一样，也知道疼呢。"

爸爸一边说着，一边就伸手揪了一下我的头发，说："我现在就拔下来一根，看你疼不疼！"

"爸爸，我知道错了……"

爸爸这才露出了笑容。妈妈也在我的头上抚摸了一下。顿时，我感到好温暖呀。

说到"皮氏持家"，将军夫人张烽平静地回忆着：定均一生艰苦朴素，他的生活极为简单。一日三餐粗茶淡饭，一套衣服穿了又穿。从不挑食、不挑衣、也不抽烟。孩子们衣食也一样朴素简单。经常是把我俩的旧军装改了又改，大的穿不上了，小的接着穿，一件衣服补了又补，直到不成样子。尤其在三年自然灾害困难时期，家里粮食不够吃，孩子们饿得头晕，走路都直摇晃。我就到农村去买些南瓜、地瓜，当时连这些东西都是很难买到的。而且发的布票也不够用，孩子们连裤头都穿不上，我就到街上去买些不要布票的手帕，我仔细算过了，4条手帕可以做一条裤头，我便买了很多手帕，一下班回家就坐到缝纫机前，不是缝裤头，就是补衣服，经常累得头晕眼花。

效农和卫华也都说：我们家要求吃饭不准丢掉饭粒。爸爸妈妈经常对我们说，粮食是最珍贵的，不仅经过农民乡亲在田地里耕、种、锄、割，还要经过晾晒、运输、加工、销售，最后才能做成熟饭，每一粒米都浸透着许多人的汗水。

我家姊妹最早学会的诗歌都是那首"锄禾日当午，汗滴禾下土。谁知盘中餐，粒粒皆辛苦"。所以，早早懂得不能浪费一粒粮食。记得小时候吃饭，总会不小心在掉米粒，但我们都会立即捡起来吃掉。效农还清楚地记得吃西瓜的情景：每次吃西瓜时，爸爸妈妈总要求我们吃干净，不仅要把红瓤吃了，还要把连着红瓤那部分白瓤也吃掉，吃的只剩下很薄一层瓜皮。爸爸还说："要是我们爬雪山，过草地时，能吃上一块你们扔掉的西瓜皮，那简直就是不可想象的享受！"

忆起"皮式假说"，将军儿女们也有一肚子的话。

皮定均1955年授中将
军衔照

那是在1955年全军授军衔之后。一天，将军不知从哪里听说，在学校学生中有一股相互攀比父辈军衔高低的歪风。甚至出现了军衔高者，其子女盛气凌人，欺侮军衔低者的子女的现象。

将军马上把几个孩子叫到一起，严肃地问："如果有人问你们爸爸是干什么的，什么军衔，你们怎么回答？"一时，孩子们都吓得不敢开口。

还是效农大着胆子说："有人问我，我就假说，爸爸是个和尚。"

"这是什么假说？和尚怎么能结婚，又有了你们这一群孩子？你们可以假说，爸爸是个平民，是个老兵，或者说，不知道大人的事。"将军反复叮咛着。

孩子们又回忆道："我们那时生病住院，都是直接住进了战士病房。

刚能下床，就和同病房的战士一起爬上爬下打扫卫生……""我有好几个很要好的同学，我们在一起无话不谈，只是从不提爸爸的名字。所以直到毕业分手时，同学们都以为我出身布衣，都不知道我是军区司令员的儿子。""我们小时候无论是上幼儿园，上小学校，还是上街买东西，爸爸都不准坐他的车。他经常下部队，跑坏了好几辆吉普车。但是，上级配给他的高级吉姆轿车，却一直是崭新的。"

"部队野营拉练时，妈妈同战士一样，坐的是大卡车。"

"军区那时给家里发电影票，爸爸发的是首长席。他工作忙，很少能去看，可他宁让位置空着，也不准我们去坐他的位置……"

滴滴教做事，这份爱是一种特别的境界

在一代家风的校正和陶冶下，皮家子女们一天天成长起来。知情人纷纷赞皮氏家教有方，皮家子女会做人。然而，知子莫如父母。皮定均夫妇再次郑重约定：从滴滴教起、从事事管起，把崇尚自律、崇尚亲情、崇尚奉献、崇尚敬业作为一重境界，不但教子女学会做人，更要教他们学会做事。就在不久前，将军的家人们讲起"皮法护子""皮公换山""皮公交果""皮将精神"等故事，依然激情满怀。

忆起"皮法护子"，将军的儿女们讲起两件事。第一件是"负荆请罪"。

我们兄妹上学时，总喜欢穿过一位军区副政委家的后门，那样就会少走一些路途。一来二去，不免会影响人家休息。于是，这位副政委的家人就让人把后门锁了起来。我们姊妹几个走不了近路了，就恼火地弄了些砖头，干脆把这个后门垒了起来。副政委家人当然对此很有意见。当我爸爸知道情况后，不仅马上命令我们把砖头拆掉，还让每人写出一份检讨。然后，他亲自带着我们，登门给副政委家人承认错误、赔礼道歉。第二件事是"苦口良汤"。虽然父母对我们要求很严格，丝毫也不"护短"，而当

我们真正需要生活上的关心和爱护时，他们却是无微不至，百般呵护。有一次效农感冒发热，爸爸马上用烧煳的锅巴水制成汤，亲自端给效农喝。效农一尝很苦，扭过头不愿喝。

爸爸就耐心地扶着他说："儿子呀，爸爸小时候饥寒交迫，很容易感冒发热。你奶奶就是熬煮这样的锅巴汤给我喝，这才救了我的小命。这是咱们家乡的偏方，很灵的，你就喝了吧。"妈妈也站在一旁，随声附和，好言相劝。效农看到父母几乎是恳求的样子，也就屏住气，大口把苦汤水喝了下去。

爸爸妈妈都开心地笑着说："真是听话的好儿子！"在父母的爱抚下，效农的感冒果然很快就好了。

忆起"皮公换山"，效农感慨万端：那是 1970 年。福州军区迁驻马鞍山。在我们的新家不远，有一块约三四亩的荒山坡。爸爸便弄来许多种树苗来栽植，有木麻黄、杧果、木瓜、桂园等等。全家男女老幼齐上阵，除了爸爸妈妈，还有儿子国宏、效农、国勇，女儿卫平等人。妈妈一有时间，就坐在效农的自行车后面，一道向荒山坡进发，就像在重演"愚公移山"的壮观场面。到了荒山坡，我们和爸爸主要是挖树坑，妈妈负责往树坑里浇水。记得挖树坑时，爸爸要求非常严格：

树坑口长宽要求达到 80 厘米左右，深度要求 70 厘米左右。首先，他亲手挖了一个"样坑"，让我们每个孩子都拿出打仗的精神，按他的"样坑"去挖。如果一个树坑没挖好，就不准休息。我们照着"样坑"挖好后，爸爸又拿着尺子一个一个去丈量，谁的树坑不合格，谁就得继续挖！直累得我们几个孩子都躺在地上，一动也动不了。

这时，爸爸也挨着我们坐下，拉我们起来，说是比赛扔石子，看谁扔得远。眼看爸爸似乎用了很大力气，结果手中的石子却扔得最近。"爸爸输了！爸爸输了！"我们一边大叫，一边被逗得哈哈大笑！顿时有了精气神，也不觉得累了。

接着，又继续按爸爸的要求挖起了树坑。爸爸微笑地看着我们，别提有多高兴了。哦，原来，这是爸爸的一种"指挥艺术"啊！结果，"皮公换山"一举拿下，我们种的树全活了！当全家离开这座昔日的荒山坡时，累累果实已挂满了枝头。我们向"花果山"挥手告别，心里不免酸酸的。想道：

"我们付出了那么多的辛勤汗水，还没吃几个果实就又走了，总有点不是滋味呢！"

爸爸却对我们说："前人栽树，后人乘凉，古来如此。你们想一想，等这里的新主人享受到果实时，自然会想到你们这些孩子的艰苦劳动呀！他们会深深感谢你们的。这才是'皮公换山'的真正意义所在啊！"

忆起"皮公交果"，将军夫人思潮翻滚。那是在三年自然灾害时期。定均在北京高等军事学院学习。有次我去看他时，他兴冲冲地告诉我说，他利用学习之余，亲自开了一片荒地，种的花生丰收了，晒干后竟收获了100多斤呢。可我回来时，他却一粒也不给孩子们带，而是全部交到了学校食堂。他说："这是在学校荒地里种的，那就是公家的东西，不能带回自家。只有交给公家，才是一个公仆的本分。"看到定均那副认真的憨态，我的热泪一下子涌了出来……忆起"皮将精神"，效农感触不已。

那是在1971年。当时我从北航休探亲假回家，正好爸爸又要去巡察边疆，便让我随他同去。

妈妈开始不同意，她想趁我休假，让爸爸也在家休息几天，全家团聚一下。可是，爸爸却坚持要我同往现场，体验和平年代西北前线的艰苦紧张生活，同时也增强敌情观念。妈妈觉得爸爸说得有道理，也表示同意了。我们从兰州出发、过银川、跨吉兰泰大盐池、穿巴丹吉林大沙漠、一直来到内蒙古边防最西边的额济纳旗。

在沙漠中，我们每天行程1000多公里，乘车十几个小时。爸爸坐在副驾驶的位置上，汽车颠簸得根本无法坐稳，他双手紧握扶手，身子仍被来回碰撞着。戈壁滩上似火的骄阳和扑面的风沙，把我们的脸和手都吹晒得脱了皮。车行数百公里，往往看不到一户人家。饿了，我们就吃几块饼干；渴了，就喝自带的水。晚上赶到部队驻地时，我这 21 岁的小伙子已累得顾不上洗漱，倒头便睡。而已经 57 岁的爸爸却顾不得休息。他一下车，就马上和驻军领导一起研究工作，一直忙到深夜。

第二天，我们又马不停蹄地乘坐吉普车，继续奔驰在茫茫戈壁滩。爸爸他就这样，日复一日地视察工作，似乎从不知疲倦。

这一趟视察下来，等我们再回到原兰州军区时，我的半个月假期已经到了。离家归队前，效农对爸爸说：

"您已经是近 60 岁的人了。现在是和平建设时期，您还这样拼命，身体怎么吃得消呢？您也该稍稍考虑一下自己的健康呀。"

"傻儿子，爸爸是一名职业军人。党和国家赋予我肩上的担子比泰山还重。我必须始终保持清醒的头脑，保持战胜一切艰难险阻的决心和毅力。决不能等口渴了才去挖井，等敌人来了才去练兵。只有居安思危，有备无患，才能担当大任哪！"

听了将军爸爸的话，当兵的儿子不由得感佩万千。觉得自己的精神境界，一下子又开阔多了！

苦苦长相依，这份爱是一番特别的情怀

左起为：卫华、张烽、国勇、卫平、效农、皮定均、国宏

屈指数来，从 1943 年至 2008 年，整整 65 年过去。期间，皮定均将军和夫人张烽在人间相随 33 载，在天上相伴 32 年。他们的爱，早已汇融于岁月之河，永恒于天地之间。将军和夫人一生共育 7 个孩子，每个孩子的名字都与国家和时代息息相关：长子豫北、长女桐柏。幼年相继长眠于抗日战争的焦土之中；

次子生于 1949 年中国革命胜利的前夕。取名国宏；三子生于 1950 年，国家以农业作为保障人民生活的基础和根本。取名效农；第四个儿子出生时，将军因常在边防一线，希望儿子也为国做一名勇敢的边防战士。取名国勇；二女出生时，将军赴朝鲜作战，职在保卫世界和平。取名卫平；保卫和建设中华，三女生当其时。取名卫华。

他们的 7 个孩子出生时，将军多在浴血拼杀的火线战场，或在严峻复杂的海边防阵地。

张烽记得，只有四子国勇出生时，将军恰巧在家。那是 1951 年中秋节的晚上，将军第一次陪着妻子进了产房。可当孩子将要降生时，他却趴在妻子耳边，急促地低声说：

"我要出去一下！"

张烽以为他要去卫生间，就点了点头。谁知他这一去，就再不见回来！直到儿子落地，哇哇大哭，将军才蹭着步子进了产房。

后来，妻子问他："你干啥去了？"

"我身上发抖。"

"你抖什么呀？！" "我看你太痛苦，我在跟前站着根本受不了。心疼，全身抖得不行，几乎站都站不住。" 说来难以理解。一个身经百战、杀敌无数的骁将，居然在看到妻子分娩时会心疼得全身发抖，以致临产脱逃。"亏你还是个顶天立地的大丈夫，心脏怎么这样脆弱呀！"

妻子嗔怪道。"你难道不懂？

1960 年夏，在上海皮定均与张烽结婚十七周年纪念照

无情未必真豪杰，怜妻如何不丈夫！我这才是真正的大丈夫呢。"将军一本正经地说着，还使劲地拍着自己的胸口"示威"。其实根本无须任何表白，张烽比任何人都了解这位真丈夫的气概。

记得皮定均刚到原兰州军区上任那年，为了尽快摸清情况，他几乎天天乘坐七八个小时的吉普车，顶着大西北又大又硬又干的风沙，一处一处去视察。

由于吉普车的车门密封不严，加之连日的劳顿，一天早上他醒来后，突然发现自己嘴歪眼斜！医生一看就说，这是被风吹的，属于面部神经麻痹症。当时，正赶上越南国防部部长武元甲大将到中国访问。中央点名，让皮定均到西安地区去陪同，行程都已经定了。这下皮定均可急坏了。外事活动关乎国家形象啊！自己这个样子，可怎么去见贵宾呢？而军区总院的医生讲，如果治疗顺利，也需要个把月时间。

1973年夏，皮定均、张烽与5个儿女在西安丈八沟合影

"不行！必须一个星期给我治好！"医生听了，只能摇头。

结果，医治了9天仍未见效。皮定均火了，命令医生去找民间偏方。恰在这时，从陕西"支左"的军区副司令员胡炜那里，皮定均打听到有一个西安土郎中，自称能使用土办法，快速治好这种病。这种土办法，其实原始得很。即：用小刀在腮帮里割，割时还不能打麻药，割后就用白糖抹伤口，据说，如果用了这方法，三四天就能治好了。皮定均一听，马上就兴冲冲地要去西安找这郎中。张烽却急得几乎和丈夫吵起来！她说什么也不同意："你这简直是拿身体开玩笑！"

皮定均看到妻子着急的样子，却一点儿都不急，还是笑着说："老婆，你不知你丈夫是谁吗？机枪、大炮你的丈夫都不怕，难道还会怕一个小刀子？再说，这次也是为了执行特别任务呀！"张烽无奈，只好让他去试试。这位治病的土郎中，竟是一个30多岁的姑娘。

只见她让皮定均像骑马一样坐在椅子上，尽量张大嘴，她就开始拿起一把锋利的小刀，利落地伸进口腔里，一刀一刀地割起来！

鲜血立即从皮定均的嘴里流了出来。一连割了三四刀后，土郎中又用手指粘上白糖，在伤口上来回抹涂。虽然皮定均额头上疼得冒出了豆大的汗珠，但他一声不吭，连眼睛都不眨一下！土郎中说："我做过许多次这样的治疗。但只有您的忍受力使我佩服！"

却不料，土郎中这个一向很灵的家传秘方，在皮定均身上却显得不够神速。整个治疗的时间，不是用了三四天，而是整整12天！也就是说，皮定均每天都要被割几刀。其中包括陪同武元甲大将访问的4天在内他一共被割了45刀！然而，在武元甲大将面前，皮定均始终保持着中国将军的非凡气度。武元甲与他握别时，由衷地赞叹道："皮司令，您是个真正的军人！"这次治疗之后，皮定均在日记中写道："20天没有动笔了，由于我得了面部麻痹症的缘故，关键是视力受到影响。这是在非常不利的情况下，我还坚持数天的工作，从1号至4号陪同越南贵宾在西

皮定均、张烽夫妇（摄于1975年）

安、延安地区参观，我坚持下来了。

"到 12 号治疗阶段，每天都在开刀，一天 4 刀，共开刀 45 刀，那日子是很难受的……"皮定均到西安治疗，并同时进行外事活动的那些日子里，张烽天天急得坐立不安。

刀割在丈夫的身上，却疼在张烽的心上！终于等到皮定均回来了。她抚摸着丈夫被刀割的脸，禁不住泪流满面，竟一句话也说不出来。

"你呀，还是长不大的孩子！怎么动不动就哭鼻子呢？你要相信，你丈夫是真正的男子汉大丈夫，什么样的难关都能闯得过去，什么样的情况都能应付得过来，你难道不为我这个丈夫感到骄傲吗？"皮定均搂过妻子，笑着说。张烽顾不得拭去泪水，也被他逗笑了。这时的张烽，怎么也料想不到，一个无法弥补的惊天剧痛，正在残酷地等待着她！那是 1976 年 7 月 7 日。

皮定均因眼疾刚动了手术，左眼还包着纱布。当时，中央军委批准海、陆、空三军在东山岛准备军事演习，皮定均则是协调这场演习的主帅。这天一大早，皮定均就决定动身，赶在演习前去视察现场。

张烽劝阻说："定均，是不是等你的眼疾恢复好一些，至少眼上的纱布能去掉时再去？"

皮定均却说："不行不行！这是去年在军委扩大会议上，邓小平同志根据毛主席指示精神提出的大演习，直到今年初中央军委才批准的。当前形势动乱，搞这场军事演习已经意味着不寻常了。以解放军现在的处境，如果这次演习搞得很成功，对军队，乃至对全国人民都是一种精神鼓舞。事关重大，我怎么能不亲自去视察现场？现在，是个人养病的时候吗？"

张烽深知丈夫的脾气。面对党的事业、国家的安危、军队的命运，皮定均随时都会豁出命去！她只好不再坚持自己的意见。这天，他们的长子国宏探亲假已休满，正是该归队的日子。可张烽实在不放心丈夫。就又劝他说："你眼睛不方便，就让儿子跟着去视察现场，也好有个照顾。"皮定均考虑了一会儿。一来为安慰妻子，二来也有意让国宏增长军事才干，他就答应了。此时，已经成熟起来的国宏看到"四人帮"正对父亲进行诬陷和人身攻击，也担心爸爸的安危。为了这次随从视察，国宏特地向他所在的部队——南昌陆军学校请了假。经校领导正式批准，皮国宏随父皮定均赴东山岛演习现场巡察。临行，张烽为丈夫泡上一杯他最爱喝的龙井。但将军却急于赶时间，没来得及喝上一口。

1976年7月7日上午9时29分。皮定均携儿子国宏等人，乘伊尔—14型飞机从福州起飞，10时33分，到达漳州机场；10时40分，换乘"米—8"飞机，起飞35分钟之后。乘载皮定均一行的"米—8"飞机不幸失事！

皮定均这位叱咤风云的英雄虎将，就这样匆匆而去。只在一瞬间，皮定均便走完了他革命的人生，战斗的人生，传奇的人生！同机，将军也带走了爱子。皮国宏，那么年轻的生命……听到这个惊天大噩耗，张烽惊呆了！

她眼前一片漆黑，大脑尽是空白！但张烽不愧为久经考验的坚强女性。她把天大的悲痛压在心底，只为了让丈夫安静地远去。在皮定均追悼会筹备的大量事务中，张烽表现出惊人的意志和忍受力。她没有在人们面前掉一滴眼泪，亲自一一布置会场。

追悼会后。张烽回到家里，看到鲜活的丈夫变成了遗像，再也回不来了；想到孝敬的儿子化成了青烟，再也叫不应了！桌上，她为丈夫泡的龙井茶香犹在，床头，她为儿子准备的归队行李犹在……可转瞬之间，两位亲人都没有了！他们永远离开了她，离开了这个人世间！

作为一个妻子、一位母亲，张烽百感交集，再也无法控制自己，任泪水长流，长流……

定均呀！难道，你真是上天赐给我的苦将军？！你自幼丧父，在苦水中浸泡；你年少革命，在苦战中拼杀；你戍守边关，在苦干中立业；你忧党忧国，在苦求中前行……你从农民协会到儿童团长，从红军战士到万里长征，从抗日战争到中原突围，从解放全国到抗美援朝，身经百战，无数次冲过血雨腥风；你九死一生、遍体伤痛、触目魂惊：有红军初创留下的刀伤，有长征路上留下的弹伤，有浴血抗战留下的炸伤，有解放战争留下的战伤，还有和平年代留下的病伤……

而这些伤痛，你从头到脚竟有几十处！它们像一只只恶魔附体，折磨了你整整一生！

只有妻子最清楚，你多少次忍痛无眠；只有爱人最知道，你多少回梦中痛醒！然而，你却以你独有的革命情操和钢铁意志，以苦为伴，以苦为荣，以苦为乐！正因为你是党的战士，你才活得如此轰轰烈烈，如此光华灿烂；正因为你是人民的儿子，你才去得如此坦坦荡荡，如此从容悲壮……定均呀，你带着满身的苦痛、带着心爱的儿子，就这样匆匆而去，这是怎样的天塌地陷哪！

我知道，这绝不是你的本意。可是，这天大的伤痛，实在裂心断肠，令我痛不欲生啊……作为皮定均最亲爱的妻子和最亲密的战友，张烽当时唯一能做的，就是保护好丈夫的骨灰，以免遭到"四人帮"的毒手。因此，遗体火化后，张烽悄悄地把骨灰装成两份，一份准备交给党组织，一份留在她自己的身边。

日复一日，年复一年。似在弹指一挥间，皮定均将军已去世整整 14 年了。人常说，时间会冲淡思念、冲淡一切。然而，张烽却无时无刻不在思念着她的丈夫，无时无刻不在追忆着他的一切。

她多么想让他完完整整地回来！回到他苦苦流连的福建防线；回到他苦苦相随的爱子墓畔；回到他苦苦相望的儿女中间；回到他苦苦相爱的妻子身边……她知道，丈夫和她永远心相通。她想做的，一定也是他想做的。

于是，在经过了 14 年的煎熬之后，张烽毅然做出了一个令人震撼的决定——她以个人的名义，正式向组织提出特别请求：把皮定均将军的一半骨灰从北京八宝山革命公墓迁出，与夫人珍藏的另一半骨灰合为一体。

让大山的儿子回归大山，让前线的将军回归前线，让不幸殉难的将军有幸长眠于殉难地——福建省漳浦灶山，让生生死死的亲人长相依、长相恋！

面对这现代版的"生不同衾死同穴"的执着之爱、传奇之爱，面对这家国版的"天上人间话团圆"的缠绵之举、浪漫之举……令人如何不动容？！

原存放八宝山的皮定均骨灰安放处（后经张烽申请，将骨灰移至福建灶山皮定均殉难地

公元1990年10月。中国人民解放军总政治部回复：同意皮定均将军夫人的特别请求……

谁说，革命者的思维似乎不够淡远；谁说，共产党人的追求似乎不够理想；谁说，老一辈志士的情怀似乎不够壮美？那么，就请看吧，看一看皮定均将军和夫人张烽——这一对传奇伉俪。

他们是这样的永远，永远地延伸延续延绵着他们的传奇之恋……

2009年5月26日，皮定均夫人张烽不幸病逝，终年84岁。

惊闻噩耗，我泪流满面。即书挽联，委托裴营州带往福州张烽追悼会场：

燕赵女杰豪迈步入天堂
革命之家传奇直到永远
温敏　敬挽

2009年5月29日
（《延安精神研究会》连载）

077

传奇司令和他的传奇团长

——皮定均与裴子明的故事

引　子

1945 年早春，正值农历二月。那一天，从伊川通向登封的山道上，一个身穿粗布补丁衣裤的小女孩，胳膊上挎着个小包袱，正急匆匆独自赶路。女孩年龄不满 14 岁。她人小主意大，竟背着母亲只身离家，直奔八路军豫西抗日先遣支队司令部，去找皮定均司令闹参军，打鬼子！这女孩便是我。

往事再回首，已是 74 度春秋！当时，皮司令的八路军驻登封县白栗坪。当我好不容易跑到驻地时，部队领导却嫌我小，劝我回家去。我哭着不走，非当八路不可。正闹得不可开交时，恰好张思贤迎面走来，我马上破涕为笑。

原来，这张思贤是我上高小时的校长，他和我大哥温德庆都是早期中共地下党员，我大哥先去了延安，他留任地下党伊川县县长。张思贤不仅同我们全家关系密切，还是我母亲姬秀莲、大姐温德章的入党介绍人呢。

果然，张思贤见我态度坚决，就对我说："我去跟皮司令说一下。我想，考虑到咱这革命家庭的特殊情况，老皮会批准的，你也别再哭闹了，行不行？"

我抹去眼泪，使劲点了点头。

很快，我便如愿以偿，成为一名八路军战士。参军后，部队领导送我到白栗坪豫西抗日军政干校杨树林分校学习。

记得分校的校长是贺玉农，政委是李先民，学员则是来自地下党登封、伊川、偃师、临汝等地的基层干部和进步学生，师生学员共有200多人。在学习中，同学们无不对我们的传奇司令皮定均敬佩有加，尤其对皮司令与裴子明的传奇之交，更是津津乐道，口口传颂。

后来，我参加了中原突围，和裴子明的侄子裴建国成为战友。新中国成立后，我又同裴子明的夫人李清香、儿子裴营州相识相知，至今往来甚密。如此天长日久。皮定均和裴子明的桩桩往事，便如涓涓细流溶入脑海。挥之，再不去。

74载云烟，弹指一挥间。原来，我一直在等。我总想着：等有时间就把它写出来。可时间却不等人。

左起：裴子明、裴营州、李清香
（摄于20世纪60年代初）

当年的传奇司令和传奇团长，已相继驾鹤远远西行。我这当年不满14岁的女孩也成为耄耋老人。无论如何，是再也等不得了。

我就这样动笔，在77岁那年。

精诚所至，皮定均三进裴府访子明

1944年9月21日。一个秋风萧瑟的夜晚。伊川县江左乡官庄村的乡亲们，如寻常般沉入了梦境。却不料，一觉醒来，人人大惊：官庄满街一片静寂，却尽是席地而卧的兵！究竟怎么回事？

还要从当时的背景说起。

1944 年 4 月，日寇占领洛阳、郑州、许昌等 38 座重镇，4 万多平方公里国土沦陷，几十万同胞落了任人欺凌、任人杀戮的苦难深渊。

5 月，中共中央决定进军河南敌后。

9 月，由皮定均任司令员、徐子荣任政委，八路军豫西抗日先遣支队威武雄壮，纪律严明，大踏步挥师挺进豫西，就此拉开了人民战争的帷幕。

1944 年 9 月 21 日，八路军豫西抗日先遣支队渡过黄河，当夜露宿伊川县江左乡官庄村

皮定均奉命率抗日先遣支队奔赴豫西（出发前，皮定均（倒数第二排，右二）和同志们合影 摄于 1944 年

而作为八路军入驻豫西的第一站，伊川江左自然是"先知先觉"。露宿街头的队伍，正是皮司令的兵。

兵临豫西，根据地是重中之重。几经筛选，我根据地选址登封、临汝、嵩县、偃师等县交界处的箕山地区。

箕山是伏牛山的余脉，有高耸入云的大熊山、小熊山、密腊山，山势险峻，森林茂密，纵深开阔，进可攻、退可守，且在山之间有条狭窄通道，形成"一夫当关、万夫莫开"的一扇"石门"。进入箕山中心，有个群山环抱的东、西白栗坪，白栗坪有葫芦套、南豪沟、前套、后套，人称"老虎套"。这里南倚临汝、禹县，北连登封，正是打游击的好去处。

皮定均司令一锤定音，先遣支队司令部就设在了东白栗坪。

那时，豫西的城镇大都有日伪军驻防。在广大农村，封建势力强大，土匪多如牛毛，反动武装林立，原国民党的基层保甲组织，多数在日伪军占领后，又原封未动地变为日伪基层政权。

位于箕山脚下的登封、偃师、巩县地区，更是日伪政权、国民党县政府、乡镇实力派、地头蛇等各股势力的逐鹿之地。显然，这是一盘执子难下之棋。一着不慎，满盘皆休。面对种种错综复杂的日伪顽匪地方势力，八路军豫西先遣支队的决策是：下好五步棋，赢得整盘棋！第一步棋是老生新谈，即深入宣传发动群众。他们一进白栗坪，就展开了声势浩大的武装宣传，提出"打倒日本帝国主义""收复失地"

皮定均（摄于 20 世纪 40 年代）

等口号，用大标语形式散发并张贴在日伪、顽匪驻地和乡镇。第二步棋是秋风扫叶，即取缔一切汉奸组织。第三步棋是点燃星火，即发展人民武装。第四步棋是拯救民生，即废除一切苛捐杂税。第五步棋是凝心合力，即建立最广泛的抗日民族统一战线。要走好这五步棋，关键的一步是凝心合力，牢固建立最广泛的抗日民族统一战线。通过深入调查研究，皮司令决定：从争取裴子明入手。

裴子明，原名裴泰玉，偃师县府店乡乡长、联保主任。他是府店佛光峪村人，家中弟兄四个，因家穷，除了排行老四的裴子明读过几天私塾外，三个哥哥均未上过学，都是农民。裴子明从小好舞刀弄枪，和少林寺和尚交往密切，练得几套好拳脚，

裴子明（摄于 20 世纪 50 年代）

能双手打枪，且弹不虚发。此人性情豪爽、耿直，人称"裴大炮"。

"裴大炮"具有朴素的民族气节和传统美德。他孝敬父母，尊重兄长，重义气，好交朋友。曾受偃师进步学生和抗日人士的影响，于1930年至1936年，投奔著名爱国将领吉鸿昌的部队，从当兵到任排长达6年之久，这也是他得以衣锦还乡，并当上乡长和联保主任的缘由。裴子明当上联保主任后，做过一些坏事，但也办过一些好事。他在佛光峪西口孜建了北大庙和佛光峪两座学校大楼，并资助一个叫裴进学的穷孩子上学，还修通了东、西沟去南山的大路、桥梁，在群众中有一定威望。同时，裴子明在当地拥有一支200多人的武装，他本人就有手枪3支、步枪12支、机关枪2挺，算得上当地的实力派人物。裴子明与国民党38军驻府店乡的新编35师师长孔从洲交情甚好。孔师长在日军入侵、38军奉命撤退前，把该军存放的8窑洞枪炮弹药秘密交给裴子明保管。

裴子明对国民党的溃退十分不满，对日寇入侵极端痛恨。日本人打过来后，他把府店乡周围的佛光峪、李沟、蒋家门、车里等几个村的青年组织起来抗日，人称"杆子队"，主要活动在佛光峪周围。

这佛光峪位于偃师、巩县、登封的交界处，有"鸡啼鸣三县"之称。一次，日伪军向府店后峪村进犯，裴子明率杆子队英勇抵抗，打退了日伪的进攻，威震一方。日伪军一来，他便把小孩、老人疏散到山上，之后亲率杆子队去打敌人，一连打了好几仗。其中最残酷的是府店九龙角之役，他率100多人同日伪300多人展开白刃格斗，打了三天三夜，仅裴子明一人就击毙和捅死鬼子4个、汉奸3个，打得日伪军抱头鼠窜，没能进村。气得鬼子嚎叫："皇军的打了大半个中国，大江大海的都过了，不想小小的九龙角的没过！"

九龙角一仗，使裴子明的队伍一下扩展到500多人。日本人曾几次诱降，说是只要交出保存的枪炮，就让他当团长，都被他顶了回去。就连所谓的登封、偃师、临汝、巩县、伊川五县"剿匪司令"梁敏之、国民党登封县长杨香亭等人，也有几分害怕他，总想钻空子找他拉关系。

尽管如此，先遣支队争取裴子明的工作也绝非易事。开始，皮定均派支队政治部主任孔祥桢打前站，并请地方党同志陪同，先去找裴子明照个面。谁知一连找了三天，裴子明一概避而不见。后来，皮定均亲自出马，和政委徐子荣一起到佛光峪村裴子明的家登门拜访，结果连去两次，也扑了空。皮司令一行第三次登门，只见到了裴子明的大哥裴泰定。当皮定均问起裴子明时，裴泰定神色慌张，支支吾吾说："一直……没回来。不！不知道……"见此情，皮定均明白了八九分，便若无其事地哈哈大笑说："看来，裴子明对我们八路军还是不了解，有戒心，不愿见我们。三国时，刘玄德三顾茅庐求诸葛，没想到我皮定均三顾裴府，还是见不到人。"

徐子荣接话道："看来，老裴比诸葛亮还难请。"

皮定均又说："不要紧，只要他是抗日的，过去即便做过坏事，我们都既往不咎。这次见不到，我们还要四顾、五顾裴府呢，一直到见着他。"

皮定均的真诚和坚定深深感动了裴泰定。他红着脸说："真对不住。裴子明对你们八路军坚决抗日，一到豫西就端了鬼子的飞机场，解救了两万多民工的壮举很佩服！前两次你们来，我都对他讲了。他主要担心在当乡长和联保主任时做过坏事，怕你们不放过他。刚才听皮司令讲了共产党的政策，我也放心了。实话对你们说吧，他一直在少林寺德禅和尚那里，你们去找他吧。"

这正是：

> 昔日刘玄德图天下，三顾茅庐求诸葛。
>
> 今朝皮定均为民族，三进裴府访子明。

金石为开，勇司令少林赠刀共抗日

事不宜迟。从裴府回到白栗坪的第二天，皮定均就骑上他的菊花青骡子，随从有：行动敏捷、外号"草上飞"的侦察科长曹飞，警卫员刘忠英，机智勇敢的侦察员王铁山、孙化永，另有警卫排长焦守轩带一个警卫班。

一行人直奔少林寺。少林寺位于嵩山西少室山北麓的五乳峰下，寺院坐落在少室山五乳峰间的山谷之中，面对少室山，背依五乳峰。少室山36峰层叠若莲，故曰"少林有少室之林也"。当行至少林寺相邻的太室山时，皮定均为缩小目标，决定把警卫班留下来，只带上几个随从，跃马驰向赫赫有名的古刹少林寺。这时，裴子明正和德禅师父讨论少林拳术。裴子明的副官邢彪在大门外望风。忽见少室山过来一队人马，邢彪慌忙向裴子明报告情况。裴问："有多少人？"

"5个。"

"扯淡，5个人你慌什么！德禅师父去招呼，我暂时避一避。"裴子明一边说，一边向方丈室后间走去。

德禅令一个小和尚传话："让所有的武僧都做好应急准备。"即走出了山门。皮定均司令一行来到时，德禅已迎出。

一看，来的5个人都身穿灰军装。前面的将领中等身材，腰挎短枪和战刀，显得英姿焕发，气度不凡。后面跟着4个精干的年轻人，都带有枪支，显然是来自富有军事素养的队伍。德禅不敢怠慢，急忙迎上去，双手合十道："敢问何方将军，光临寒寺？"

皮司令马上接话："行不更名，坐不改姓，我是八路军豫西抗日先遣支队司令员皮定均，今日路过宝刹，特来瞻仰。"

德禅心中一惊。难道，这就是鼎鼎大名的八路军虎将皮定均吗？真是百闻不如一见哪。"皮司令，久仰，久仰。请！请！"他连忙把众人让进了方丈室，招呼和尚冲茶倒水。其实，皮定均一进山门，就观察到和尚们分散在各个角落，一个个虎视眈眈，或提刀或执棒，如临大敌。落座后，皮定均缓缓地喝了口茶，严肃地对德禅说："我们是来瞻仰宝刹的。贵刹让看，我们就看；不让看，我们就走！共产党、八路军不信神，但决不干涉信仰自由。你们如临大敌，是想吓唬我们？连武装到牙齿、如狼似虎的日本鬼子我们都不放在眼里，还在乎你们这几个僧兵吗？"

德禅和尚赶紧解释："皮司令误会了，我们实不知是皮司令的八路军呀！"

皮定均也放缓了语气，侃侃而谈："当然，有备无患嘛。现在世道混乱，戒备也是应该的，但需要分清敌友。对敌不戒备就会吃亏，而对友戒备或不信任，就会伤感情。谁是敌，谁是友，要看实际行动。1928 年军阀混战，蒋系军阀樊钟秀就强占了贵刹；冯系军阀石友三也是信佛的，可他用炮火摧毁了佛祖达摩所开创的禅宗圣地的精华，如今那块圣地成了一片破废的瓦砾场；日本人也是信佛的，他们每个士兵身上都带有小佛像，但他们却在这佛祖圣地公然强奸妇女，剖腹残杀，还用军靴踩踏方丈的脸。少林寺原有几百人，现在只剩下几十个了。我虽没有做过具体调查，但也有所了解，你们现在剩下的这些人，大都是穷苦出身。我们共产党八路军是中国人民自己的子弟兵，是帮助穷苦人翻身求解放的队伍。我们到豫西来是为了收复失地，消灭日本鬼子以及危害欺压人民的反动封建势力，救民于水火之中。少林寺是有光荣传统的，唐朝初年曾救过唐王李世民的驾，唐太宗曾对少林和尚进行过封赏。明太祖朱元璋起义时，少林寺曾派出 500 僧兵。少林拳术天下无匹，被武术界公认为正宗。疾风知劲草，国乱显忠良，值此国家生死危亡的关头，正是每个中华子孙、爱国志士施展身手之际，我们绝不能任人宰割！"

一席肺腑言，听得德禅和尚热血沸腾，仰天长叹："将军所言极是！只可惜我少林如今人少力薄，无济于事。"

皮定均马上接过："几个人力量终归有限。如能团结起来抗日，力量就大了，众人捡柴火焰高嘛。咱这中原地区，有史以来不乏英雄豪杰！说远的，秦末陈胜、吴广揭竿起义，动摇了暴君的统治，名垂青史。说近的，偃师县府店乡有个叫裴子明的，就是嵩、箕地区当代的英雄豪杰，仅九龙角一仗，他率 100 多人，打了三天三夜，杀退日伪军 300 多人，硬打得鬼子没能进寨，保护了群众的生命财产。他很爱国，日本人给他高官厚禄，他都不干。"

德禅和尚听到这里，高兴地问："怎么？裴子明打日本鬼子的事，你们都知道？"

"这一带谁人不知，谁人不晓！谁是汉奸，谁是人民的罪人，谁是抗日的英雄，老百姓最清楚，我们都了如指掌。团结人民，打击敌人，是我们共产党一贯的方针政策。当然，要真正把一切抗日力量团结起来，联合对敌，也很不容易！我曾经和政委徐子荣三次到裴子明家拜访他，结果都吃了闭门羹。但是，对这样的英雄豪杰，我们是不怕吃闭门羹的！尽管裴子明过去也做过点坏事，但只要现在他是抗日的，我们就既往不咎。我想他如果了解我们的政策，一定会主动来找我们的。"

一番真情话，被藏在方丈暗室里的裴子明听得一清二楚，他激动得心都要跳出来了！

没等皮定均的话说完，裴子明就大步流星地走到皮定均面前，双手抱拳道："皮司令，我就是你们要找的裴子明。是我有眼不识泰山！你是真心待俺，八路军是真正抗日的英雄豪杰，我佩服！"

皮定均一看，站在他面前的大汉，身材魁梧，个头最少一米八以上，腰上插了两支驳壳枪，满脸憨厚，精气神中透着胆量和霸气。皮定均马上站起来，说："裴兄，能见到你可真不容易呀！"

"皮司令不要见怪。俺裴大炮是个粗人，贵军新来乍到，是老虎是猫，俺得'称斤乱麻纺（访）一纺（访）'。这年头，说人话、办鬼事的人多了。皮司令打鬼子，摧毁机场，解救百姓的事俺都听说了，真痛快！俺虽坚决打日本鬼子，但过去也办过一些对不住百姓的坏事。你到俺家三次俺知道，但心里总是不踏实，怕见你。今日一见，不但不计前嫌，还这样器重我，这算见到真神了！俺裴子明算啥，你才是真正的英雄豪杰哪！俺跟着吉鸿昌将军干过，他对我教育很大，俺最恨卖国求荣的人。你皮司令是真打日本鬼子，俺裴子明愿意和你这个朋友结交！"

"裴兄真是快言快语，性情豪爽啊！看来你比我大，就是大哥了，我是小弟。今日一言为定，咱们就此成为结义兄弟！"

皮定均一边说着，一边从腰间解下战刀，双手送给裴子明："这把战刀，是我在华北战场上，从一个日军大佐手中缴获的，一直佩带在身。今天咱弟兄初次见面，无以相赠，就以这把战刀作为见面礼，送给裴兄，作为我们弟兄今后共同抗日的一个见证吧。"

裴子明万万没有想到，激动得郑重跨前一步，立正行了一个军礼，双手接过战刀，转身走出方丈室，在院中拔刀出鞘，只见光亮刺眼！

裴子明一边夸："真是漂亮！"一边举刀"唰"地一下，一棵小杨树应声被拦腰砍断！"狗日的刀，利得很呀！"

转身，裴子明又对皮定均说："难得小弟这样看重我！今后，八路军有什么要求，我这个大哥都照办。只要叫我打日本鬼子，我死不当孬种！"裴子明说着，当即邀请道："今天，就请兄弟到我家里坐坐，咱们好好说说今后打鬼子的事！"

"今天我还有事，马上要赶回去。裴兄，咱们改日再商大计吧！"裴子明见实在留不住，就紧跟着送出来。一路上，又说了些今后抗日的计划。快到少室山时，皮司令说："后会有期，裴兄请回吧。"裴子明这才依依不舍，挥手告别。

这正是：

> 德禅少林寺开眼界，聆听儒将论救亡。
>
> 泰玉方丈室释疑团，受刀结义明心志。

潜佛光峪，"夜猫子"假冒八路诱"大炮"

皮司令与裴子明少林赠刀、结义抗日的事，五县"剿匪司令"梁敏之当天就得到了消息。梁敏之深知，如果裴子明把藏的几窑洞军火交给皮定均，可就不得了了。于是，他马上去找登封县日伪知事汪先觉、国民党县长杨香亭商议计策。梁敏之说："裴大炮是王八吃秤砣，铁了心！他要依靠八路，和皇军作对！我看，他早晚是皮定均的一只臂膀。"经密谋决定：除掉"裴大炮"。那么，如何才能既夺得军火，又除掉"裴大炮"呢？这三个坏蛋绞尽脑汁，终于想出了一个"绝招"：借八路军的名义，让"裴大炮"中计。

此计的执行，则由洛阳日伪军情报队队长时运祥出马。时运祥何其人也？此人惯于白天睡觉，晚上到处乱窜，收集情报，抢劫民财，残害百姓，绰号"夜猫子"。本次行动，"夜猫子"的任务是化装成八路军，先找出裴子明，诱出军火存藏的地方，然后伺机除杀。裴子明和皮定均结义抗日后，就在裴回到家的第二天，"夜猫子"便带着化装成八路军的日伪情报队，来到佛光峪裴子明的家门口。"夜猫子"深知，佛光峪村的青年都是裴子明的人，所以十分小心谨慎。"夜猫子"先是派了个人，把裴的副官邢彪叫出来，说："我们是八路军豫西抗日先遣支队的一个中队，奉皮司令的命令，到裴司令的防区来看看。"裴子明一听说是皮司令派来的人，非常热情，马上到大门口迎接。"夜猫子"装出很尊敬的样子，先行了一个军礼。裴便请他进家喝酒。他说："我们八路军不准随便喝酒，要喝也不能叫别人看见。要不，咱两个到你家找个僻静地方，偷偷地喝？"

裴子明虽有些疑惑，但也表示理解，就请他到自己后院一所清静房间，摆了一桌酒菜，喝了起来。

席间，"夜猫子"利用猜拳、行令，把裴灌得有几分醉意时，趁机站起来说："裴司令，咱们既然是自己人了，有一件事我想问问你，听说国民党 38 军临走时，交给你几窑枪支弹药？"裴子明一听此话，惊得打了个激灵，酒一下子醒了。心想，这是我裴某最大的秘密啊！何况，昨天皮司令并没提这个事情，怎么今天却派人来问了，这不像皮司令的作为呀！裴子明是个粗中有细的人，他越想越觉着不对劲，就随口答："你从哪听说的，没有这回事。"

"夜猫子"顿时变了脸，把枪口对准裴子明："实话对你讲，我们八路军就是要你那些军火！今天，这里只有我们两个，你是交货还是交命，选一样吧！"

裴子明一看这阵势，顿时明白了七八分！幸亏他有两手拳脚，就暗暗地两腿一用力，把桌子顶起来，又砸了过去，弄得"夜猫子"满身都是酒和菜，枪里的子弹也飞上了房顶。

裴子明乘机跑出房，隐蔽在一块大石头后面。"夜猫子"追出来时，裴子明一枪击中其手腕，手枪掉落在地！"夜猫子"一看不是对手，吓得连滚带爬，逃离了裴家。

裴子明岂能容他！便掂着枪猛追不舍。当眼看就要抓住"夜猫子"时，突然一个人横在面前！裴还以为是副官邢彪，但定神一看，却是梁敏之！"你怎么来了？"裴子明惊讶道。

梁敏之强作镇静说："我正从这里路过，听说八路军一个中队长和你一起喝酒，后又听见枪响，我怕你吃亏，就闯进来了。"

其实，梁敏之是跟"夜猫子"一块过来的。他的任务是暗中窥视，如果"夜猫子"诱出裴子明隐藏枪弹的地址，梁就一枪打死裴子明。却没料到，夜猫子这么快就失败了！

梁敏之想："若是裴子明抓住了'夜猫子'，何止计划暴露，裴岂能饶过我等！"情急之下，梁敏之不得不窜出来充当好人。他皮笑肉不笑地说："这回我算服了大哥！人家说大哥是个炮筒子，我看是哑巴吃饺子——心中有数，有主见！我这次来，也不光是怕大哥吃八路军的亏。我正想奉劝大哥，跟着八路军干，不会有你的好果子吃！你当过乡长、联保主任，共产党就不会饶你。"

"你龟孙子说人话不办人事，不是什么好东西！人家八路军打日本鬼子，比你强。"裴子明没好气地骂着，心里却不是滋味，像吃了苍蝇一样难受。

梁敏之又奸笑着说："我给大哥带来个伏击日本人的好消息！日本人在登封的机场不是被八路军端了嘛，洛阳日军联队指导官梅协决定再派一个中队，不是今晚上，就是明天，要进驻登封。轘辕关是从洛阳到登封的必经之路，到时候，我和杨香亭等人配合你，若你的弟兄们能在那里埋伏下来，打日本鬼子一个伏击，收获必定不小。"

裴子明一听是打日本鬼子，对梁敏之的气便消了几分。心想："八路军端了日本人的飞机场，俺裴大炮也弄个伏击轘辕关，消灭一批鬼子，这样我也让皮兄弟高兴高兴。"裴子明哪里知道，在轘辕关打日本人的伏击，是梁敏之、汪先觉、杨香亭借机除掉裴子明的第二套阴谋！此计可谓一箭双雕：一是消灭裴子明的杆子队，二是活捉裴子明，逼他交出军火，然后杀掉。

轘辕关，又称峨岭关，位于少室山北麓，峰峭，林密，山路崎岖，怪石嵯峨，高差陡升数百米，是险峻的山板。关的东南是少林寺，西北是裴子明的府店乡。裴子明觉得，在轘辕关打伏击，真是再好不过了！可以说天时、地利、人和。于是，他便爽快地答应梁敏之："你龟孙子不准骗我！如果是真的，我就干！你们配合我，今天晚上，我就带弟兄们在轘辕关打埋伏了。"

梁敏之一听，又吞吞吐吐地说："我们这几家兵力如何布置才好？南面是条干河沟，沟那边才是山。"裴子明知道南面危险性最大，就毫不犹豫地说："我打南边，你们随便布置，配合我就行了。"

梁敏之见裴子明终于中了圈套，欣喜若狂："好，我马上回去通知他们，一起带弟兄们过来配合！"

这正是：

> 奸诈贼汉奸谋军火，设圈下套灭裴丁。
>
> 耿直憨大炮斩日寇，建功心切被欺蒙。

飞轘辕关，虎将弟神兵天降救莽兄

再说，那天"夜猫子"带着情报队窜往裴子明家时，八路军侦察科长曹飞正带着几个侦察员巡察。

曹飞远远看到一队不伦不类的人马，径直向佛光峪开去，就悄悄地跟在了后面。当"夜猫子"被裴子明打伤逃跑时，因心慌，路又不熟，竟跑到了颍阳镇八路军的根据地！曹飞马上通知地下党员张守义，即率游击队执行紧急抓捕任务，一举把这伙人全部活捉了。曹飞见"夜猫子"手上有伤，是个头头儿，便首先审讯。"夜猫子"贪生怕死，很快如实交代了冒充八路军，欺骗裴子明没得逞，反被打伤的情况。曹飞认为情况十分严重，马上向皮司令做了汇报。皮听后，非常恼火！曹飞建议就地枪毙"夜猫子"。皮司令思考了一下说："留着，也许还有用。"

而在轘辕关这边，裴子明率杆子队整整守了一夜，不仅未见鬼子，连梁敏之、杨香亭也没来！当裴子明急得坐立不安，欲派副官邢彪去打探时，梁敏之却突然在杆子队身后的山顶上冒了出来。

裴子明刚问道："你怎么跑到上面……"一句话未完，已发现日伪县知事汪先觉带着日本人，正包抄过来！裴子明这才明白：上梁敏之的当了！此刻，他的杆子队，正处在最低凹的被动地势！裴子明毕竟打过仗，急忙下令："队伍马上越过河沟，上南山！"但，已经晚了。梁敏之、汪先觉，连杨香亭的人，还有凶残的日军，已对裴子明和他的杆子队形成了三面包围之势！

由于杆子队所处的位置最低，几乎没有冲出包围的可能！只听梁敏之向裴子明喊话："裴大炮！实话对你讲，今天我们对你采取兵谏，愿你为皇军所用，你不要不识抬举！你现在已经被包围，出不去了！你只有把藏的军火交给皇军，咱们联合起来消灭八路军，这就是摆在你面前的唯一生路！"

裴子明气得大骂："狗娘养的，放你妈的狗屁！"一边骂着，一边就向梁敏之打了一枪。

裴子明的枪法虽准，但此时梁敏之在山上，又躲在石头后面，这一枪没打中。敌人一看裴子明不买账，急令：三面同时缩小包围圈！裴子明一看这阵势，深知已到了最危急的时刻！他向杆子队队员大喊道："弟兄们，赶快分散突围吧！君子报仇，十年不晚！"谁知，大家都坚决地说：

"我们活着是司令的兵，死了是司令的鬼，和他们拼了！"大家一边说，一边齐向距离最近的日本鬼子开火！一排子弹射出，几个日军应声倒地。日军的木村中队长看到裴子明的队伍临死还这样英勇，就下命令：开炮！

炮弹，直打向裴子明！副官邢彪见状，奋不顾身地扑到裴的身上，不幸壮烈捐躯！此际，裴子明虽被邢彪压在身下，但也负了伤，加之气急攻心，昏死过去。梁敏之、杨香亭的汉奸武装见此情形，气焰更加嚣张，必欲置裴子明于全军覆灭之地！只见日伪军全举起枪，即向杆子队扫去！千钧一发之际，突然从北山高处传来了隆隆炮声！

密集的炮火，一起向日军、梁敏之、杨香亭部射击！紧接着，便响起了昂扬的冲锋号！大队人马似从天而降，以锐不可当之势冲下来，一边冲一边喊："我们是八路军皮司令的先遣支队，你们跑不了啦，快缴枪投降吧！"梁敏之、杨香亭的队伍，本来就是一群乌合之众。

此时一听到皮定均的八路军先遣支队来了，顿时吓破了胆！一个个丢盔卸甲，纷纷逃命。

不明军情的日本鬼子晕头转向，自然也无心恋战，一窝蜂地撤离了战场。

皮定均一举扭转战局后，命令支队战士迅速把裴子明和负伤的杆子队队员抬走，全力抢救。

战士们对裴的副官邢彪等已捐躯的杆子队队员，就地进行了掩埋。先遣支队的卫生所设在山林深处的一个洞中。这次，为了抢救杆子队伤员，又临时腾出战士们住的几个山洞，全力以赴予以救治。

这正是：

中计杆子队进轘关，陷落危阵生死悬。

破敌先遣队入虎口，力挽狂澜施救援。

义献军库，裴团长拉"杆"入伍报党恩

裴子明被抢救过来后，一睁眼就看到皮定均坐在他身边！从没流过眼泪的硬汉子，第一次放声大哭起来！裴子明一边哭，一边拉着皮定均的手说："这一回，我才真正认清谁是仇人，谁是朋友！现在，天下只有两家，一家是我们的救命亲人，真正抗日救国的共产党、八路军；一家是想灭亡中国，让中国人当亡国奴的日本鬼子和汉奸，再没有第三家！从今天起，我裴大炮，就是你皮司令的部下！我坚决跟着共产党走，跟着八路军干！"

接着，裴子明又不解地问："皮司令啊，这次日伪军的行动，你是怎么知道的？真是如神兵天降啊！要不是八路军出手相救，不光是我裴子明没命了，连我的弟兄们也都完了。"皮定均笑着说："听说，你接待了一个所谓的八路军中队长？实际上，他是日军山本队长的情报队长，叫时运祥，外号'夜猫子'。正是梁敏之和汪先觉事先商量好，让他化装冒充八路军，先骗你上当，然后再借机除掉你！"

"真是毒计呀！"裴子明咬牙道。"'夜猫子'一伙人在去你家的路上，被我们的侦察科长曹飞发现并跟踪。你把'夜猫子'打伤后，我们又把他活捉了来。"

"原来这样！"裴子明拧着眉说。

"抓到'夜猫子'后，我们就分析，认为梁敏之等人会对你再下毒手。但他们具体用什么办法除掉你，我们不得而知，只有暗中跟踪梁敏之。"

"都怪我，竟会轻信这帮死汉奸！"裴重重地叹了一口气。"当我们发觉你的队伍向轘辕关运动，而且把你布局在关的南面最低的干沟谷，那是个很危险的地方。据此判断：他们可能要在这里对你下手！但当时，我们支队的不少人都被派出去，已经到群众中去组织宣传抗日活动了，一时又集合不起来，怎么办？！紧急中，我们只得把部队仅有的人员立即全部

拉出来，聚集到西北山上最高处，见机行动。不过，这次由于我们兵力不多，行动也不迅速，你的弟兄还是吃了亏，你也负了伤。"

皮司令说着，令人把"夜猫子"拉上来！裴子明一见到"夜猫子"，火冒三丈，上去照他脸上就是一掌！立时，"夜猫子"的牙就被打掉了好几颗！怒不可遏的裴子明举起枪，就要毙了"夜猫子"！"裴兄，省一颗子弹，就用我送你的战刀吧。"

裴子明"嗖"地一下拔刀出鞘，"唰"地一闪，"夜猫子"的头就被劈成了两半。刀劈了"夜猫子"，裴子明激动不已："皮司令，我敬重八路军一心一意抗日，保卫国土。咱以前一不沾亲二不带故，你却舍命救我！我就是炮筒子，也得拐弯，就是铁石心，也能暖热呀！"

佛光峪西河村，1944 年藏军火的窑洞旧址

佛光峪南窑，1944 年藏军火的最大窑洞，内约200 平方米，洞中有洞

"大哥不用客气，你是抗日志士！这是我们应该做的事。"皮司令诚恳地说。"好兄弟，我告诉你个秘密：国民党 38 军师长孔从洲和我关系不错，他很信任我。临撤退时，他把 8 窑洞枪炮子弹交给我保管。除了我，谁都不知道藏的地方。我原想，做人要讲义气、讲诚信，既然人家相信我，我一定得负责保管好，将来物归原主。可这两回，经过你的实际行动和教导帮助，我终于认清了，眼前正是国家兴亡的紧要关头，咱八路军从过黄河以来，打了不少仗，又没有后方补给，正急需要武器弹药啊！我应该献出来打日本鬼子，让这些军火发挥作用！我知道，孔从洲是爱国将领，再

说武器弹药也是属于国家的，将来他知道了，也一定会支持。"

皮定均听了，兴奋至极："这是大哥对革命的贡献，我代表先遣支队谢谢了！"

裴子明咧开大嘴，开心地笑了。当天，也就是1944年10月22日。裴子明郑重宣布：杆子队全体参加八路军！即刻，裴子明召集全体队员，声如洪钟："弟兄们！八路军是人民的子弟兵，是真正抗日的队伍！从今天起，咱们都归八路军抗日先遣支队皮定均司令员领导，一切行动都听他的调动、指挥！"队员们听后，都含着眼泪，热烈鼓掌！

皮定均当场表态："我皮定均欢迎同志们参加八路军！现在，我们正要建立一支偃师县抗日民主政府的独立团，就请裴子明同志出任独立团团长！"

裴子明受宠若惊，激动地拍着胸脯说："我有啥能耐？八路军这样重用我！我决不辜负皮司令对我的信任，一定服从命令，带好这支部队，痛打日本鬼子，死不当孬种！"

是晚，裴子明就和皮定均等支队领导一道，带着人马，赶到佛光峪西店门村、南窑、西河等三处，扒开密封的窑洞，把军火全部搬出来，补充给先遣支队的各团队。

接着，裴子明率裴三申、裴建国等4个侄子，包括妻子李清香，全家6口人，一起参加了八路军。

这正是：

> 侠客裴团长交军库，义无反顾跟党走。
>
> 智者皮司令聚民心，点亮豫西抗战路。

出师告捷，众英雄荡平寇贼收古寨

"裴子明当上偃师县独立团团长啦！"消息飞快传开，乡亲们反响热烈。许多青年主动到独立团，要求参加八路军。裴子明的队伍很快发展壮

第四天，刘大宝亲自上门来报情况："这几天由于弟兄们打得坚决，火力猛，八路军见攻不进来，已没劲了。"

敌人听了大松一口气，除留少数人值勤外，其余人都睡觉去了。机不可失。此时，刘大宝坚决要求火线参加皇协军，为弟弟报仇。敌人马上表示欢迎。经刘大宝主动要求，就让他当了班长，并留在南寨门值班。一切都按皮司令的计划实施着。看到胜局已定，皮定均这才下令道："今晚攻寨。立即准备行动！"同时，命裴子明独立团担任主攻，先遣支队警卫连配合。攻寨第一仗是攻克南门。凌晨两点钟，裴子明率独立团到了南寨门。按照原定的信号：按三下手电筒。

刘大宝马上打开了南门！战士们像下山的猛虎，冲上了城墙炮楼。敌人正在睡梦中，枪却已被八路军缴了。有个狡猾的汉奸在混乱中跑掉，向队长秦敏修报告："八路军攻过来了！"

秦敏修吓得浑身筛糠，推开身边的小老婆，抓起电话向贾世勋撒了一通谎："贾！贾司令！八路军独立团攻进寨了，火力很猛，弟兄们抵挡不住，都退下来了，请司令火速派兵加防。"尚在梦中的贾世勋一百个不相信，迷迷糊糊地说："这是皮定均的声东击西之计……"话还没说完，守护东、西寨门的汉奸队长吴桂伍也打来电话："贾司令，皮定均先遣支队已经攻进我们东、西门了！"贾世勋这才明白过来，八路军是真的攻进寨了！

攻寨第二仗是攻克天齐楼。夺取寨门后，独立团战士们冲到五层楼抓秦敏修时，他已从边门跑向北大寺，只剩他的小老婆跪在地下，捣蒜般磕头、求饶。

同时，支队警卫连战士冲上东、西门，去抓汉奸队长吴桂伍时，他已带着一些人跑到最高的天齐楼中，龟缩着不露头。

天齐楼是座古老建筑的钟楼，比较高大，虽被敌人破坏得不成样子了，但一下子也攻不上去。

怎么办？！皮定均四下一看，刚缴获的大炮正闲着呢！他马上灵机一动，命令敌人的炮手：向天齐楼射出 3 发炮弹！顿时，敌人被打得哭爹叫娘，一个个举着双手下楼投降。从俘虏群中，皮定均把汉奸队长吴桂伍提溜了出来。吴桂伍面如死灰，耷拉着脑袋说："唉！昔日只知道贵司令用兵如神，今日亲眼所见！我还在梦里，不知怎么回事就当了俘虏，我真服了。"

攻寨第三仗是攻克北大寺。此时，战斗已经打了一天一夜。虽说北大寺已成孤寺，但此处却不比前两仗。

北大寺一是人多，还有 800 多敌人集中在这里；二是实力雄厚，武器是清一色的日本货；三是有老奸巨猾的皇协军司令贾世勋直接指挥。

很显然，北大寺既不能强攻，还得要尽快拿下。于是，皮定均、裴子明就和战士们一起，琢磨出了一个闹计。何为闹计？其实，就是在北大寺的四周佯装进攻，响起此起彼伏的杀声，闹得敌人顾了这头，顾不住那头。我们往往只打出一颗子弹，就换来敌人的几十发、几百发回应子弹。几个回合下来，贾世勋的火力很快就消耗尽了。但闹计却在继续。贾世勋顶不住了，忙求偃师县城的鬼子前来救援。而救援的鬼子一过沙河滩，就遭到早已布置好的裴子明独立团的阻击！阻击战打得敌人死的死、伤的伤，寸步难行，只得缩回去了。贾世勋弹尽心散，成了瓮中之鳖，只得趁乱逃命。其部下发现司令都不见了，马上打出白旗投降。至此，缑氏寨据点被彻底拔掉！

三大对策产生了强烈的地震效应。一些反动势力成了惊弓之鸟，不敢露头了；有些中间势力如石道镇的贺紫堂等人，主动找裴子明转告皮司令，今后保证不再与梁敏之、汪先觉这些反动家伙往来，并为八路军筹粮筹款，还保证八路军在他们地盘上活动的安全；尤其是一举拔掉了缑氏镇据点，对日本侵略者造成了严重的打击！

这正是：

首战打缑氏士气旺，妙招连环节节利。

大胜收古寨名声扬，三大对策步步高。

势如燎原，诸豪杰斗智斗勇卫河山

在端掉缑氏寨据点之前，为防止日伪军乘虚而入，攻打我根据地，裴子明按照皮司令的部署，把西口孜寨、佛光峪、前九龙角、后九龙角等十几个村庄的抗日群众组织起来，建成了口孜寨、佛光峪两个民兵营。同时，选出两位有勇有谋的青年潘广胜、马大胆，由他们分别担任口孜寨和佛光峪的民兵营长。

缑氏寨据点被拔后，洛阳日军联队指导官梅协犹如鲠在喉，一刻也不得安宁。梅协对逃回来的皇协军司令贾世勋破口大骂一通，还嫌不解气，又用皮鞋打他的脸，还举起军刀佯装要砍死贾世勋，吓得贾一时昏了过去。老奸巨猾的贾世勋回过神来，马上理解梅协的意图，赶紧献媚说："消灭八路军，我有妙计。"

"你的快讲。"

"八路军独立团团长裴子明的家就在佛光峪，我们去消灭那里的土八路，烧他们的家，把裴子明从据点引出来，不就把缑氏寨夺过来了？"

"你的高明。"

但贾又说："打佛光峪必须经过口孜寨，口孜寨西边又有东、西九龙角，没有兵力是不行的。"梅协立即下令，从登封、巩县、偃师、伊川、临汝等8个县调兵。

第二天，即1944年12月4日。

偃师县鬼子中队长小野次郎先带着500多个鬼子兵和伪军，攻打口孜寨。

岂料，寨门早已被民兵营长潘广胜率人用土封住，寨子上看不到人。鬼子令汉奸队长喊话："良民不打皇军！打八路军！"话音刚落，一发子弹已从他前额进、后脑出，脑浆溅了小野一身。小野嚎叫着，摆出武士道架势，令鬼子兵排列成行，齐刷刷向口孜寨进攻！小野又命：机关枪、迫击炮一起开火！

打了一阵子，寨内并没人还击。炮火刚停下，眼看鬼子就要攻到寨跟前了。潘广胜这才发令：打！顿时，密集的手榴弹和步枪子弹，狂风暴雨般地倾泻到鬼子、伪军身上，敌人立刻倒下一大片。就这样，鬼子们打了一天一夜，竟未攻下来！次日，梅协兴冲冲来视察，以为土八路早已被消灭，佛光峪已变成焦土一片。却不料，连口孜寨还没通过！梅协又看到士兵死伤一大片，更气得大骂道："饭桶！"

小野次郎垂头丧气，一动不敢动。梅协又问："口孜寨8个门，你为什么只从一个门进攻？"还狂叫道："我要在12个小时拿下口孜寨！"当即，梅协催令调集洛阳、登封等8个县的日伪军紧急集中，强攻口孜寨！为确保一举成功，梅协这个穷凶极恶的军国主义分子，亲自带着10名军官、一名翻译和一名机枪手，窜到口孜寨东南的一个峡谷中寻找突破口。

那一日，天正下着大雪。一行侵略者在茫茫雪地留下了深深的马靴印。当他们走到一个叫碾道湾的地方时，忽然被两个去煤窑背煤的群众发现！这两人也顾不得背煤了，飞快跑回村里大喊："鬼子来啦，鬼子进沟了！"

碾道湾这块地盘归属佛光峪民兵营。民兵营长马大胆闻讯后，急忙带领民兵和一些群众，大家扛着镢头、带着棍棒，向鬼子勘察的方向追去。一路上，又碰上谷峪村的民兵队长乔土山。乔带着几个民兵和一些手持大刀、长矛的群众，正准备去支援口孜寨。突然听说又遇见鬼子了，两村民兵和群众立即汇合，一起追了过去。刚到一个弯处，就发现鬼子出现在面前！

"不许动，把手举起来！"马大胆突如其来的一声大喝，把鬼子们一下子震住了！侵略者怎么也没想到，在这荒山野岭、四下不见人烟之地，竟中了土八路的埋伏！想要动手，已来不及！土八路的人这样多，怎么办？！狡猾的梅协马上镇定下来，装作若无其事的样子，同时给翻译使眼色，翻译也明白过来，声音颤抖着对民兵和群众说："大家别误会，我们是八路军皮司令的侦察员，奉命化装出来侦察的。"鬼子此招，可真是找死啊！要知道，这是一群同八路军整天在一起，亲如一家，情同鱼水的乡亲们。真假八路，怎么能瞒得过他们呢！

"放屁！"大家几乎同声大喝！"快把枪交出来！"

鬼子一看势头不妙，拔腿就往山上跑！民兵和群众一拥而上，一下子就打死了5个！其中一个鬼子偷偷掏出手枪，被民兵一枪撂倒！鬼子的机枪手把机枪架好，正准备射击时，被几个群众瞬间用一顿乱棍和大刀灭掉！剩余的5个鬼子继续向山上跑，其中4个左右交替，掩护着一个高个子的鬼子逃跑。结果，4个掩护的鬼子都被民兵击毙！

最后，只剩了那个高个子鬼子。他好不容易跑到山顶上。原以为，跑到山下就是他们的人了。却不料，突然从斜坡里冲出一个人来！此人正是14岁的小民兵李远太。李远太，这个曾经和皮定均掰过手腕、还发誓非亲手抓鬼子不可的小民兵，一下子就挡住鬼子的去路！

鬼子露出凶相，掏出手枪就打，子弹打中了李远太的腿，鲜血顿时染红了一片雪地。可李远太毫不畏惧，猛地跳到鬼子的脊背上，一边狠狠地卡住脖子，一边死死咬住耳朵，鬼子痛得大叫着倒在地下，和李远太撕打起来。这时，追赶上来的民兵和群众一拥而上，抢起手中的家伙，把鬼子的头打了个稀巴烂，又一刀砍掉！直到此刻，大家才围住观看这具鬼子尸体，只见他胸前挂着十几枚"勋章"，呢子大衣也与别的鬼子不同。原来，他就是洛阳日军联队指导官梅协！这个沾满中国人民鲜血的刽子手，就这样死在了人民战争的汪洋大海之中！

正在攻打口孜寨的鬼子，忽然听说指导官梅协被土八路打死了，顿时一片鬼哭狼嚎！

从12月4日到6日上午，鬼子除了又增加几十具尸体外，攻寨毫无进展。皮定均很快得知了梅协被民兵和群众打死的消息。他断定：疯狂的鬼子一定会很快来报复！为了群众的安全，皮定均令独立团配合民兵立即组织撤退，还把老弱病残群众转移到山上躲藏。

6日下午，梅协死前下令从登封、巩县、伊川、临汝等8个县调遣的数千名鬼子和日伪军才赶来。在汉奸的带引下，鬼子们绕到口孜寨东南，占领了东九龙角高地。

之后，他们用燃烧弹、迫击炮、大炮，集中火力攻打口孜寨南门。一直打到晚上，鬼子才冲进去，结果，却是一座空寨！

7日上午，鬼子在小野次郎带领下，集中攻击佛光峪。民兵营长马大胆早已带着民兵埋伏在有利地形，等鬼子500多人的队伍进了马涧河套，马大胆一个"打"字出口，机关枪、步枪、手榴弹一起开火，鬼子的尸体横了一片！带队的小野次郎想到梅协的教训，暂时不敢前进了。民兵们跳出掩护带，迅速接近敌人。却不料，敌人迅速调整部署，顺着山背两侧迂回过来，形成两面夹击之势，使民兵们一下子处于危险境地。紧急关头，从鬼子身后发出了震天动地的喊杀声！

原来，正是皮定均率先遣支队和裴子明独立团，火线救援！敌人横尸遍野，再次被打退了！

这正是：

> 梅协自投网身首分，侵略下场无处葬。
> 兵民齐参战筑铜墙，杀敌保家斗志强。

血雨腥风，好男儿忠贞不渝铸英名

当人们庆幸敌人又被打退之时，身经百战的皮定均却断然下令：鬼子马上会发动更加凶残的报复，独立团必须马上组织佛光峪群众撤退！一听要撤退，民兵和群众都想不通："我们为啥要撤退，被打退的不是鬼子吗？再说，佛光峪是咱们用鲜血和生命打下来的根据地，怎么能丢呢？！"看到大家一时思想混乱，裴子明站了出来。

他语重心长地对大家说："皮司令想得远呀！咱们也不能鼠目寸光。就说眼下，佛光峪的民兵，怎么能打过8个县调来的日伪军呢？咱不能把八路军先遣支队和独立团的人都拼光啊！"一时无人吭声。

裴子明接着说："暂时放弃佛光峪，就是保存咱们的军事实力，保护咱们的土地，保住咱老百姓的性命！皮司令说，咱们不能盲目地打没有把握的仗，无辜牺牲生命。到那时，吃了亏，丢了命，还是得丢佛光峪啊！到底哪个合算？"

大家神情凝重起来，认真听着。"皮司令说，这都是毛主席《论持久战》中讲的战术：敌进我退，避实击虚。所以，主力部队要跳出本土去，在机动中歼灭敌人。民兵们要坚持本土斗争，敌驻我扰，不叫敌人安生！"

听到这里，大家惊喜道："怪不得呢！你们想得这样周到，我们心里一下子就亮堂了。"

皮定均接着说："敌人占了佛光峪以后，我们大家要想办法，动脑筋，不叫敌人安生，消灭他们的有生力量！"

民兵和群众思想通了，有了精神动力，迅速地进行了撤退。

果然，鬼子很快又集中了更多的兵力和更强的炮火，猛攻佛光峪。而当他们终于攻进佛光峪时，却发现：又是一座空寨子！土八路没消灭，缑氏据点也没收复，鬼子小野次郎气得嗷嗷狂叫！侵略者把仇恨全撒在了祖祖辈辈居住佛光峪的裴子明身上！他们把裴家4个弟兄的30多间房子全扒掉，财产全烧掉，并掘地三尺！通过汉奸李六银的密报，梁敏之窜到府店乡田窑村，抓了裴子明的侄子裴三申。敌人对裴三申施行吊打等各种酷刑，还用竹签把他的十指都夹劈！在被押解到佛光寺的途中，裴三申趁机跳下悬崖，万幸架在了树杈上，这才捡了条性命。

鬼子还嫌不解恨，又叫汉奸领他们到老八子洞，本欲去抓裴子明的爱人李清香。巧的是，李清香刚刚离开大姐家，爬到了山顶上。鬼子们抓了李清香的姐夫，即李清香大姐李玲的丈夫吴金波。

鬼子再三追问："皮定均、裴子明在哪里？！"

吴只说："不知道！"鬼子当场挥舞刺刀，在吴金波的脸上、身上乱刺，把他的眼球刺得流了出来，脸上已是血肉模糊！

可是，吴金波仍然闭口不说。气得鬼子用刺刀在吴金波嘴里乱搅……

吴金波就这样壮烈牺牲！

鬼子走后，吴金波母亲回到家，看到儿子死得惨状，心疼得头往墙上撞！老人家不吃不喝，直哭了几天几夜，不久便气绝身亡！眼看丈夫和婆婆惨遭不测，好端端的家就这样毁在了小鬼子手里！李玲哭得死去活来！

这位 27 岁的坚强农妇，立志此生不再改嫁，吃尽万般苦，也要把吴家儿女抚养成人！

接着，汉奸又带鬼子到府店乡东门沟，抓了裴子明二姑的儿子、表弟李顺兴。

鬼子用铁丝扎穿李顺兴的双手，把他吊起来，追问："皮定均、裴子明哪里去了？！"

李顺兴答："不知道！"

李顺兴被打昏死过去几次，再用冷水浇醒后，鬼子又用带钉的木棍，把李顺兴的嘴撬开，往里面灌辣椒水！接着，鬼子又用烧红的铁锨，一下下往李顺兴身上烙，烙得白肉油直流！这帮禽兽就这样用尽酷刑，直到李顺兴牺牲！

血债，要用血来还！

鬼子从 8 个县抽调大量兵力，占领口孜寨、佛光峪后，指挥部就设在佛光峪的寺庙里。皮定均趁此时敌人据点空虚之机，立即率先遣支队和独立团转战巩县、伊川、洛阳等地，相继拔掉了鬼子许多据点，打得敌人顾东不顾西，死无葬身之地！常常是这样的战局：鬼子人马齐整地从据点出征，而残兵败部再撤回时，老窝已经被端掉了！按照皮司令"叫鬼子不得安生、敌驻我扰"的战术，口孜寨、佛光峪的民兵营长潘广胜、马大胆也没闲着。民兵们先是发明了"套环"术。即：隔个三天两头的，就用"套环"套住日本哨兵的脖子，使之不能发出声音，然后背走。这样一来，弄得鬼子一连失踪了七八个哨兵，被吓得都不敢在村头站岗放哨了。于是，鬼子只好把岗哨设在屋里，从房顶开个天窗，再把天窗罩上笼子，鬼子兵就站在笼子里放哨。小野次郎曾得意地说："大大地保险！八路的不能再背走我的皇军了。"对此，民兵们又发明了"灯影"术。

一天，值夜的鬼子哨兵突然发现外面有灯影在走动。接着，又有人打枪。鬼子便大喊："八路的干活！"结果，整个佛光峪的鬼子全部出动，打了一夜，却一个八路的影子也没见到。到了第二天、第三天夜里，还是有灯影在闪动。小野无奈，便开始了一场消灭"灯影"的围歼战。

只见鬼子兵满大街小巷撵灯影，弄得人仰马翻。最后，灯影终于被撵到了一个角落里。一群鬼子前去围歼时，才发现"灯影"不过是几只山羊，羊角上绑着手电筒。经历了"套环"和"灯影"的搅和后，鬼子似乎变"聪明"了。只要是在夜里，不管发现什么动静，"笼子"里的哨兵也不管了。这一不管不打紧，民兵们的"冷枪"术又出台了。

神不知鬼不觉，一声冷枪打来，笼子里哨兵的脑袋就开了瓢。总之，民兵们配合默契，该出手时就出手，能敲打时就敲打，直搞得鬼子风声鹤唳，惶惶不可终日。更令敌人丧胆的是全民皆兵、全民参战的游击战，就像无边无际的汪洋大海，一浪高过一浪！打得鬼子兵断粮断水，犹如被堵在黑洞里的狼一样，动弹不得！这是1944年的冬末。皮定均终于下令：收回口孜寨，光复佛光峪！

正是除夕之夜，月黑风高。先遣支队和独立团的官兵以迅雷不及掩耳之势，向口孜寨、佛光峪的日伪军发起猛攻！除了老奸巨猾的贾世勋逃跑外，一举全歼了日伪军。当日军中队长小野次郎落入我军之手时，这个狂妄至极的侵略者，死到临头还举起刻着"武运长久"的战刀，狠狠地向皮定均头上劈来！裴子明眼疾手快，一枪打掉了小野次郎的战刀！与此同时，皮定均的子弹也射进了小野的心脏！饱经血与火洗礼的佛光峪、口孜寨，终于重新回到了人民的怀抱！

这短短3个月，皮定均率先遣队和裴子明独立团，包括我党各县的地方武装力量，先后粉碎日伪军扫荡5次，与日伪军作战130多次，毙日伪军521人，俘日伪军1077人，缴获步枪1374支，轻机枪21挺，迫击炮20门，其他枪支弹药不计其数。

先遣支队从 1000 余人壮大到 7000 余人，从无立足之地到活动区域 5 万多平方公里！

几个月来，军民们解放了 2 万多平方公里国土，设立了嵩山、箕山 2 个专署，成立了偃师、伊川、临汝、巩县、登封、广武、汜等 8 个县级抗日民主政府，还建立了伊洛、禹（县）密（县）、新（郑）等县级办事处。

皮定均挺进豫西后司令部所在地白栗坪，本是连河南地图上都找不到的小山村，却从此声名远播，功载史册！

在革命圣地延安，八路军最高统帅作战室的抗日战争形势图上，赫然用小红旗标记着"白栗坪"。

这正是：

> 军民巧转移扩实力，以退为进歼敌顽。
>
> 日伪绝人寰欠血债，裴氏抗属真好男。

春阳融雪，文工团同仇敌忾壮气节

1944 年底，豫西抗日先遣支队和独立团消灭了盘踞在偃师佛光峪的日伪军。

1945 年 2 月，又解放了日伪重要据点缑氏寨。这时，佛光峪已成为偃师、登封、巩县、伊川、密县解放区的中心联合处。与此同时，河南省军区成立，先后建立了 6 个支队和分区，解放了豫西大片国土。随着形势的转变，我党抗战前期靠武装斗争宣传和发动群众的做法已不相适应。广大军民迫切需要运用多种形式，扩大宣传，深入发动，同时也有大批的伤病员需要慰问，以进一步鼓舞士气。在豫西一带，本来各县都有一个当地群众喜闻乐见的曲剧团或豫剧团。但自从日寇入侵后，人们的身家性命都保不住，哪还有心思接剧团看戏！因此，以演戏谋生的戏班子大都解散，演员流离失所，苦不堪言。一天，裴子明在偃师县口孜寨时，听说来了个不一般的豫剧团，便进行了深入了解。

原来，这个豫剧团成立于 1945 年元月，由偃师、巩县、登封一带的民间艺人组成。大家都是了活命，才强拉起了这个戏班子。有一回，戏班子正在宜阳和新安县交界的农村演出，日本鬼子突然来抓人！戏班子暂时跑散后，著名须生田玉川被鬼子抓住，强迫他去扛炮弹。田玉川不愿给鬼子卖命，拿起石头就砸伤了两个鬼子，被鬼子当场用刺刀捅死！戏班子的演员们得知后，个个义愤填膺，立誓再遇到鬼子也不逃避，同鬼子拼了！

几天后，戏班子在孟津县长洼村演出，鬼子突然又闯入演出地，强迫他们到洛阳给鬼子演戏，而且只要女的，不要男的。演员们气愤之极！须生王尾巴带头，激愤地拍着胸膛说："枪刀戳，把我们统统杀光，也不给日本鬼子演戏！"结果，王尾巴当场被鬼子用刺刀捅死！

当地几位戏迷士绅见状，赶紧出来找汉奸打圆场说："保证下午把戏班子送到洛阳，让皇军看夜戏。"鬼子狂叫："迟到了，就要你们的脑袋！"鬼子走后，演员们立刻逃跑，一口气跑了 60 里，这才到了偃师口孜寨。了解到这个戏班子的故事后，裴子明被演员们勇敢的爱国行为所感动，马上将情况向皮定均做了汇报。

皮定均听后，非常高兴地说："我们部队正需要这批宣传骨干！"让裴子明马上沟通，把他们拉到部队来。

当夜，即 1945 年农历正月十三。裴子明专程去口孜寨南边的黄爷坡，找到戏班的董锤、王印、黄春来三个老艺人洽谈，说明八路军愿接收戏班子到部队的意愿，请演员们商议一下，拿出意见。

裴子明走后，几位老艺人兴奋地对全体演员说："八路军派了个叫裴子明的人和我们联系。此人是个大好人，说话和气，待人亲热，不像汉奸、国民党宣传的那样，说什么八路军青面獠牙、凶神恶煞。八路军是神兵天降，是来捉妖打日本鬼子，解救咱穷苦人的。"众艺人听后，兴奋得一夜未合眼，一致决定：参加八路军，堂堂正正为抗日出力！

第二天，裴子明又来黄爷坡，把戏班子接到了支队驻地——佛光峪。

出乎演员们的预料，支队领导都到村外迎接，还一一握手问候说："同志们好！"接着，把演员们安排到村中的一个大院子里。许多八路军战士纷纷上前，有的接行李，有的倒茶，有的让座，有的打洗脸水，忙得不亦乐乎。演员们对八路军的热情接待受宠若惊，激动得手足无措。这时，裴子明指着支队领导向演员们逐个介绍说："这是皮司令，这是方副司令、范专员……"演员们一听，这可都是大官哪！竟然亲自接见我们这些被人称为下九流的"戏子"！现在，我们还未立尺寸之功，就受到八路军领导这样的热情接待，以前连想也不敢想啊！

演员们个个抑制不住，热泪哗哗直流。皮司令走进演员中间，微笑着说："我叫皮定均，大家都叫我老皮。过去，我们是在不同的战线上打鬼子；今后，我们要站在同一条战线上打鬼子。可惜，田玉川、王尾巴同志永远不能来了……我知道，你们拼命用石头打日本人，宁死不给日本人唱戏，这是多么可贵的爱国牺牲精神呀，你们都是好样的！同志们先好好休息一下，过几天开个大会，庆祝咱们的抗日文工团诞生！"

一席话，说得演员们心潮澎湃，相识恨晚！深感共产党八路军才是天下最好的人，是他们真正的引路人！

正月下旬，偃师县佛光峪隆重召开了庆祝文工团正式成立大会。在开幕式的横联上，写着"庆祝八路军豫西抗日先遣支队暨嵩山专署文工团成立大会"。皮司令和范专员分别在会上讲了话。

大会郑重宣布：任命李同池任团长，李桂英任副团长。并宣读了全体演员名单，共有40多人。大会同时规定：演员们享受八路军供给制待遇。会后，演员们集中学习了共产党的政策和八路军的三大纪律。皮司令员又亲自送来两匹高头大马，说："李桂英同志是文工团的唯一女团长，应该有匹马；另一匹作为文工团机动用。"此时，演员们恨不能把心都掏给八路军，迫不及待地要求下达任务。

"你们的任务有两个：一是宣传我党我军政策，发动群众起来抗日；二是慰问伤病员。你们的号召力可大啦！比如开大会，我们怎么喊也开不大，可你们的锣鼓一响，群众马上都来了，就成为真正的大会啦！从现在起，哪里开大会，你们就到哪里演出！支队、嵩山专署所辖的10多个县，都需要你们去，以后你们会吃大苦的。"

听了皮司令部署的任务，演员们纷纷表示："干革命再苦再累，我们也不怕！"

"那好，以后你们就可以上阵了！"从此，文工团巡回演出，风雨无阻。

他们先后到过巩县的夹津口、涉村、车元、圣水、老井沟、坞罗、琉璃庙沟；偃师的参家店、府店、大口、高龙、口孜寨、菅茅；登封的白栗坪、石道镇、告城、君照；伊川的姜子河；等等。

文工团的这些演出，多是为八路军召开镇压汉奸、恶霸的群众大会鼓气助阵的。在演出中，由于文工团和部队一起生活，演员们对八路军更加了解，建立了深厚的感情。

为了达到更好的演出效果，演员们开动脑筋，适时在老戏中加上一段新台词，大大强化了鼓动力度。

例如，在巩县申沟演《五张弓》时，演宋朝李俊的李同池，在戏将结束时，竟加上了"众三军将宝贝打入扛箱，解奔延安向毛主席交旨！"还有演员王小长，身穿绿蟒，头戴帅盔，手持宝剑，开口唱道："一杆大旗竖当空，上写老皮调大兵，在延安遵了主席令，到豫西来把鬼子平！"唱得与会群众捧腹大笑，鼓掌大喊："好！好！好！"

1945年三四月，支队在偃师大口歼灭日伪军齐明修部，战斗打得很激烈。演员们听说后，一个个冒着生命危险，主动跑到前方，在炮火中救助伤员，大大提振了士气！这一仗，我军活捉了齐明修。文工团也受到支队的表扬。

同年5月，文工团到巩县洪河医院，进行慰问伤病员的演出。当演员们演出了《长坂坡》和《盘肠战》后，战士们受到很大鼓舞。恰巧，河南省军区六支队司令员刘昌毅也在这里养伤。演出结束后，刘昌毅司令员走上前去，和演员们一一握手，还半认真半开玩笑说："你们演得好极了！这看来啊，我也不能养伤了，赶紧回去打鬼子！"演员们受到很大鼓舞，说："我们今天竟不是慰问伤病员，而是司令员慰问我们呢！"当刘司令员和文工团的副团长李桂英握手时，还从怀中掏出一张照片说："这是我和毛主席、朱总司令等中央领导同志的合影，一直珍藏在身上，现送给你，做个留念吧！"李桂英含着眼泪，双手接过照片说："谢谢首长！这是我一生最大的荣幸。我一定更努力演好每一场戏！"

同年 8 月，文工团正在巩县老庙山战士医院慰问演出时，突然得到了日本无条件投降的消息，演员们欣喜若狂，参加了庆祝大会。

1945 年 9 月。文工团正在偃师口孜寨演出时，皮定均紧急派人通知说："国民党反动派准备发动内战，支队奉命转移。文工团的同志走了一段艰苦而又光辉的历程，你们这段革命的历史是光荣的。我军转移后，国民党反动派必然会对你们进行疯狂的报复和种种迫害。因此，你们要尽快疏散隐蔽！支队坚信：你们一定会保持革命精神，发扬光荣传统，不投敌、不变节、不出卖同志。支队已通知口孜寨镇政府，把支队存在此处的万余斤小麦分给每个同志，作为隐蔽的生活费用，相信我们一定会回来的！"

听了皮司令的这个通知，演员们都惊呆了，有的忍不住放声大哭起来！大家都要求：马上找皮司令，随支队一起走！面对这种情况，李桂英副团长心如刀绞。但她还是镇定地劝大家说："皮司令不叫我们随支队走，一定是形势所迫。大家还是执行决定吧！"她含着眼泪，对传达通知的同志说："请把皮司令送给我们的两匹马带回去，部队打仗用得着！并请转告我们全体团员对皮司令的问候……"文工团随支队 8 个月的生活和战斗经历，使大家深受教育，认识到共产党八路军是人民的子弟兵，坚定了对共产党的信念。在接到皮定均疏散隐蔽的通知后，由于文工团对形势的骤变和恶化没有真正理解，对革命的残酷和曲折还认识不足，缺乏对敌斗争的经验，因此并没有尽快隐蔽，而是继续打着支队"嵩山文工团"这个金字招牌，照常演出。

没两天，文工团员就被国民党军队全部逮捕。敌人无论怎样逼供、吊打李同池和李桂英，他们就是一句话也不说。敌人只得贴出了"集体执行枪决"的告示。口孜寨、菅茅村的群众闻讯后，马上把支队发给演员们的一万多斤小麦卖掉，共卖了300多块大洋；村民们又慷慨解囊，凑够了500块大洋，全部送给了敌人的长官。敌人这才答应放人，演员们终于脱离了虎口。从此，这支由裴子明引荐、皮定均一手培育的红色文工团，真正成为革命的播种机。受尽苦难的演员们，也彻底砸碎了被欺压、被凌辱的精神桎梏。

这正是：

> 子明牵红线建剧团，热血儿女总关情。
>
> 定均引大道得民众，革命艺人获新生。

横扫敌顽，一支队豫西热土夺胜利

1944年12月30日。八路军南下支队在王震、王首道率领下，渡过黄河进入豫西。毛主席当日复电。其中特地写道："并请转告皮定均、徐子荣，中央对他们的努力甚为满意，并问候他们。"

1945年2月9日，河南省军区成立。裴子明及其独立团随皮定均豫西抗日先遣支队，编入河南省军区第一支队。一支队作为主力部队，自同年3月至5月，先后参加了禹、密、新战役，投入了禹西之战、巩县琉璃庙、临汝县城之战，歼日伪军4000多人，收复了大片失地。

1945年6月。皮定均支队在豫西打了最为艰苦的一仗：攻打登封大冶镇之役。大冶镇坐落在登封、禹县、密县三县交界处，是国民党登封县政府所在地，是恶霸地主、县长杨香亭精心构筑的老巢，也是各派反动势力头目聚集之地。如三县反共游击司令刘光华、郑州专员王光临、县特务头子崔鼎甫，以及杀害我农会主席和"倒地"委员多人的反动自卫队长王合法等人，都扼守在大冶镇。

这大冶镇果然老辣。其寨墙高10米、厚5米，且护城河又宽又深。寨内有武装1000多人，机关犬牙交错，易守难攻。战斗打了5天，我军都没能攻上寨墙。往往刚攻到寨墙半腰，战士们便被打伤或牺牲，攻寨的梯子也被打断。我军改变战术，欲从寨墙下挖洞攻进去，也因敌人向护城河放水阻挡，攻寨仍未能成功。如采取直接攻寨，我军因重武器不足，亦不能奏效。正在我军攻坚之时，敌人的增援部队又从登封、密县、芦店三处赶来，企图对我形成夹击，或逼我退兵于寨门之外，或取我主帅于寨墙之下。此时，皮定均不顾身上多处被敌人炸崩的飞石所伤，忍痛继续在前沿指挥战斗，终于打退了增援的日伪军。可是，攻寨的战斗已进行了10天，仍没有有效进展。攻城不怕坚。皮定均再次召集参战部队将领，一起研究办法。

会上，裴子明等人提出：避开敌人视线，深挖一条通过护城河的坑道，用重500斤以上的火药，将寨墙炸开缺口。皮定均当即采纳了这个建议。

按照作战要求，我登封县三区区长王登崑很快弄到500多斤火药。又搞了一口棺材，安上轮子，把火药装了进去。同时，组织100多名挖煤工人，日夜不停地在大冶镇东北角施工，终于挖了一条直通护城河下的坑道，并把装有火药的棺材推进去，安上了导火线。

诸事齐备，只欠点火。皮定均再次亲自到坑道视察后，很满意。他拍着王区长的肩膀，诙谐地说：“谢谢，应该给区长立大功！”接着，皮司令下令：“点火！”

随着一声巨响，寨墙东北角被掀开了一个大缺口！早已按捺不住的攻寨战士，像一支支利箭齐发，冲占了敌人的各个要点！敌人还没有从爆炸的惊恐之中回过神来，刺刀已逼近了胸膛！在筛糠般的颤抖中，敌人一个个缴械投降。

一场围攻了20多天的战斗，结果不到两个小时，就胜利结束！除了狡猾的县长杨香亭从早已挖好的洞中逃窜外，此仗击毙了特务头子崔鼎甫等反动家伙 400 多人，俘虏 500 多人。五县"剿匪司令"梁敏之和县长杨香亭感到末日来临，就公开投靠了登封日本县知事汪先觉，摇身一变成了皇协军，为登封的敌人势力又注入了一股浊流。

如何有效削弱登封的敌人势力？皮定均决定：施行"反间计"。即：利用驻登封日军队长本村之手，快刀斩除梁敏之。这本村有个翻译官，系巩县桑楼村人，名叫刘传高，是无线电专业毕业的大学生，因为失业，才给本村当了翻译。刘虽胆小怕事，但还有点中国人的良心。

一天晚上，我侦察科长曹飞悄悄进入翻译的住室，不动声色地自报了姓名。一听到曹飞的名字，刘翻译便吓得打战："曹科长有什么吩咐，我一定照办。"

曹飞说："我命令你，马上想办法把梁敏之除掉，给你个立功赎罪的机会！"

"是，是！"

翻译官很聪明，知道鬼子命不长。曹飞走后，他脑子一转，立即返回本村办公室。本村正要睡觉，见翻译官又回来了，就问：

"什么事？"

"太君，我放心不下，我觉得梁敏之是个八路军的奸细！"

"你怎么看出来的？"

"太君你想，梁敏之找汪知事请太君赏月那天，被八路军炸了飞机场；还有白栗坪交战，我们吃了小亏；辕辕关伏击，我们吃了大亏。而所有这些事，都是梁敏之的主意。若不是皇军武器精良，后果不堪设想！此人不除，皇军还会吃大亏。"

"你的讲话有道理！快快把梁敏之找来！"

此时，梁敏之已经睡了，又被人叫起来，迷迷糊糊来到本村中队部，问："太君找我？"

"你的，八路军的奸细的是。"

梁这才知情况不妙，不由得哆嗦起来。刘翻译在一旁正色道："梁敏之说实话吧，你的事皇军已得到可靠的情报。"本村早已按捺不住，举起了战刀。

"太君饶命！"梁敏之歇斯底里地大喊。

"八格牙路！"只见刀落血溅，梁敏之的脑袋像皮球一样滚落在地！这个残害人民、卖国求荣的汉奸，做梦也算不到，最终竟成了他主子的刀下鬼！

1945 年 8 月 15 日，日本宣布无条件投降。而蒋介石却下令，不准日伪军向我八路军缴械投降。塘城、芦店之伪军王克昌、郭尊五率 1000 多人逃入登封城。驻登封城的汉奸王子明，国民党顽固派申玉森、杨香亭等一伙反动家伙，更是死命阻止日军向我八路军投降。

一夜间，他们就把登封城楼上的日本膏药旗，换成了国民党青天白日旗。

8 月 20 日。为惩治这些民族败类，皮定均下令：包围登封城！城内的日伪顽有 2000 多人，闻讯即刻乱作一团。

日军占领登封城后，不仅将城门堵死，将城墙加高加厚，构筑了明雕暗堡，还挖了 4 米宽、5 米深的护城河。

皮定均总结了攻打大冶等攻坚作战的经验，对攻打登封城早已胸有成竹。部队准备了两种梯子：一种是攻城用的长梯子，一种是过护城河用的短梯子。战前，部队在登封城前近迫作业，将沟挖在护城河的外沿，只留下很薄的一层土墙作为隐蔽。当总攻发起时，部队便立即破墙、出梯、上壕，以迅雷不及掩耳之速，架长梯登上城墙。

8 月 22 日。皮定均一声攻城令下，几路攻城部队同时发起进攻！待敌发觉时，我军已逼近眼前，毫无退路！只得纷纷向我英勇的攻城战士缴械投降。在混乱中，有 200 多名鬼子向城北门方向逃跑，结果正中一支队裴子明独立团等部队的埋伏！只见密集的子弹射向敌群，鬼子一个个应声倒地！

这次战斗仅用了一个小时！我军击毙、打伤、俘敌 2000 多人，缴获轻重机枪及步枪等 1000 多支（挺），子弹不计其数。至此，登封城宣布解放！这座曾沦为豫西日伪军大本营的千年古城，终于迎来了新生！

赶走了日本鬼子，根据地人民沉醉在胜利的喜悦中。正当人们憧憬明天的幸福日子，准备重建被摧毁的家园之时，国民党反动派却摘取抗战胜利果实，极力挑起内战。为顾全大局，制止内战，党中央指示河南省军区部队：撤离豫西根据地，南下桐柏，与李先念率领的新四军五师、王震领导的三五九旅南下支队等部队会合，成立约 60000 将士组成的中原军区。皮定均一支队被新编为军区一纵一旅，由皮定均任旅长。

1946 年 1 月，经纵队党委研究决定：把裴子明作为特别党员。由支队教导团政委史向生介绍，裴子明光荣地加入了中国共产党。

中原军区成立后，坚决地进行了反对内战与争取和平的斗争。一意孤行的国民党反动派除对我军进行经济封锁外，还疯狂调集 30 万大军，到处挖战壕，修筑了 6000 多座碉堡，把中原 6 万解放军包围在以宣化为中心，东西长约 100 公里、南北约 25 公里的狭长地带，一时大兵压境，黑云滚滚，内战一触即发。

这正是：

出手炸大冶克登封，反间劈贼智勇全。

奉命收失地别豫西，转战沙场待敌顽。

天降大任，护主帅百劫九死泣鬼神

1946 年 6 月 24 日下午 3 时。纵队司令员王树声、政委戴季英，紧急召见皮定均和徐子荣，下达命令："蒋介石已撕下和平面具，于本月 26 日向我中原部队发起总攻！中央指示，中原军区主力今晚开始向西突围，但要留下一支坚强、有单独作战经验的部队作掩护。军区党委决定，这个任务由一旅来执行。你们要用一切办法拖住敌人、迷惑敌人，使敌人在 3 天之内找不到主力行动的方向，你们的任务就算完成了。3天之后，一旅的突围行动方向，一切由你们自己决定！"

皮定均坚决地回答："我们一定以战斗的胜利，来回报党的信任！"临分手时，首长意味深长地小声叮嘱："你们每人准备一套便衣吧！"

显然，每个人心里都很清楚：3天！这3天，一旅士兵分分秒秒都在刀尖上滚打！即便在3天时间里，万幸完成了掩护主力突围的任务，而面对六七十倍于我一旅的敌人，我们英雄的将士们，将极可能不复存在！

临危受命，刻不容缓。皮定均一行冒着瓢泼大雨，深夜赶回驻地白雀园，火速召集裴子明等团以上干部，传达命令，周密部署。

一个中外战争史上的奇迹，就这样于无声处开创了——兵不厌诈，护主大突围。天刚蒙蒙亮，一旅便留下少数部队，修筑前沿工事，准备同敌人作战。而大队人马却朝着主力突围的相反方向，川流不息地向东行进，人马一下子拉开了几十公里。当把敌人的注意力都吸引向一旅东进的方向时，大队人马却连夜冒雨，悄悄返回原驻地附近的刘家冲，在深坳的密林中隐藏下来！

为严防暴露目标，皮定均命令如山倒：不准抽烟、不准点火、不准马叫、不准孩子哭，把马蹄和刺刀全都裹上布！就这样，6000人马在倾盆大雨中不吃不喝，一潜伏就是一天两夜。

此时，正是1946年6月26日。敌人调动的大批部队，就从一旅指战员的鼻子底下通过，沿着一旅东进的方向，一路追击，企图一举消灭之。

敌人追了整整一天，终于发现上当了！再返回寻找一旅决战时，敌人已被拖住了3天时间。3天！也就是说，一旅已经胜利完成了掩护主力突围的任务！

兵调如风，雨罩大别山。28日凌晨。在大雨滂沱中，一旅将士神不知鬼不觉，全部撤离刘家冲，一路向南急行军，一下子插入敌后几十公里。忽地，却又来了个90度的大转弯：皮旅向敌人已经调头的路上东进，冲过敌人小界岭、黄麻路两道封锁线，进入了茫茫大别山。敌人闻讯，气急败

117

坏！他们紧急从安徽阜阳、安庆抽调两个师，加上正在追阻的 72 师，并通知当地的土顽武装配合，妄图把一旅"消灭"在大别山。

兵势如虹，拿下松子关。一旅进入大别山后，水米未进，急行军 3 昼夜，赶到了松子关。松子关，山高 1900 米，是鄂、豫、皖三省交界的咽喉地带。一旅的面前，地方土顽武装已在山顶严密布防；一旅的身后，敌人 3 个师的追兵正赶过来！值此生死存亡时刻，皮定均命令部队："拿下松子关！"久经沙场的英雄将士们，一接到司令的命令，顿时忘记了饥饿，丢掉了疲劳，个个精神抖擞，像壁虎一样攀岩走壁，飞快冲上了山顶，喊杀声震动山谷！地方土顽们哪见过这种大阵势，一个个吓破了胆！只见敌人有的跳崖，有的钻树林，哭爹叫娘地滚了下去！我军就这样越过了松子关。

兵心如春，播种吴家店。为迅速甩掉追阻之敌，一旅在伸手不见五指的夜里，依靠着指北针在崎岖山路上艰难行进。当部队到达吴家店后，从群众那里得知：国民党广西第四集团军在这里有许多仓库，囤积了大批军粮。这正是"踏破铁鞋无觅处，得来全不费功夫"，一旅将士立即打开仓库，除了留下小部分供部队吃、带外，将大部分粮食救济了当地贫苦农民。这里的乡亲们对共产党的军队感激涕零，从此又播下了革命的火种。

兵勇如山，险取青风岭。在大别山的日子里，对一旅最为危险的一仗，要数青风岭之战。青风岭，南面是陡峭险峻、高耸入云的天柱山；北面是横卧山峡、水势湍急深不可测的淠河支流；岭的前面，是敌人已占据着的山顶，架起的机枪早已封锁了通道；而后面，仍是敌人穷追不舍的 3 个师的兵力。我一旅四面受敌，进退维谷！除了夺下青风岭，别无生路！而且，必须以最小的代价，最快的速度！

久经沙场、足智多谋的虎将皮定均果断下令："正面佯攻，吸引敌人注意力；侧面迂回，突然向敌人发起主攻！"我英勇无畏的将士们，面对数丈高的峭壁，用绑腿吊着攀上去；面对无人通行的荆棘林，用刺刀、砍刀开出一条通道。荆棘和尖石划透了将士们的衣衫，割烂了将士们的皮肉，一个个鲜血淋漓，甚至露出了骨头，却无一退缩，无一叫苦叫疼。终于，将士们以最快的速度征服了天险，在敌人毫无觉察中，他们登上了青风岭的右翼高峰，同时向敌人的侧面、背后发起了冲锋。

此刻，将士们以气吞山河的大无畏英雄气概，端着机枪，边冲边喊边扫射！当敌人被这突如其来、好似天降奇兵打得晕头转向时，我军正面的佯攻部队也冲上了山顶！敌人顿时乱如一团麻，纷纷跪下求饶，集体缴枪投降！经审问，这伙人是日伪军新改编的安徽省挺进支队。在这场激烈的战斗中，裴子明时任连长的侄子裴俊卿，在端着机枪向敌人扫射时，不幸身中数弹，壮烈牺牲！始终跟随皮定均左右的裴子明，顾不得掩埋亲人的遗体，吞痛拭泪，又赴战场！

兵智如水，夺路磨子潭。一举拿下青风岭的一旅将士，当天晚上就赶到了磨子潭。磨子潭位于霍山县南的淠河西南，四面高山环绕，是地势险要的盆地。如果把青风岭称为"虎穴"，那么磨子潭，便可称为"龙潭"了。横在皮旅面前的淠河，本已水深浪急，且正值汛期，加之天又下着倾盆大雨，导致山洪暴发，卷起千重漩涡。

淠河的对岸，矗立着屏风似的三座大山。此时，部队早已人困马乏，实在该休息一下了。但皮定均毫不犹豫："必须马上过磨子潭！敌48军已在岳西、舒城、桐城、潜山布防了一个口袋，企图把一旅装进去歼灭，如不马上渡过磨子潭，后果不堪设想！"然而，工兵一连架了三次桥，都被呼啸的洪流冲垮了。

派出的侦察员们好不容易才找了5只"蚂蚱船"，每船只能载6个人。这样下去，6000人何时才能渡完？眼前，时间就是胜利！皮定均急命："再去调查！"

这次，终于了解到磨子潭西南有个河汊，水比较浅，可以徒渡。但此时浪大水急，不会水的人根本站不住脚。皮定均果断决定：小船只渡23名女同志、两个婴儿及伤病员。其他人，一律徒渡！为保证安全，皮定均命令工兵：速将数根铁丝拧成麻花状，拴在河两岸的大树上，作为有力的支撑。同时，又选出来一批批身材高大又会水的战士，他们跳进水里，手拉手结成人墙，让战友们便于抓住他们的身子渡河。尽管这样，还是有十多个战士不幸被激流卷走了。

连日的指挥行军作战，使皮定均的身体已经瘦得不成形了，此时还患着疟疾。但皮定均却非要和大家一样，徒渡淠河！将士们担心他，硬把他往船上拉。他坚持说："我从小就会水，能游过去！"

"首长，你的指挥是我们部队胜利的保障。现在你也是病员，你不上船，我们就把你抬上来！"

大家心里都清楚，一旅绝不能没有皮定均！于是，4个战士不由分说，硬是把他往船上抬。"往常你是司令员，我们听你的，可这回，你也得听我们的！"说着，突然发现敌人已抢占了正面的高山金鸡岭！在漆黑的夜里，敌人的电光弹频频闪过，密集的子弹隔河扫射过来。由于摸不清我军的兵力、部署和渡河地点，敌人只得仓促堵截，盲目扫射，因此命中率有限。

皮定均一过了河，立即命令先前已突击过河的一个营：对敌实施猛烈反击！这时，一部分敌人慌忙缩到了最北边的山上。我军从俘虏口中得知，他们是伪军改编的霍山县保安团，奉命前来堵截八路军。不料，脚还未站稳，就当了俘虏。而退到北山上的，则是冒雨刚刚赶来的国民党48军。

夺路突围，智者赢。皮定均利用敌人注意力集中在东南方向的错觉，先率部队朝东南方向通往安庆的大道上，一口气挺进了40公里。敌人果然被迷惑。只见敌48军主力从桐城迎头开来。

皮定均立即来了个90度的大转弯，率部向北疾进，一举跳出了敌人的"口袋"，使一旅再次摆脱了覆灭的命运，按计划到达了大别山出口——毛坦厂。

磨子潭战斗虽然打赢了，皮定均却格外心痛：担任掩护部队过河任务的一个排，最后由于情况紧急，没来得及过河赶上部队！而这个排，是跟他九死一生的红军战士呀！还有，与他同生死共患难的战友范惠同志，这位旅供给部部长，曾任豫西专员的红军干部，在女儿范中原刚出生几天，就不得不被丢掉……这成为留在皮定均心中永远的痛。其实，皮定均哪里知道，自己的一双儿女，也是这样在襁褓中被丢掉的。而此时，32岁的皮定均，这个从刀尖上杀出来将军，真顾不得去抚平内心的伤痛，因为肩上的责任重于一切！兵破兵书，穿透时与空。

7月13日。皮旅在蹚越刀山火海的突围路上，又经过数次夺关斩将，终于在这一天打出了大别山，到达了皖中平原。不甘失败的敌人又慌忙调集3个正规师、十几个保安团，妄图把一旅最后"消灭"在皖中平原。

最后一战，更是背水之战。皖中平原作为一旅突出重围的终点关口，成败在此一搏！为赶在敌人布置就绪之前突出去，皮定均命令部队：缩短队形，组成三路队列，并肩急行。一连五天五夜，将士们渴了喝点沟边水，饿了吃点口袋里的粮食，人不歇脚、马不卸鞍，一口气跃过了1000多里的皖中平原！在行进中，许多同志走着走着，一下子就倒在路边睡着了。身边的同志叫也叫不醒，便相互推着走、拉着走、拽着走、搀着走，硬是把国民党的追阻部队远远地甩在了后面！正所谓一人拼命，十人难挡。

7月20日凌晨。我部队赶到津浦铁路时，不仅遭到了满载着敌人的装甲车的堵击，且铁路两边碉堡里的敌人轻重机枪也疯狂扫射，更有地面上的国民党部队，兵分五路，死死追击！你死我活的紧要关头，皮定均命令工兵：立即炸毁铁路！

同时，我军把集束手榴弹扔进装甲车里，敌人被炸得鬼哭狼嚎，装甲车吓得掉头逃跑了。而地面上的五路敌人，黑压压一片竟分不出个来！我军顽强迎战，进行了整整3个小时的激战！皮定均命令："同志们，这是突围的最后一仗！打！把炮弹、子弹全打光，打它个痛快！"敌人哪见过这种破釜沉舟的阵势，终被打得仓皇败退。

这是1946年7月20日上午10时。我一旅将士历经千难万险，全部越过津浦铁路！他们回到了"娘家"——淮安苏皖解放区。解放区的人们惊呆了：这是什么人？这，是我们的一旅吗？这些个个发如蓬草、面如污泥、骨瘦如柴，衣衫缺袖少腿，赤脚上化着脓，身上到处挂着伤、流着血的人群，真的是我们的英雄儿女吗？

是的！是皮司令！是徐政委！是我们惊天地、泣鬼神的一旅将士们！他们回来了！

真的回来了！这多么像是上天给我们的英雄们，每人都奖励了一条命啊！裴子明和许多将士的脚，都烂得寸步难行了。大家喜极而拥，无语而泣！终于，华中军区首长先开口，问："你们还有多少人？"

答："突围前 6000 人。现在，除了牺牲、病故、掉队的以外，还有 5000 人，其中伤病员 4000 多人。"

首长又问："有什么要求？"

答："睡觉。"再问时，却全都躺下，睡着了……这一下子，就睡了三天三夜。皮定均睡醒时，才说："我有生以来，这次才感觉到睡觉这样舒服！"

皮旅是铁。他们超圆满地完成了掩护主力部队突围的大任，并那一刻起，腹背受敌，进退无路，天天刀尖上行军，时时火海里冲锋！

皮旅是钢。他们逢山辟路，遇河架桥，历时 24 天，行程两千多里，大大小小打了 23 场战役！

皮旅是神。他们常常连续数日不吃不喝，从没有睡过一个完整的觉！日均一场死战，天行长达百里，这是怎样的极限！

皮旅是鹰。他们面对几十倍于己的敌人的追击、堵截，个个奋不顾身，众志成城，壮怀激烈！其艰、其困、其辛、其痛，唯长天可鉴！

皮旅是金。他们，用大智吃大苦，拼死做到了"保帅不丢车"，把数千人马生生带回家来，完整地交给了党和人民！

可以说，皮旅所开创的以少胜多、以弱克强，日复一日地化腐朽为神奇的经典战例，在中外战争史上，是无可复制的！

1946 年 7 月 28 日。延安《解放日报》以"人民的军队是不可战胜的"为题，发表了皮旅胜利突围的头条大新闻；《新华日报》配发了"谨向皮定均将军所部致敬"的社论。一时间，万众敬叹！

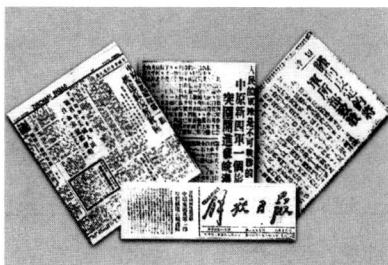

1946 年 7 月 28 日，延安《解放日报》《新华日报》盛赞皮旅胜利突围

1947 年 1 月，皮定均接令：调华东野战军任六纵队副司令员兼参谋长。此时此刻，皮定均心潮澎湃，难以自已。这位勇猛无敌的常胜将军、屡建奇功的传奇司令，却实实在在是一员解人意、重感情的虎将。

皮定均舍不得豫西的子弟兵，舍不得与他生死与共的数千位战友啊……离别前，皮定均与裴子明促膝长谈。裴子明更是热泪汹涌，依依不舍……

在这个世界上，还有什么比这重如泰山的兄弟义更值得牵怀，还有什么比这浓于鲜血的战友情更值得苦恋啊！

1955 年，正是全军授衔时，皮定均原报授予少将军衔。接报，毛主席亲自批了六个字："皮有功，少晋中。"这样，皮定均被授予中将军衔。成为共和国最年轻的中将！当年，皮定均 41 岁，于此，又成就了一段佳话。

时隔 21 载之后。1967 年 1 月的一天晚上，周恩来总理在人民大会堂接见来自全国各地的党政军主要负责人。当周总理见到皮定均时，高兴地说："你过去领导的那个皮旅，打仗真行呀！虽然只是一个旅，中央是当作一个方面军使用的哩！"

时隔 23 载之后。1969 年党的"九大"期间。当毛主席讲到赞成一不怕苦，二不怕死时，还对皮定均说："如果怕苦怕死，革命是搞不出什么名堂来的。就是要有你们中原突围时那样冲锋陷阵的拼命精神。"

这正是：

> 护主敢担当贵神速，将士长啸虎退遁。
>
> 突围搏生死拼血肉，皮旅奇迹天惊叹。

真情无价，"皮裴谊"七十三载续到今

当年，裴子明任偃师县独立团团长后，爱人李清香也参加了八路军，还被送到设在登封白栗坪的豫西抗日军政干校学习了 3 个月。期间，皮定均去看过李清香两次，李还抽空给皮定均等同志做了几双鞋子。那时，皮定均或深入群众，宣传党的抗日政策，或发动群众，进行抗日武装活动。在做这些紧张的工作中，皮定均经常和裴子明在一起。

李能（1916–1988），裴子明夫人李清香的二姐（摄于 1985 年）

与白栗坪一山之隔的偃师豁山韩坊村，是李清香的二姐李能、姐夫韩三姚的家。皮定均和裴子明多次到韩坊村，就住在李清香的二姐家。他俩同睡一张大床上，时常彻夜交谈，结下了深厚的革命友情。

1945 年 9 月，皮定均撤离豫西时，唯恐李清香的二姐家遭到敌人报复，便亲手送给韩三姚一支上好的盒子枪。

1947 年登封解放前夕，韩三姚怕家中放枪不安全，将枪悄悄地藏在自家附近四不狼沟的一个小石洞内，不料被人偷走。

在 1966 年的"文革"中，有人说韩家私藏枪支，韩三姚因此遭到揪斗。情急之下，韩三姚只得跑到郑州，向李清香求救！李清香一听，让韩三姚赶紧给皮定均写封信。皮定均接到信后，当即给韩坊村村长王唐、大队长韩黑泥写信，证明了当年送给韩三姚枪支的真实情况。该村干部接信后，认真向群众做了说明，这才制止了对韩三姚的揪斗。

再说 1945 年 10 月 1 日。皮司令、裴团长在万众送别下，无限留恋地离开了白栗坪，离开了豫西家乡。之后，裴子明随皮定均一支队到桐柏，参加了攻克桐柏、光山的战役。

1946年中原突围中，一旅掩护中原军区主力突围后，裴子明跟随皮定均一路杀出重围，回到苏皖解放区。

1947年1月，裴子明与皮定均分开。裴子明先后任教导团团长、旅后勤部副部长等职。

1958年，皮定均随高等军事学院参观团，重回豫西革命老根据地。皮定均马上就找裴子明。当得知裴子明在洛阳棉纺织厂工作时，皮定均专程前去看望。重逢倍珍贵。

战友加兄弟，生死一条命！他们有说不完的话，道不尽的情……他们还特别谈到当年那8窑洞军火，谈到孔从洲。皮定均告诉裴子明说："孔从洲是杨虎城将军的旧部。1946年，他在河南巩县任国民党38军副军长，率部起义。任我西北联军38军军长，并加入了中国共产党，1955年被授予中将军衔。他对于你把委托保管的军火交给豫西抗日先遣支队的行动，很认同、很欣赏。"

裴子明听了非常高兴。再次别离时，皮定均特地将自己随身携带的一套军装送给裴子明，作为戎马生涯的特别纪念。得知裴子明的爱人李清香在郑州国棉四厂工作，皮定均又专程到郑州，看望了住在向荣街5号楼一门栋的李清香。

共和国开国中将孔从洲
（摄于20世纪40年代）

一见到当年的同志嫂，皮司令十分动情！接着，皮定均详细地询问李的家庭生活情况，问她有什么困难。交谈中，皮司令忆起李清香的大姐夫吴金波、表弟李顺兴遭鬼子惨杀一事，仍难过不已。临行，皮司令亲笔留下了自己的电话和住址，再三叮咛："以后有什么困难，就和我联系。"

皮司令走后，还不断给李清香家里写信问候。

20世纪60年代初，国家遭遇三年自然灾害的困难时期，皮定均全家

节衣缩食，特地给李清香家人寄来 100 元钱，资助裴家渡过难关。

裴子明在新中国成立后即转业到地方工作。1963 年 1 月 23 日，河南省省长文敏生下发"第 2707 号"任命书，任命裴子明为河南省纺织建筑安装工程公司副经理。1966 年"文革"开始，裴子明被划为地主，遭到批斗。皮定均听说后，于 1966 年 12 月 24 日，以他本人的名义向河南省委组织部写了一封信，原文如下：

"郑州纺建公司副经理裴子明同志，在参加革命后的政治历史情况，据我所接触了解的情况如下：一、裴子明在国民党统治时期是偃师县府店乡乡长和联保主任。曾经做过一些坏事。当 1944 年我军从太行上南下豫西开辟根据地时，按照党的统战政策，首先团结争取了裴子明，使他交出了国民党 38 军埋藏的大批武器弹药，增加了我军的战斗实力，这是他对抗日的一个贡献。二、裴子明参加革命后，历任偃师县独立团团长、教导团长、后勤部副部长等职，在坚持豫西敌后斗争中，他发动群众，积极抗日，坚持斗争，在歼灭日寇某联队的战斗中，战绩很大。在日寇投降后，当我军撤出豫西和中原突围到华东的战斗中，又经受了艰苦残酷的战争考验，一直坚定地跟着共产党，一直没有动摇过。"

在写给河南省纺织工业管理局的信中，皮定均证明："裴子明同志参加革命后的政治历史问题，我已经给河南省委组织部写了一个证明材料。按照划分成分的政策规定，裴子明同志在参加革命后，个人成分是革命军人，其现在的子女都是参加革命后出生的，应属革命干部子女，现在都把他们划为地主，这是不妥的。"

1966 年 11 月 19 日，本性刚烈的裴子明突发脑出血，不幸辞世！就这样，裴子明走完了他不平凡的一生。终年 63 岁。皮定均闻此噩耗，至为悲痛！皮定均不相信：当年叱咤风云的独立团长裴子明，一条铮铮铁骨的男子汉，就这么一去不回还了！皮定均再三向有关方面查问情况。可是，由于当时处于特殊时期，皮定均的查问当然没有结果。

1975 年 11 月。李清香带着儿子裴营州，专程到福州军区去看望皮定均夫妇。皮司令知道后，亲自去接他们。到家后，皮定均夫人张烽亲自下厨，为李清香母子做饭。看过皮司令后，母子俩就要回去。皮定均夫妇坚决不同意，硬留他们在家里住了半个多月。在那些天里，每天早晨皮定均都会到裴营州的床边，叫着："小儿子，快起床，吃饭啦！"皮定均还多次带营州在自家院中散步，在菜地里拔菜。当看到营州对自动喷水器很感兴趣时，皮定均就耐心地讲自己是如何设计的，还怕说不明白，又手把手地教营州绘制了一张图。在福州的家中，工作繁忙的皮司令抽空就和李清香交谈，还问她："你还记得孔从洲吗？"

"记得！记得！是国民党的师长，和裴子明关系可好啦，还请他到我们家吃过饭。日本人打来，38军撤退时，他把8窑洞枪弹都交裴子明保管，就是后来献给咱们支队的那些枪弹。"

皮司令员说："你知道吧，孔从洲和毛主席是亲家，毛主席的女儿李敏是他的儿媳，他们已经有一个孩子了。""那太好了！孔从洲是个好人。"

李清香母子临行前，皮司令派人领着他们，畅游了福州的名胜古迹。离开福州后，皮定均又特地安排李清香母子到南京中山陵、雨花台等地游览了几天。

1976年7月14日。李清香打开收音机，忽然听到："中共中央委员、中央军委委员、四届人大代表、中共福州军区委员会第一书记、福州军区司令员皮定均同志，于1976年7月7日上午11时15分不幸殉职，伟大领袖毛主席和中共中央送了花圈……"

这天大的噩耗，令李清香万分震惊和悲痛！李清香立即携女儿赶到福州，沉痛哀悼皮司令，安慰他的夫人张烽。临行，张烽把一份福州军区的《前线报》给了李清香。这份报纸详细报道了皮定均追悼会的情况。至今32年过去了，这份报纸一直被李清香珍藏着。

后来，皮定均夫人张烽又携带小女儿卫华，到郑州国棉四厂李清香家中看望。李清香为张烽做了烙饼和几个家常小菜，大家围坐在一张低矮的小餐桌上吃起来。这时，张烽见李清香带着4个孩子，却只住了一间房子，就问道："原来两间大房子，怎么变成一间了？"李清香说："分房子时，我们只有两个孩子。裴子明一贯对自己要求很严格，他那时任总务科长，就把自己的房子让给了人口多的同志。后来我们孩子多了，也不能调整了。裴子明也不在了。"

张烽听到这个情况后，当即找到国棉四厂的厂长、书记，讲了裴子明的情况，建议给李清香一家尽快调整房子。厂方对皮定均夫人张烽的建议十分重视，很快给李清香调了一套两室一厅的房子。李清香赶紧让小儿子写信，把这个消息告诉了张烽。

张烽仍不放心。又于1978年2月4日，给李清香大儿子写了一封信，问："上次我接到你弟弟一封信，说你们家的房子厂里给调整了，不知真假？有机会来信告知。"

1979年春，皮定均夫人张烽再次来郑州。张烽在中州宾馆一楼住下后，得知李清香有病正在住院，便亲自带着礼品，到管城区中医院二楼肛肠科去探望。这次，张烽在离开郑州的前夕，又在宾馆宴请了李清香全家。

登封皮定均墓碑 左起：温敏、李清香
（摄于2007年10月1日）

2007年10月1日，两位老人虔敬地攀登了200多个台阶，在皮定均纪墓碑前，亲手摆好花环和水果。她们祭奠，她们缅怀，那是她们当年的皮司令啊。

一位中年摄影师极郑重地拍下这

组镜头，这摄影师，正是裴子明的儿子裴营州。这两位老人，一位是 85 岁高龄的裴子明夫人李清香，另一位是当年 77 岁的我——63 年前找皮司令闹着参军的不满 14 岁的小姑娘——温敏。

那如火如荼，如歌如泣的年代啊……

这正是：

> 光阴多荏苒再回首，硝烟如梦青山高。
>
> 人间总有情勿相忘，豫西如歌绿水长。

2007 年 10 月初稿

2008 年 1—5 月先后增删 10 次

附：

哦，这是真的

——《传奇司令和他的传奇团长》阅罢

当我捧起，捧起这 88 岁女兵的原创时，眼前尽是灿烂的晚霞，霞光在升起，升起……

当我读起，读起这 88 岁女兵的原创时，耳畔尽是雄壮的《国际歌》，歌声在响起，响起……

"起来，饥寒交迫的奴隶；起来，全世界受苦的人！满腔的热血已经沸腾，要为真理而斗争！……团结起来，到明天，英特纳雄耐尔就一定要实现……"

当我掩起，掩起这 88 岁女兵的原创时，心底尽是澎湃的感激，激情在燃起，燃起……

大志无言。
大义无言
大忠无言
大爱无言
可我总想说：
这是真的
这是美的
这是真的布尔什维克，
这是美的英特纳雄耐尔！

哦，同胞
您可曾听说
当铁蹄踏向家国山川的时候
她从温沟村一路奔来
他从佛光峪一路追来
奔来
要跟着皮司令
追来
要投向八路军
打鬼子
她掷地有声誓不离部队
灭倭寇
他仰天长啸死不当孬种
好一群铁血儿女呵
这份执着
这等无畏
这种大志

怎一个"猛"字了得！

哦，朋友
您可曾知道
当刀枪挥向豫西志士的时候
他无惧酷刑惨烈赴死
她毅然担当顽强生还
赴死
绝不叛卖同志
生还
此身铸入革命
黎明前
他笑卧沙场赤胆映大地
天亮后
她甘享奉献铮骨报英灵
好一群铁心儿女呵
这份崇高
这等无悔
这种大义
怎一个"痴"字了得！

哦，战友
您可曾经历
当大敌吞向中原主力的时候
他临危护帅肉博千里
她视死如归弃子上阵
千里

斩险阻比迅雷

上阵

破关隘同削泥

令如山

他奇兵调发保车不丢卒

命如钢

她恶战连轴绝处突重围

好一群铁骨儿女呵

这份胆魄

这等无敌

这种大忠

怎一个"烈"字了得!

哦，老师

您可曾体味

当岁月湮向 63 载史迹的时候

她挺身争分烈士暮年

她出手夺秒壮心不已

暮年

字里推敲 10 稿

不已

点滴泪落千行

为求证

她手脚并力强攀老战场

为求准

她夜半躬亲苦觅知情人

好一位铁情老兵呵

这份精神
这等无愧
这种大爱
怎一个"拼"字了得!

哦,亲爱的,我只想说——
这是真的
这是美的。

王红晖

2008 年 5 月 20 日,于洛阳。

2018 年 12 月 20 日,略动。

大刀向鬼子们的头上砍去

——皮定均开辟豫西抗日根据地纪事

在整个豫西革命老区，"皮司令"是家喻户晓的抗日名将。

自 1944 年 9 月 25 日皮定均率部挺进豫西至今，70 多年的岁月之河奔腾而去，却从未卷去那熊熊燎原的抗日烽火。

少小直奔八路军，只闻名将皮定均

生我养我的伊川县吕店乡温沟村，早年便是著名的豫西革命老区之一。我大哥温德庆是与张思贤同时期的中共地下党员，并于 1937 年底创立了温沟村第一个党支部。我母亲姬秀莲、大姐温德章经张思贤介绍加入中国共产党。之后，母亲当上了妇救会主任，领着村里妇女做了许多军鞋。大姐时常以纳鞋底为掩护，为秘密开会的地下党组织把风望哨。我二姐温德勋、三姐温德珍也相继参军、入党。我家作为"太岳军分区地下党联络站"，先后有数十位地下党员秘密掩护在我家。他们或携家带子，居住半年以上；或匆匆过往，奔赴新的征程。

由于自幼受家庭环境的熏陶，我做梦都盼着有一天能够参加八路军，亲自去打鬼子。当时，我是伊川吕店完小温沟村的唯一女生。我是凭着一身"犟筋"，向母亲大哭大闹，不吃不睡，才被勉强准许去上学的。由于家境贫寒，我经常带着红薯干馍、硬柿子去上学，饿了就拿它当干粮。有钱人家的孩子吃得好，我害怕被人家看不起，只能找个没人的角落，或者蹲在桌子底下，偷偷啃几口了事。

我就这样读了几年书。可完小还没毕业，日本鬼子就打到了豫西，学校被迫解散。

1944年底，我听说了皮司令率部来到豫西打鬼子，司令部就设在登封东白栗坪的消息。于是，我趁着一个夜深人静的夜晚，瞒着家人，身穿粗布补丁衣裤，脚穿为父亲守孝的白布鞋，只身朝着登封方向，头也不回地猛跑，猛跑。其时，我还差两个月才到14岁的生日。直到下午大约4点来钟，我终于找到了皮定均的"八路军豫西抗日先遣支队"司令部。

一进门，我就大声说："我要参加八路军！"

部队的干部一看见我，就说："小姑娘，你年纪太小了，当兵不合适，还是赶紧回家吧！"

我一听人家不要我，就"哇"的一声大哭起来。正闹着，恰巧张思贤走过来。我一见他，马上破涕为笑，心想：这下子可找到救星啦！张思贤不仅是我家常客，还是我在完小上学时的校长，他一定会帮我的！果然，经他和皮司令沟通，我总算如愿以偿，当上了一名抗日的小八路！在我参军以后，又得知日本鬼子对时任中共伊川县县长兼独立团团长的张思贤痛恨至极，疯狂地扒开张家祖坟，将张氏先祖的白骨挂在树上，架起机枪进行扫射！我母亲万分心痛，彻夜不眠。她悄悄带上我表哥姬爵、姬兴娃，把被敌人践踏的遗骨一一捡起，埋回原处。不料，母亲此举遭到叛徒出卖，敌人不仅将我母亲抓捕入狱，还烧毁了我家中的上房和仅有的破旧家什。

三顾裴府求大义，一举开辟根据地

裴子明，偃师府店乡佛光峪村人，家贫寒，性耿直，绰号"裴大炮"，自幼喜舞刀弄枪，且练得一手好拳。1930—1936 年，裴子明投奔爱国名将吉鸿昌，从一名小兵升至排长。吉鸿昌被国民党枪杀后，裴子明便携带一些枪支和人马回到佛光峪，当上了府店乡乡长、联保主任。

日本鬼子侵入偃师后，裴子明迅速组织起 100 多人的抗日武装，取名"杆子队"，数次打退日伪军的侵犯。其中，最残酷也是最有名气的一仗是府店"九龙角"之战。当时，裴子明率 100 多人的杆子队与日伪军 300 多人展开激战，众乡亲无论男女老幼齐上阵相助，又送水又送饭，直打了三天三夜，日伪军损失过半，却硬是未能攻进寨子！气得鬼子大声嚎叫："皇军的打了大半个中国，大江大海的都过了，不想小小的九龙角的没过！"

经九龙角一仗，裴子明声名大震，抗日的队伍一下子扩张到 500 多人。此前，裴子明与国民党新编 35 师师长孔从洲过往甚密，并结拜为兄弟。因此，孔部在奉命撤退时，将装满了 8 个秘密窑洞的枪支弹药交裴子明代管。消息不胫而走。日伪军及国民党诸路人马无不出面，纷纷来找裴子明，许以高官厚禄，只为让他交出那批宝贵的军火。对于这些卖国贼的乞求，裴子明不屑一顾，概予回绝。皮定均部进入豫西，驻扎在东白栗坪后，先是神速拿下了日军正在修建的登封飞机场，歼灭守卫的日伪军，解救出两万多名惨遭奴役的民工，向苦难深重的豫西人民奉上了一份丰厚的"见面礼"。接着，皮部又夜袭巩县黑石关，歼灭、生俘守卫的日伪军，不仅阻断其修建铁路桥，又解救出民工两千多人。

从此，"皮司令"的威名万人传扬，八路军的战功家喻户晓。大大提高了抗日必胜的信心，迅速掀起了全民抗战的热潮。同时，皮定均已对裴子明的情况了如指掌。于是，他亲自登门到裴家拜访。裴子明避而不见；第二次登门时，裴子明如法炮制。第三次登门时，裴子明的大哥深为所动，便以真情相告："子明现躲在少林寺方丈处。"

次日，天刚蒙蒙亮，皮定均便跃马简从，以参观古寺之名，直奔少林寺。方丈礼节性出来迎见，期间顺口说到"世道混乱，不敢组织起来抗日"的话题。皮定均不失时机接话说："你们偃师的裴子明就是抗日英雄。共产党的政策是只要现在坚决抗日，我们都既往不咎……"

皮定均一番话解开了裴子明的心结。他连忙从夹壁中跑出来，双手抱拳向皮定均道歉。当即，皮定均以缴获的日军大佐的军刀相赠，二人当场结拜，裴子明为大哥，皮定均为小弟。不日，皮定均虎口救出了裴子明和他的杆子队。裴子明大彻大悟，即将孔从洲委托其代管的 8 个窑洞的军火如实相告，并全部交给抗日的八路军。自此，裴子明携杆子队及妻子、4 个侄子都参加了八路军，被任命为偃师县独立团团长。这支抗日的队伍，一下子发展到 1000 多人。裴子明的事迹对周围的士绅们震动很大。他们纷纷行动起来，主动筹粮筹款，坚决拥护共产党，支持八路军。在此基础上，建立了豫西地区第一个人民政权——偃师县人民民主政府。经群众推举，任命开明士绅李熙担任县长。

奇术迭迭镇缑氏，妙招连连荡敌顽

按照皮定均的布置，裴子明在周边十几个村中挑选抗日青年，又组建了两个民兵营，由潘广胜、马大胆分别担任营长。不久，独立团与皮支队联合作战，决定拔掉日伪设在豫西的重要据点——缑氏镇据点。

缑氏镇为"中国四大古镇"之一，位于偃师城南，西通洛阳，南接登封，东连巩县，不仅是日伪的联络枢纽，也是其进犯我根据地的要道。由于该据点工事坚固，攻守兼备，我军制定了一整套"智取为上"的攻克方案，其中囊括了疲劳战术、迷惑战术、霹雳战术等。

先是疲劳战术。一连 3 天，裴子明独立团不停歇地骚扰麻痹敌人。独立团每晚都从零点开始行动，由裴子明带着一队人马，抬着云梯，喊着"中国人不打中国人"的口号，分别按照东门、西门、南门的顺序，辗转移动佯攻。每日交火先猛打一阵，之后便蛰伏不动。不明底细的日伪军不敢懈怠，天天从半夜一直打到天明。

图为20世纪40年代日寇占领豫西后，日伪军所盘踞的重要据点——缑氏镇天齐楼
（摄于2019年2月13日）

图为天齐楼正面

天齐楼一隅，70多年前的弹孔清晰可见

天齐楼的相关解说

再是迷惑战术。3天过去了，日伪军被打得晕头转向。他们时时处在高度紧张状态，人也困了，马也乏了，子弹也消耗殆尽了。这时，裴子明按原计划，让我们的内线出面迷惑敌人说："八路军见你们火力太猛了，攻不下来了，已经没劲了，不攻了。"敌人听后大松一口气，除留少数值守外，大部分人都睡觉去了。

最后霹雳战术。真正的战斗在第四天的凌晨两点打响。裴子明率独立团先行攻克南门，支队警卫连火速控制了城墙的4个炮楼。正在梦中的皇协军司令贾世勋接报时，一百个不相信！他愣了好一会儿，才从喊杀声中醒过神来，马上带着800多人马逃到了据点的最高处——天齐大楼，龟缩进去不敢露头。

闻讯扑来的日军，更是被早已严阵以待的独立团猛火击退。而天齐大楼是个古老的高大钟楼，一时难以攻上去。怎么办？！皮定均一转身，发现刚刚缴获的敌人大炮正无用武之地，便马上命令被俘的敌炮手：向天齐大楼开炮！顿时，3 发炮弹打了过去。敌人哭爹叫娘，连连打出白旗，个个双手举枪下楼投降。汉奸队长吴桂伍惊魂未定，见到皮定均，便耷拉着脑袋说："唉！昔日只听说贵司令用兵如神，今日才亲眼所见。不知怎的，一下就当了俘虏！"此时，汉奸司令贾世勋只得化装逃窜。

缑氏镇据点被拔除后，洛阳日军联队指导官梅协气急败坏，决定从登封、巩县、密县、偃师伊川等 8 个县调集 4000 多日伪军，插入根据地中心，企图消灭皮定均部，夺回缑氏据点。

面对侵略者的拼命反扑，皮定均连出三招：第一招是保护群众。先将老人、妇女、小孩送入深山隐蔽，以防不测；第二招是敲山震虎。立即率部打掉了恶贯满盈的"剿匪"总司令梁敏之及其武装，稳定根据地；第三招是分化瓦解。对积极配合抗日但有劣迹者一律既往不咎。此举动摇了不少日伪军，他们有的主动联系八路军，有的请假回家避风。

紧接着，皮定均和独立团转战敌后，打击顽匪，创建根据地，并组建民兵队伍，巧与敌人周旋。

1944 年 12 月 6 日，洛阳日军联队指导官梅协赶到偃师，下令 12 小时拿下口孜寨根据地。为了选择突破口，梅协亲自带了 10 名军官，1 名翻译、1 名机枪手，一行 13 人冒着大雪开展行动。当他们走到一个名叫"碾道弯"的峡谷时，被一个背煤的老乡发现了。这位老乡丢下煤袋，赶紧跑回村里大喊："鬼子来啦，鬼子进沟了！"

民兵营长马大胆闻讯，马上带着民兵冲过去，不少乡亲听说了，也拿着大刀、扛着锨头、棍棒，一起赶了过去。大家刚转了一个弯儿，这伙鬼子就出现在眼前。"不许动，把手举起来！"马大胆一声大喊，鬼子们被震住了，但马上回过神来，掩护着一个身穿呢大衣、挂满勋章的高个子鬼子往山上跑去。

民兵们哪里肯放过，冲上去先后打死了 12 个，只剩下那个高个子穿呢大衣的鬼子，硬是挣扎着跑到了山顶，眼看他就要和山下的鬼子兵汇合了！千钧一发之际，突然从斜坡里冒出一个人来，一下子冲到高个子鬼子跟前！鬼子马上开枪，来人的腿被击中，鲜血染红了洁白的雪地！这来人不是别人，正是与皮定均扳过手腕的小民兵李远太。只见他毫不畏惧，纵身跳上高个子鬼子的脊背，一边用双手死掐住鬼子的脖子，一边用牙死死咬住鬼子的耳朵，鬼子痛得哇哇大叫着倒在了地上，两个人翻滚着扭打了起来！

这时，民兵和乡亲们都赶了上来，顿时把高个子鬼子的头打了个稀巴烂，还嫌不解恨，又用大刀砍下了鬼子罪恶的头颅！原来，这个身上挂满勋章的高个子鬼子，正是洛阳日军联队指导官梅协！

日军闻知联队指导官梅协被"土八路"打死的消息后，疯狂地集中迫击炮、燃烧弹等武器装备，直打到晚上才冲进口孜寨，结果却是一个空寨！接着，鬼子们又攻进裴子明的家乡佛光峪，却发现又是一座空寨！鬼子气急败坏，下令将裴子明及其4个弟兄的所有房屋、财产全部烧光！在汉奸的带领下，裴子明的姐夫吴金波、表弟李顺兴不幸被逮捕，鬼子用刺刀和烧红的烙铁，极其残酷地杀害了他们，又欠下了一笔笔血债！

其后，民兵们运用"敌驻我扰"的游击战术，发明了一种"套环"，目标瞄准驻在佛光峪大庙的日军司令部的哨兵。这种套环十分灵验，只要套中哨兵的脖子，鬼子兵当即就被送上了西天。一连8天，民兵天天如此地"套"着。日军被吓得不敢站岗了，只得在大庙的房顶上开了个天窗，又在天窗上罩了个钢丝网，结果又被冷枪打死。民兵们还给鬼子断水、断粮，弄得鬼子失魂落魄，连声大呼："土八路的厉害！"时机成熟，皮定均下令收复口孜寨、佛光峪！

就在1945年的除夕之夜，皮定均率支队和裴子明独立团，一举歼灭了驻在口孜寨、佛光峪的日伪军。激战中，裴子明一枪打掉了日军中队长小野次郎劈向皮定均的战刀，而皮定均的子弹也同时射进了小野的心脏！自此，这块抗日的热土，永远回到了人民手中！

自 1944 年 9 月 25 日挺进豫西，至 1945 年初河南省军区进驻，皮定均率部驰骋豫西大地，独立奋战三个半月！此间，皮旅先后作战 139 次，解放群众 100 多万人，建立起了包括嵩山、箕山两个专署，洛阳、偃师、密县等 11 个市县的抗日民主政府。

皮定均以党的英明政策和个人的崇高人格力量，迅速燃起了豫西人民举起大刀、奋力向鬼子们头上砍去的万丈激情，出色地完成了党和毛主席赋予的开辟豫西抗日根据地的历史使命。

2015 年 7 月 20 日初稿，2018 年 11 月修改

（《河南日报》登载，有删减）

为了一个深藏七十年的心愿

——皮定均哀斩红军侦察员王铁山之后的之后

豫西，巩县，圣水村，我来了。

70 年了。我的战友，我的首长，我的兄弟姐妹，你们在哪里？！

70 年太沉太沉。带着那些早已逝去的、尚未走远的、风烛残年的战友们的心愿，我义不容辞，怎敢不来；70 年太慢太慢。带着这块亲手制作的、迟到了整整 70 载的"战友王铁山之墓"的木牌，我义无反顾，怎能不来；70 年太久太久。身为当年从军抗战、亲力亲为中原突围最小的兵，于今已是耄耋之年，时不我待，怎会不来！终于来了。只为追忆那段已然尘封的史实；只为抢救那片或将湮没的记忆；只为告慰那颗无家可泊的战魂……

时间：1944 年冬季。

地点：圣水村庙里河。

人物：八路军豫西抗日先遣支队指战员，周边众乡亲。

事件：枪决王铁山。

结果：一座凄立于风中 70 年的无名荒坟，一个深藏于战友心中 70 年的期望，一团难解难剪难舍的长长的心结。

事件回放：因为女人

事情发生在 1944 年 11 月的一个夜晚。

支队警卫连侦察员、38 岁的王铁山顺利完成了任务，心里美滋滋的，一路连跑带颠，连夜赶回营地。他走到巩县一个名叫申沟的小村庄时，天还没亮。这时，他突然发现：有个人从一家窗口跳下来，一溜烟跑了。出于侦察员的本能，王铁山马上进到这家，本想探个究竟。令王铁山万万没有料到的是，此时屋里只有一个女人！只见她赤着身子，正躺在床上发抖，周围静悄悄的。从来没有接触过女人的王铁山，不免心头一阵狂跳，情不自禁！便强行和女人发生了性关系。不久，支队恰巧驻扎该村。警卫连一排三班被安排在这个女人家。排长焦守轩发现女房东总在屋里哭泣。问她啥原因，她也不说。焦便将这一情况向连长王金山和指导员张静波作了反映。张静波感觉另有隐情，命焦守轩马上将情况调查清楚。经了解，女房东姓王，其丈夫何某曾在国民党县政府当过文书。何某现在虽然回村小学教书，但却一直害怕八路军追究他的那段历史，更怕被当成汉奸抓走。

张静波
（摄于 20 世纪 50 年代）

因此，那天晚上听到王铁山的脚步声时，何某误认为是来人抓他的，就吓得跳窗跑了。后来他听说八路军的政策很宽大，只要现在支持抗日，从前不管干过什么事，都既往不咎。

于是何某才又大着胆子回家了。到家才听妻子说，那晚被人奸污了。何某为此痛心不已，但也不敢说。当焦排长向他们宣传八路军的三大纪律八项注意，尤其讲到不准调戏妇女时，何某怀疑地问道："当真吗？"焦守轩一听这话里有话，马上坚决回答："八路军是保护群众利益的，说到做到。"何某推了推妻子，示意让她说出隐情。女房东这才哭哭啼啼地说：“那天老何跑了，紧跟进来一个人。天黑看不清脸，只知道他有一脸很硬的大胡子，是个高个子，很结实，穿的是件夹衣。我很害怕，当时也不敢吭声……”

焦守轩马上将这个情节报告给指导员张静波，张又赶紧报告支队保卫科长张竟。当天，借全连战士都在路边吃饭的机会，特地安排女房东站在隐蔽处进行辨认。她把全连干部战士仔细看过后，断言说：“这里没有这个人。”

这时，张静波一下子想到了王铁山！王铁山满脸大胡子，经常和战友们闹着玩，还爱用胡子扎人脸。可巧，今天天亮之前，又派王铁山执行侦察任务去了。如今，全连只有他一人不在场。没错，就是王铁山！张静波想到这里，心一下子就揪了起来，两只手掌心都捏出了汗。这个王铁山不是别人，正是支队的侦察尖子！每逢有重大任务，都是派他去完成。万想不到，支队刚到新区，他就犯了这样严重的错误，简直是给天捅了个大窟窿呀！但张静波却不敢怠慢，立即向支队作战股长欧阳挺汇报。因为在业务上，欧股长是负责给侦察班派遣任务的直接领导。欧阳挺一听，也紧张得语无伦次，身体原地打着转说：“这可是要命的事啊！”

又一连声自语道：“怎么办？！怎么办？！怎么办？！”

“他是侦察班的主要骨干呀，这可怎么办！”但欧阳挺也不敢停，马上向支队副政委兼政治部主任郭林祥报告。郭听后也极为震惊，严肃指示：

“等王铁山回来，立刻落实！”一直等到第七天。王铁山圆满完成任务，胜利归队了。

此时此刻，欧阳挺和张静波多么希望此事与他无干啊！可是，两人一向他提及，王铁山便毫不隐瞒，一五一十作了交代：“这是我生平第一次。面对赤身裸体躺在床上的女人，一时控制不了，才做了那档子事。组织上给我什么处分，我都接受。”面对板上钉钉的事实，欧阳挺和张静波唯有如实报告司令员皮定均。皮司令一听，当场惊呼：“啊——！”大张开的嘴巴许久才合上……紧接着，支队党委召开了专题紧急会议。会议由政委徐子荣主持。出席会议的领导有皮定均、郭林祥、方升普、熊心乐、史向生等。会议一开始就冷场了，谁也不说话。终于，皮定均发言了：

"我们刚到新区。纪律是胜利的保证，没有别的选择——枪毙！"

与会人员咬着嘴唇，轻轻点了点头，都用低沉的声音说："同意。"

大家心里都清楚，只有这样处理，才能挽回我党我军在新开辟根据地中造成的不良影响。

会后，保卫科立即派人把王铁山关了起来。

人物还原：因为革命

王铁山，四川人，出身于贫苦农民家庭。

1934 年，王铁山参加了红军。爬过雪山，涉过草地。抗日战争中，王铁山随部队转战华北、华中。他作战勇敢，不怕牺牲，不仅立过不少战功，还是个有着卓越贡献的优秀侦察员。

1944 年 9 月，由皮定均亲自点名，王铁山奉命开辟新区，随"八路军豫西抗日先遣支队"挺进豫西。

那么，38 岁的王铁山为什么还是"处男"呢？

当时，部队有个不成文的规定："二八、五、团"才有结婚的资格。即"28 岁、5 年军龄、团级干部"。王铁山虽然军龄、年龄都远远超过规定，但由于他总是被派遣执行侦察任务，不得不经常脱离部队单独活动。加之战争动荡年代，又没评过什么职称，他也没具体担任什么级别的职务。如此一来，自然就不够结婚的资格了。

但王铁山从不计较这些事。每每完成侦察任务，只要一回到连队，他就和战友们说笑话，讲故事。由于他性格开朗，很活跃、幽默，总逗得大家捧腹大笑。王铁山虽然看上去五大三粗的样子，其实在业务上很善于悉心琢磨。为了便于开展侦察工作，王铁山学会了当时社会上三教九流的道规、行话、俗语，还经常借机跟土匪、地痞打交道，从中套获重要军事情报。由于王铁山的这些可贵素质，使他很快成为具有丰富经验的"金牌侦察员"。同志们对王铁山都很尊重，视同兄长。这也是皮司令点名要他来新区的根本原因。可是，大家万万料想不到，他们亲爱的战友和兄长，没有倒在敌人的枪林弹雨里，却要因违反纪律被枪毙！当支队党委"枪毙王铁山"的决定一传达，同志们抵触情绪都很大，议论纷纷。尤其在警卫连的战士们中，引起的思想波动更大。他们认为：王铁山是经过长征的老红军，不仅作战勇敢，屡建战功，而且对情报侦察工作有重大贡献，应将功折罪。有人建言，把王铁山调回太岳军区；有人提出，向受害者赔礼道歉，给予赔偿；有人提议，给王铁山一个大大的处分；有的战士还天真地说："早知如此，我们早点在村口堵住王铁山，不叫他回来见领导就好了。"当地干部听说后，找支队领导求情："群众的工作我们做，不要毁了这个从敌人枪林弹雨中冲出来的老红军。"一位50多岁文绉绉的老先生满含热泪说："在这风沙扑面、豺狼成群的世界里，坏人到处杀人抢劫都没事！八路军秋毫不犯。一来到登封，就从日本人手里救出了一万多名修飞机场的苦力。我们的战士也是人，他们也有七情六欲。他出生入死保护咱们老百姓，不能因为偶尔违反一次纪律，就夺了他的命呀！"

善良的房东老太太听说了，也赶来说情。

连受害人的丈夫何某也内疚地对张静波说："当时我们说出他来，也只是想让部队管教管教。没有想到，八路军执行纪律这样严明，竟要执行枪决，我好后悔呀！"他不停地说着，摇头叹气。这些情形，张静波一五一十地向郭林祥副政委作了汇报。其实，在大家的内心深处，谁都期望通过干部群众的强烈反应，尽力留下战友王铁山一条命。郭政委听后，严肃地说："老乡们的意见可以理解，但我们自己绝不能感情用事。这件事关乎我党我军在豫西人民中的形象。多数群众对我们共产党、八路军并不了解，敌人还在造谣说我们'共产共妻'，对待百姓是'先甜后苦'，不断挑拨我军和群众的关系。此事如不严惩王铁山，便正中了敌人奸计，必定得不到群众的信任。而我们要在豫西建立根据地，真正扎下根来，就很困难了。"

停了一下，郭林祥又对张静波说："你还记得部队过河时，上级宣布的纪律吗？谁破坏了群众纪律，就要以反党反人民论处！"

张静波低下头，语塞。

"这是党委的决定，要坚决执行。你这个指导员，更要保证警卫连执行好这个任务！"最后，郭副政委向张静波下达了严肃的命令。张静波知道，没有任何回旋余地了。可是，当张静波回到连队，向大家宣布"枪毙王铁山的任务，由警卫连来执行"时，一下子"炸锅"了。

"我们不执行！""我们不干！"全连异口同声。作为指导员，张静波深知：做好战士的政治思想工作，这是他不可推卸的责任。如果因为这件事影响了同志们的情绪，产生了负面效应，问题就更大了。于是，张静波把枪毙王铁山与创建根据地的大是大非问题联系起来，深入地向大家做了解说，又耐心地把首长的命令精神传达透彻，入情入理，终于取得了大家的理解，总算把情绪稳定了下来。但大家在感情上还是过不去这个坎，一个个含着泪，发出一声又一声叹息。

这天，谁都没吃下一口饭。

马上，又一个难题横在了面前：枪毙王铁山的任务，交给谁来执行？张静波和连长王金山再三研究，最后决定：由神枪手、一排二班班长马保安来执行。不出所料，刚跟马保安一提，他马上跳起来："我不干！"

"你是共产党员，这是党委决定，必须执行！"连长、指导员一起命令道。马保安想了半晌，说：

"我只能执行。但有个条件！"

"什么条件？"

"不准让连里战士们知道是我执行的，更不准让王铁山战友看到我！"

"可以！"张静波立即答应。

接着，张静波和欧阳挺带着酒和肉，来到了关押王铁山的地方。开始，王铁山毫不知情，又吃又喝。可怜他完成任务回来，还没顾上吃饭，更别说能吃上一顿好饭了。可当他听到党委决定，要执行枪决的时候，王铁山一愕，痛哭了一场！情势至此，王铁山仍不失一个老共产党员和红军战士的素养。稍后，王铁山便拭了把泪，镇定地说："我违犯了纪律，就是犯罪。在群众中造成了严重的影响，就是叛党行为。枪毙我应该。但就是舍不得，舍不得多年在一起战斗的战友啊……"

欧阳挺、张静波早已忍控不住，三人都哭了。

第二天，就是执行的日子。

行动前，张静波仍不放心。转了好几圈，张静波才在一个很久没有人住的小窑洞里，找到了马保安。只见马保安在土坑上倒了一大堆子弹。他拿起一颗看看，放下；再拿一颗看看，又放下。就这么仔仔细细，不停地挑来拣去……

"你这是干啥？"张静波问。

"我想给老伙计挑一颗好子弹。"张静波的眼睛又湿了。

他明白，马保安是在挑一颗不会炸，创伤面小的子弹，为的是保全战友完整的头颅。

公审，在皮定均住地圣水村庙里河的龙王庙前进行。那儿，有一个群众搭的戏台子，旁边有一片篮球场大的空地。这天，戏台子上贴着一张布告，上面写着王铁山的简历，他违犯纪律的事实，经豫西八路军抗日先遣支队党委研究，决定枪毙王铁山。落款由支队司令员皮定均签名。戏台子的正中央，还贴上了"枪毙王铁山"5个大字。在公审现场，除皮定均外，支队领导，机关全体，警卫连指战员们都到场了，周围挤满了群众。会场气氛庄严肃穆，台下鸦雀无声。

38岁的王铁山显得分外苍老。此刻，只见他惭愧地低着头，半脸浓黑的胡茬，身穿着一件半旧的夹衣，脚上是一双土布鞋。众目之下，王铁山迈着沉重的步子，五花大绑，被两个战士押到会场。他眼中流露出的那种内疚的神情，令人无不心颤！徐子荣政委登上戏台，凝重地说："我们八路军是共产党领导的军队，毛主席派我们来豫西，就是和咱们人民群众共同抗日，消灭骑在人民头上的土匪汉奸和国民党反动派，解救受苦受难的群众，让人民翻身做主人！我军是人民的子弟兵，制定有一套铁的纪律，不论任何人，不论他对革命有多大贡献，只要违犯了人民的利益，就要受到惩办。

"今天我们开这个公审大会，就是公审王铁山。他虽然是参加革命十几年的老红军干部，优秀的侦察员，立了不少战功，但他违反了不得奸污妇女的纪律。因此，经我们支队党委研究决定：执行枪毙！"

徐政委讲完后，两个战士押着王铁山走过来。他们解掉了王铁山身上绑的绳子，让他自己朝着一边是山、一边是干涸河沟的方向走去。

王铁山，就这样一个人走着。

他走出了 10 米、20 米、30 米，没人向他开枪。当他走到 50 米左右时，仍然没人开枪。也许，他感到了什么，不由地回头看了看，当然也没有看见有人举枪。王铁山便继续，一步一步，坦然地、缓慢地、沉重地向前走……再有 20 米，就是一片莽莽的树林……按照王铁山长期作战养成的迅猛战斗力，还有一身过硬的功夫，他完全能够毫不费力，瞬间逃得无影无踪。

但此时此刻，他却停了下来，一步也不再走了……因为他深知：他的战友将无法完成任务。他若再往前走，便超出了子弹的准确射程之外。正当王铁山背影不摇不晃，坦然如常之际，一颗子弹"嗖"的一声，经他的后脑射入，从眉心穿出，只留下一个小小的枪眼……霎时，侦察班的战士们嗷嗷大哭着，飞奔而上！他们跪下身来，轻轻地擦去王铁山额上的血迹，抚去他大胡子上沾的灰土，小心翼翼地把他抬进了棺木……这口棺是经皮定均司令员亲自批准，特别准备的一口松木棺材。大家不停地流着泪，在就近的山坡上，一起给王铁山堆了一座坟。战友们围着新坟，久久默哀，默哀，不忍离去……从此，这位四川籍的红军战士，便永远地留在了这里，留在了这块令他遗憾终生的土地上。公审大会后，皮定均把张静

149

波叫到了他的窑洞里。当时，皮司令坐在一个小板凳上，用一根小棍子胡乱拨弄着面前火盆中的灰。听到张静波进来的脚步，皮司令头也没有抬。过了好一会儿。他才开口："你们工作怎么这样粗心？派王铁山在新区执行任务，行前怎么也不敲个警钟？或者找个得力侦察员一起去，也好有个监督作用啊！如果工作细点，就可能避免这次严重违纪事故！"说着，皮司令又连声长叹。

"王铁山是参加过无数战斗的红军战士，是从战火硝烟中滚出来的英雄啊！他立过不少战功，又有丰富的侦察经验，这次来豫西创建抗日根据地，是我点名要他来的！可现在，我又亲手签名把他枪毙！你知道……我心里，有多疼吗？！"说到这里，皮定均哽咽了。

此时，张静波只能无语。

"我这是挥泪斩马谡呀……"说到这里，皮定均才抬起头来，眼中满含泪水。

其实，不仅张静波，皮定均又何尝不清楚：每次重大侦察任务，王铁山都是单独一个人执行的，从来没发生过问题。而今天这顿"马后炮"，又怎能排解心中无限的痛惜……很快，王铁山被枪毙的消息，旋风般传遍了豫西大地。

人们议论纷纷。"八路军纪律严明，说到做到。""要是国民党的军队，强奸妇女算个啥呀，杀人抢劫也没人管。""以后，我们要支持八路军和八路军一起打鬼子，除坏蛋！"一位教书先生说："八路军是历史上的岳家军。其实比岳家军还好！专为穷苦人打天下……"这件事的处置，当时对我党我军顺利开辟豫西抗日根据地，确实产生了很大的影响力。

《为了一个深藏七十年的心愿》后记：

因为重托

2011 年 10 月 22 日，温敏到西安专程探望 90 高龄的战友张静波

是在 2011 年 10 月 22 日。我随省政协老干部参观团赴西安。当天下午，我便登门探望 90 高龄的老战友张静波。见面时，他已完全认不出，毕竟我们分手已经 66 年了！我连忙自我介绍。一听到"温敏"的名字，张静波马上喜不自禁！他紧紧地拉住我的手，热情地将他夫人陈凤翔，儿子张洪亚一一向我介绍。我们先谈了中原突围的旧事。

很快，我便说起了王铁山。张静波感慨万端："原来，你也还没忘记这事？中原突围后，我又随皮司令参加两淮、涟水、孟良崮等多次战斗，新中国成立后还参加了抗美援朝、四川剿匪，这期间我自己两次负伤，亲眼见多少战友在身边倒下啊！

"尽管多少次痛心疾首，但唯独对于王铁山的死，我至今不能释怀！在我心里，他留下了挥之不去的记忆！他永远是位侦察英雄。他立过的战功是不能磨灭的！

"豫西人民永远铭记的那一场战斗，就是炸掉日本人在登封修的飞机场，解救出一万多受苦役的农民。而那场战斗，我们正是按照王铁山事先侦察、设计周密的路线，一举夺取胜利的。

"记得在白栗坪，皮司令率部突遭日、伪军包围，敌人十倍于我，情况万分危急！也是王铁山找到一个老乡，通过一条猎人走的小路，神不知鬼不觉地突出了包围圈，使部队转危为安……

"对于王铁山的死，战友们都非常非常的痛心啊。执行那天中午，大家都抱头痛哭不止！这一幕，我来生也不会忘记……"

临分手时，张静波郑重地对我说："快70年了。实事求是地看待历史，真该让王铁山回到我们战友的行列，还他一个战友的名分！因此，我想：能不能拜托你这位老战友，也不知你的身体条件允许不允许，最好代表咱们当年的战友，到巩县（今巩义市）圣水村去一趟，到王铁山的坟墓上看一看啊。能给他立个小小的牌子更好，不能立牌，祭一祭也好。可怜他这颗战魂，无处可归，不知哪里才是家……"我深知张静波内心的纠结，便说："老战友放心，我身体还行。我答应你：有生之年，一定尽力去了结战友们的心愿。"

2012年5月16日，老战友张静波也驾鹤西去了。转眼又到了2013年岁末。实在不能再等了。我下了决心，去完成这个非同寻常的使命和重托！为此，我专门做了一块"战友王铁山之墓"的木牌。同时，辗转通过巩县党史办等部门，终于和圣水村党支书李志甫联系上了。我向李支书说明了情况。因为年代久远，又拜托他：最好能找一位当年在场的目击者。过了十几天，我接到李支书回话说："经过这些天的调查，终于找到一个在场人张中义，他当时才11岁，现已是80多岁的老党员。听他说，具体地方是在'圣水村庙里河'。"

2013年12月6日，温敏一行专程祭奠王铁山
（摄于巩义圣水村）

落实情况后，我当天就准备了一些祭品。第二天，即2013年12月6日。我在当年皮支队独立团团长裴子明之子裴营州的陪同下，早7点半便从郑州出发。本来到巩县只有70多公里，约一个多小时的车程。可到巩县后，得知村支书李志甫因家里突发车祸，临时改由村委

主任李占通与我们接洽。由于山路崎岖，路标又不详，我们边走边问，好几次摸错了路，直到上午 11 点钟，才赶到了圣水村委会。

李占通主任、当年目击人张中义、皮支队三团当年牺牲的战士张天旨的儿子张竟州等人，已经早在候着我们了。

这一排房屋，是当年皮定均将军住过的

此时，李支书也忙赶回村里来。我先把自己写的《传奇司令和他的传奇团长——皮定均与裴子明的故事》一书分赠给他们，接着便一同直奔庙里河。我们走了有六七里山路。下车一看，眼前一片茫然。

庙里河当年的地形面貌完全改变了。森林和山沟都变成了一片片被开垦的梯田。

我问目击人张中义："当年召开公审大会的大台子呢，怎不见了？"

他指着坡下的一块梯田说："这就是搭那个大台子的地方，已经拆了几十年了。"

我们站在被开垦的平地上，张中义向东走了七八步，指着脚下说："这就是当年枪毙那个人的地方。"我们丈量了一下大台子的位置，距张中义脚下约有六七十米，再向西约 4 米之处，有座一人高的孤坟，上面长满了小树和一些荒草，显然无人问津。这，无疑就是被祭奠者了。

我们几个人一起动手，把写着"战友王铁山之墓"的木牌埋入坟前。然后，摆上祭品：酒、烟、红烧肉、五香牛肉、烧鸡、米饭、馍、卤面、鸡蛋、苹果、香蕉、橘子等，又斟上了

祭奠王铁山
（摄于 2013 年 12 月 6 日）

满满的三杯酒。我对着坟牌说：

"铁山战友，我也是跟着皮定均司令，当年在这里抗日的老兵。今天，我受战友的委托，专程前来追思祭奠你，并特别传递老指导员张静波的心愿。老指导员张静波离休前任空九军副政委。他让我对你说：'近70年来，战友们从没有忘记你这个战友！'老指导员很想来这儿看你，但年迈多病无法如愿。更加遗憾的是，在我们2011年西安一聚后，可敬的老指导员第二年就永远地离开了，终年90岁……铁山战友！我今天拼了老命来到这里，只想把战友的心里话告诉你：你的死，是人生的悲剧，是时代的悲剧，更是战争的悲剧！战友们盼望你平安回家，愿你在天之灵得到慰藉！"说完，我手捧三杯祭酒，一一洒在王铁山的坟前。临行，又记起老指导员说过：王铁山爱喝酒。我便把一瓶酒，全都洒在了他的坟前。祭奠结束时，已是下午1点多钟了。

我们一行又到两里路外，那里有皮定均等支队领导当年在圣水村住的窑洞。虽然近70年了，看了一番，依然保存得很完整。

随后，圣水村委李主任执意留我们吃了一顿手擀面条，这是许多年都没尝过的家乡味道。

下午4点多钟，我们踏上返程。很累的整一天。很累的整件事。终于未负重托。终于实现了战友们深藏70年的心愿。我释然了许多……

再见，豫西，巩县，圣水……

2013年12月初稿于郑州
2018年12月修改于洛阳
（《延安精神研究会》登载）

枕着敌尸沉睡的小女兵

——实写中原突围

今天，当人们过着安康幸福的生活时，我的思绪不由自主地总会回到昨天，回到那场残酷的中原突围战。

我是最小兵

温敏（摄于 1947 年）

我出生于洛阳伊川吕店温沟村。我的母亲、哥哥和大姐都是伊川县早期的中共地下党员，他们使我从小就受到革命的熏陶。

1945 年 4 月 3 日，我还不满 14 岁。听说八路军旅长皮定均在北山活动，我就悄悄地拿了几件换洗衣服，去找八路军。我边走边打听，一口气跑了几十里路，在一个大庙里找到了皮定均部队的一个团，要求参军。团政委戴克明说我年纪小，动员我回去，我哭着坚决不走。这时，正遇上我吕店高小时的校长张思贤（他当时任中共伊川县县长兼独立团团长，同皮定均在一起活动）。在他的支持下，部队才将我留下，当即把我送到登封豫西军政干校学习。之后我被分配到河南省军区第六支队任宣传员。

同年 10 月，河南省军区在桐柏与新四军五师等部队会师后，成立中原军区。我被分配到一纵三旅宣传队。一纵纵队长由军区副司令员王树声兼任，政委戴季英。三旅旅长刘昌毅，政委张力雄。

1946 年 6 月，蒋介石撕毁"停战协定"，全面掀起内战，中原解放区首当其冲。

中原突围的作用和意义，正如李先念司令员当时向部队作形势报告中所指出的：中原解放区处在国民党统治的心脏，是通向华东、华北、东北各解放区的门户，战略地位极为重要。为了保卫全国人民的根本利益，党中央、毛主席交给我们一个艰苦而光荣的任务，就是牵制住面前数倍于我军的敌人，发挥对兄弟部队战场的配合作用，巩固和发展各解放区，为夺取我军解放战争的全国性胜利做出贡献。

全体指战员通过学习，认清了形势，奠定了中原突围夺取胜利的政治思想基础。

6 月 26 日，蒋介石集结 30 万大军，开始向我中原 6 万解放军将士进攻，叫嚣要在 48 小时内将我军围歼在宣化店。

当晚，我三旅开始突围。那天，宣传队正在排演节目，旅政治部通知我们做轻装准备，每人所带装备不得超 7 斤，即到政治部大熊湾集合。集合时，正碰上政治部主任陈文棋。他拍拍我的背包，不无感慨地说："这次打仗可是个残酷的考验！你是中原突围中最小的兵。"

勇拼王家店，冲跃平汉路

1946 年 6 月 26 日黄昏，我们出发。遭遇天气突变，电闪雷鸣，大雨滂沱，天黑得伸手不见五指。我们走的羊肠小道被雨水一冲，滑得几乎几步一跤。这一夜，我们才走了十几里。

拂晓时分，前面传来跑步前进的命令。我们就带着浑身的泥水向前跑，一直跑到下午两点多钟，才得到传令原地休息。此刻，我们宣传队的几个女同志早已体力透支，就地在一家农户门口的麦秸垛边，倒头就睡。睡了约有一个小时。3点多，部队命令快速前进。我们爬起来就跑，一路急行军，直到28日中午。

期间，我们水米未进。炊事员给我们每个人只分了一个生红薯，我们边吃边跑，昼夜兼程向西行进。

30日拂晓，部队到达平汉路前沿王家店时，突然遭到敌人的拦截、阻击，敌人的机关枪、迫击炮齐射，密集的火力从路两旁林立的碉堡中向我们猛烈射击，敌机和装甲车也同时出动，形成立体合围。我大部队被压在铁路以东丘陵洼地，情况万分危急！

我三旅七团、八团是纵队南路突围的两个主力团。在这关乎突围生死存亡的紧要关头，纵队副司令员刘昌毅（原三旅旅长，后任军区副司令随三旅行动）亲自指挥七团将士，旅长闵学胜（原副旅长，突围前任旅长）指挥八团、九团组成突击队，拼死突围！

在我军炮火掩护下，将士们架着"土坦克"（即头顶着湿棉被），用手榴弹、炸药包向敌碉堡发起强攻，连续摧毁了敌人十几座碉堡。刘昌毅司令员一下子甩掉上衣，赤着膀背，带着几名战士冲向敌人的装甲车，用重机枪火力压制，使敌人动弹不得。

经过几个小时的浴血奋战，终于将敌人苦心经营半年之久的所谓钢铁长城冲开了1000多米长的口子！在嘹亮的进军号声中，原被压在东路的我军与同时突围的部队汇集在一起，十几路队列齐头并进，形成一望无际的人流。

冲过封锁线后，我才发现：背包后面的鞋子已被打烂，水壶被子弹打穿了一个洞，这一天是1946年7月1日，我党成立25周年的纪念日。在这个伟大的日子里，我们迎来了中原突围的第一场胜利。

强渡襄河水，挺进鄂西北

部队冲过平汉路，敌人妄图围歼我军于平汉路东的计划宣告失败。敌人恼羞成怒，变本加厉，出动大批兵力对我军沿途阻击。我军发扬不怕疲劳和连续作战的作风，边走边打。

1946 年 7 月 11 日，三旅将士、纵队机关将士、兄弟部队将士们，陆续到达了襄河东岸的流水沟渡口，准备抢渡襄河。此时正值汛期，河水暴涨，1000 多米宽的水面急浪奔腾，沿途的船只早已被敌人控制。

经过沿河寻找，只找到 7 只小船，仅可载 100 多人渡河。而凭这几条船，我们一万多人的部队要渡到什么时候？

这时，尾追的敌人步步紧逼，空中又有敌机封锁江面，不停地轰炸扫射。再次面临生死存亡的关键时刻，纵队领导果断决定：部队轻装！将重武器统统扔掉！同时命令：旅长闵学胜率八团及一部分兄弟部队，在流水沟与尾追之敌展开战斗，我大部队赶在敌增援部队来到之前，抢渡过河！为争取时间，在船少人多、北方战士又多不会游水的情势下，机枪连的战士抱着马脖子、揪住马尾巴泅渡过去；步兵连则将几根长绳联结起来，拉着绳泅渡过去。

第二天拂晓时，我和几位政治部宣传队的同志刚登上船，就遇到敌机的疯狂扫射，江面顿时翻起一丈多高的浪头。小木船剧烈晃动着，我被一下子甩进了河里！在这生死关头，政治部宣传科长陈端同志恰在附近，一把将我救了上来。可还有一些同志落水后，就再也找不见了。就这样，几只木船把部队机关的同志运过了河。

而这时，天已大亮，敌军援兵也赶到，仍有少部分同志未能过河。闵学胜旅长率领的八团将士，此时更来不及过河。当即，闵旅长将未过河的人员编组到一起，甩开敌人，开辟了新的革命根据地。至此，我英勇的中原军区南路突围部队，又一次胜利突出了敌人的包围圈，跨过襄河天然屏障，向着鄂西北挺进。

野菜来果腹，滚石退强敌

部队进入鄂西北后，敌人又调兵遣将，集中大批正规兵力，纠集当地保安团和地主武装，继续对我部队尾追不放。我们仍是边走边打。

7月中旬，部队在谷城石花街打了一仗，歼敌300多人，缴获了一些枪支弹药。接着，部队挺进武当山。在冠木河，又与敌人800多人、美式装备的加强营打了一个漂亮仗，全歼敌军，缴获了大批的枪支弹药。这一仗受到中央军委的通报表扬。

进入8月，部队的困难越来越大。鄂西北地区山高、地瘠、人稀，加上当地群众遭到国民党的胁迫，十室九空。我们一万多人马的吃、穿成了大问题，只得天天以野菜、野果果腹。每到一地，首要任务是挖野菜，找野果，然后点起篝火，用自己的杯子烧煮。有时在半山坡上碰上一块玉米地，我们不仅连棒子心一起吃，而且连玉米秆也不剩下。为了不让群众受损失，我们将钱用纸包上，压在地头，说明是八路军吃玉米的赔偿费。

在这种境况下，部队大量减员，伤病员不断增加，指战员体质严重下降，没有后方供给，没有药品，没有治疗，人丹、万金油成了珍贵药品。由于子弹打光了，我们就避免同敌人遭遇，尽量避开敌人绕道走。

一天晚上，我们在武当山上的一个山头露宿，突然遭到敌人包围。我与政治部组织干事范钦等几个同志迅速投入战斗，和战士们一起，朝着山下冲上来的敌群，奋力滚石头！随着巨石滚滚落下，我们硬是打退了敌人的进攻。借着苍茫的暮色，我们再一次冲出了包围圈。

密林下露宿，枕敌尸沉睡

1946年8月，我们部队在武当山的深山密林中行进。这里古树参天，荆棘丛生，荒草比人还高，野狼成群结队。

一天，部队正在行进时，出现排着队的7只大灰狼，旁若无人地横穿缓行，与我们擦身而过。它们看到我们人多，并不敢行动，我们又急于行军，也不去惹它们。竟出现了狼不犯人，人不打狼，和平共处的情景。就在这天深夜，前面部队突然打响战斗。过了一会儿，传下命令"部队原地休息"。当时天很黑，伸手不见五指，我只觉得脚下踩上了富有弹性的地面，似乎是密林下的腐殖土吧，我也不管三七二十一，躺下就睡。等我醒来，天已大亮。这才发现：我头枕的可不是什么腐殖土，而是一具穿黄色军装、脑浆迸裂的敌人尸体！而在我身边新挖的坑壕里，还躺着七八具敌人尸体。

四肢全冻溃，身藏野狼洞

1946 年腊月，大雪纷飞。鄂西北的大山里，气温约零下 20 摄氏度。由于我的手脚都冻烂了（至今还留着许多伤疤），不能再随部队行动。我所在的谷（城）、南（彰）、襄（阳）中心县委，就把我暂时隐蔽在谷城李庙乡贫苦农民李大道家。为了我的安全，李将我藏到离家有二里来路的深山岩洞里。据他讲，这个洞是多年前野狼遗弃的。洞里，李大道送了一个破被子，玉米叶和干草就是褥子。

在冰冷的石洞里，我冻得浑身打战。为暖和身子，只好站在干草上原地踏步活动。

隔一两天，李家夫妇就以打柴作掩护，给我送点吃的，还给我送点冻伤膏。李嫂每次见我，都心痛得掉泪，说：你们都是有爹有娘的孩子，为了穷人翻身求解放有家不能归，来我们穷山老林受这份罪。她还大骂国民党反动派是土匪，说他们的日子一定长不了。我就给她讲革命道理，鼓舞她要坚信革命一定能胜利！

这年农历腊月三十，大雪封山。我在黑冷的狼洞里，坐在草堆上，披着破被子，和雪啃着冰冷的玉米饼子，心中思念着仍在冰天雪地里受冻挨饿，同敌人殊死战斗的战友，怀念牺牲了的同志。我尤其想念我们宣传队的战友们。突围前，我们有 40 多人。如今，除了牺牲和被俘的，只剩四五个人了。我哭无泪，喊无声！革命是艰辛的，战争是残酷的。这场中原突围战，我们失去了多少好战友啊！但最终，我们还是赢得了胜利，完成了战略转移任务。

1999 年初稿，2018 年 11 月修改

（《中州古今》《党的生活》登载）

我和登封有个约定

——记豫西军民对日寇最后一战

今天的登封，人们看到的和想到的，是那神奇的武术、美丽的嵩山、驰名中外的少林寺……而昨天，在我眼中出现的登封，却是日寇的军事碉堡、高而厚的城墙、密布的射击孔……

1943年，皮定均（左）与张力雄合影

那是1945年8月，世界历史上极不平凡的岁月。当时，我作为河南省军区六支队的一名女战士，有幸亲自参与并见证了登封古城那场不平凡的对日最后一战。

8月15日，日本天皇宣布无条件投降。同时，蒋介石令下八路军、新四军：原地待命，不得擅自行动。旋即，八路军总司令朱德令下如山：凡"在解放区被包围的日军，必须向八路军、新四军投降，如拒绝投降者，要坚决消灭之"。河南省军区司令员接令后，立即以"河南人民抗日军司令员、最高指挥官"的名义，向登封城内的日伪军发出最后通牒，令其立即向我军缴械投降。

而登封日军接到通牒后，则派人送来了使用中、日两国文字的复函，内容为："你们是八路军，不是政府军，无权受降。"

岂有此理！司令员紧急召开各支队负责人会议，组成了"受降临时指挥部"，决定：由一支队皮定均司令员任总指挥，六支队政委张力雄任政治委员，以一支队、六支队为主力，攻打登封城，全歼守敌！

之后两天，我们全员齐上，紧锣密鼓地做着攻城准备：战前动员、部署，战斗编组，制造云梯，向守敌散发传单、喊话，等等。

1945 年 8 月 17 日。河南省军区一支队、六支队团团包围了登封城。当天，攻城主力部队、一支队司令员皮定均和六支队政委张力雄携几位参谋，来到现场勘察地形，看望参战将士。就在这一刻，突然听到"叭"的一声枪响！一看，张力雄的帽子被打了一个洞！再看，是一颗"三八式"枪的子弹。还好，张政委毫发无伤。

现场的参谋们不约而同道："好险啊！"

皮定均在一旁却满不在乎，照旧开着玩笑，对张力雄说："你是一个打不死的程咬金！你看，敌人就不敢打本司令！"看到皮定均如此幽默，在场的同志们都大笑起来。

也是 8 月 17 日那天。我和战友宋玉刚由一支队调入六支队宣传队。我们宣传员的主要任务是散发传单，对敌喊话。我们用尽力气，朝着城内守敌大喊："你们已经被包围了，赶快向八路军投降吧！""日本天皇已经宣布无条件投降，你们不投降，只有被我们消灭！"我们

登封古城对日寇最后一战的战前动员

河南省军区一支队、六支队为攻打登封
古城所架的云梯
（摄于 1945 年 8 月）

喊呀喊，嗓子都哑了，可心里很得劲儿！男战士的招数更多。除了喊话，他们有的用弹弓，把传单当子弹射向碉堡；有的用石头包住传单，扔进敌群；有的用飞镖扎住一摞传单，稳而准地投掷进去。

8月17日晚上，在我军强大的攻势下，有些伪军从登封城南的一个洞口爬了出来，主动投降。但守城的200多名日本鬼子仍顽固拒降。对登封日寇的最后一战，箭在弦上！

8月24日，随着王树声司令员一声令下，我军发起了对登封城的猛烈攻击。这时，什么10米高、3米厚的城墙，什么2米深的烂泥池，统统不在话下！战士们飞步架起云梯，迅速攻入登封城内。攻城后，又与日伪军展开了激烈的巷战，战斗进行了4个小时。

据统计，此战全歼守敌1800余人，其中200多名日军军官被击毙160个，活捉了伪团长和伪县长，缴获了大批军用物资。闻知城内日伪军全被消灭，登封市民欢天喜地，奔走相告。许多人自发涌上街头，高呼：拥护共产党！欢迎八路军！热情的人群中，有的提着茶水，有的拿着鸡蛋，有的抱着馒头，争相慰劳我军将士，不停地往战士们口袋里装食物。

当时，我随着大部队一起进入了登封城，我们宣传队走在后面。行进中，不少人发现了我：一个小个子、瘦身板，身穿两尺长的灰粗布新军装，衣服大得几乎盖住了膝盖，还打着齐齐的绑腿的小女兵。人们都是很惊讶的样子，目光中透露着羡慕和关爱。有个老大娘走过来，紧紧拉住我的手问："闺女，几岁啦？""14岁了。""哎呀，这么小呀。快吃个鸡蛋吧乖乖。"我连忙推让说："谢谢大娘，我不能吃的。"老人家不由分说，硬把鸡蛋塞进了我的军衣口袋里。

还有一个天真可爱的小女孩，追着我跑了好一会儿，还怯怯地伸手摸摸我的灰军装，又摸摸我腿上扎的绑带。临别，小女孩非要塞给我一个白馒头，这才肯罢手。

我早已被热情的登封父老所感动，双手不停地擦着泪水。心里不停地念叨："多好的登封呀，多好的登封人啊。登封，我永远忘不了你。

等胜利了，不打仗了，我一定会回来！登封，你要等着我，我也会等着你的……"

这一等，就是 63 年。

2007 年 10 月 1 日，我和登封的约定终于实现。而我，却已是 78 岁的老人。往日高高的城楼，厚厚的城墙，坚固的碉堡，密布的射击孔早已荡然无存。窄窄的街道早已被宽阔的马路取代。我完全无法知道，自己当年是从哪里走过的。

但我的眼泪仍禁不住流下来：善良的大娘，您在哪里？要知道，您塞进我口袋的那个鸡蛋，是我一生中吃到的第一个完整的鸡蛋，好香好香！美丽的小姑娘，你也差不多和我一样老了吧？你的身体好吗？要知道，你送给我的那个白馒头，是我这辈子吃过的最好吃的食物……

2015 年 7 月初稿，8 月 1 日二稿，2018 年 11 月三稿

（《河南日报》登载本文，有删减）

一段尘封的历史　一份光荣的使命

——豫皖苏军区第五军分区文工队创立追溯

虽说，那只是一小段鲜为人知且并非惊天动地的历史。然而，却因她承载着一些珍贵的记忆和一份光荣的使命，同样令我终生难以忘怀。

其一　初创

1947年春，我中原突围幸存将士在参谋长张才千的率领下，挥别武当山，再渡襄河水，重返大中原。

其时，17岁的我被分配到豫皖苏军区新成立的水西支队，任文书。水西支队长王发祥，副支队长田震环，政治部主任陈端，支队工委书记兼支队政治委员施德生。支队将士1200多人。水西支队成立后，即配合陈毅、粟裕大军作战。经过两个多月的艰苦转战，开创了东起贾鲁河、西抵平汉路、南止沙河、北达陇海的大片根据地。

同年10月，在水西支队的基础上，建立了豫皖苏五地委、五专署和第五军分区，我被分配到第五军分区独九团任文书。一个多月后，又调到分区政治部宣传科电台做新闻记录工作。第五军分区司令员王建青，政治委员由地委书记王其梅兼任，副政治委员方正、华楠，副司令员王发祥，政治部主任王洪川，参谋长于一星，副参谋长毛春林。

施德生任豫皖苏五地委副书记兼组织部部长，李玉亭任副书记兼民连部部长。豫皖苏五专署专员施玉民，副专员菅寒涛、何行之、彭干卿。那时，五地委、专署下辖：西华、鄢陵、扶沟、许昌、西临鄢、临颍、尉氏、长洧、通许、陈留、鄢商西（后改鄢城）、开封等地。在当时的游击环境下，敌众我寡，战事连连。地委、专署领导机关亦随军分区部队，一起活动和办公。第五军分区成立后，不久就组建了分区文工队。由于我在中原突围之前，曾任中原军区一纵队三旅政治部宣传队宣传员，所以这次就被调入了分区文工队。文工队组建伊始，以华东野战军第八纵二十四师宣传队的 20 多名文艺骨干为基础，后又从豫皖苏军区开办的中州学校（该校以训练军队、地方基层政权干部和新招收的青年学生为主，后改为第五军分区中州学院）的业余宣传队中挑选了 20 多名队员，还有从敌占区开封伪省会逃出来的 2 名大学生，以及从分区部队中零星抽调的人员。

赵韧克（摄于 1944 年）

武文耀（摄于 1948 年）

文工队队长赵韧克自 1939 年就从事宣传文艺工作，曾在抗大、鲁艺宣传队受训，多才多艺，能拉会唱，业务素质很强。他对京剧的摇板、倒板、原板等唱腔板式，飞脚、旋子、抢背等身段功，招招精。他还出演过大型京剧《闯王进京》中的摄政王——多尔衮，反响很大。

文工队政治指导员姚侠，不仅善于做思想政治工作，而且也有独到的艺术表演能力，他能在某位演员排练发挥异常时，随时代其出演角色。

后来，又调进队长武文耀，指导员查剑秋。还有副队长兼一分队长袁中亮、二分队长赵相庭、三分队长马世超、四分队长姜英（女）等，文工队员达到 50 多人。

其二 担当

虽说，1947 年全国的解放战争已进入第二年，我军整体上从战略防御转入战略进攻阶段。

张海波
（摄于 20 世纪 70 年代）

然而，由于中原解放区尚属初创，豫皖苏第五军分区下属部队仅有九、十两个团，后合并为独十团。团长张海波，政委先后由焦奎和陈端担任。全团将士不足两千人。也就是说，中原解放区所面对的敌人，除国民党正规军新五军、青年军两个军外，还有地方保安团、土顽等乌合之众，约有两万多人。我部仍处于寡不敌众的游击拉锯态势，时常遭到敌人的袭击和埋伏。最难忘陈端的警卫员杨金柱。他就是在敌人的一次伏击中，为掩护首长而壮烈牺牲的。那天，一股身着便装的敌人埋伏在我军行进途中，被机警的杨金柱一眼发现！只见他猛冲到陈端前面，用力把首长推倒在地，而自己却当场腹部中弹，肠子流了一地，只说了一句"首长，有敌人"，就牺牲了……

此情此景，令久经沙场的陈端痛彻心扉！他深知，金柱是家中的独生子，新婚刚几天就投身革命，几年来从未回家乡见过亲人。就在组织上正准备破例批准金柱回家与亲人团聚一次时，却没料到还没成行，便已永诀！这位最优秀的警卫员，这位曾与陈端一同在饥寒交迫之中浴血武当山，一同在弹尽粮绝之际断然纵身跳崖，又双双身挂悬崖树杈奇迹生还，其后一路泣血背他找到部队的好战友、好兄弟，就这样倒在了胜利的曙光前面，永远地离开了他深敬深爱的首长，离开了他日思夜想的家乡和亲人……

金柱的血没有白流。将士们化悲痛为力量，冲上前去旋即消灭了这股敌人，为战友报了仇。而我们文工队的任务，就是要在如此严峻而复杂的战场上，抓住每一个战斗间隙，见缝插针，运用不同形势开展宣传鼓动工作。记得文工队当时主要有三大任务：第一是深入连队教唱革命歌曲。

队长赵韧克亲自带着我们，到连队——教唱革命歌曲。主要有：《义勇军进行曲》《开路先锋》《游击队之歌》《大路歌》《三大纪律八项注意》等，大大鼓舞了将士们的战斗士气。

第二是深入战斗前线，搜集整理战斗中的模范人物和英雄事迹，以最快的速度编写出来，现场宣传演唱。

记得是在1947年冬季。我部九团与太康县保安团长、伪县长兼土匪头子郭鑫波在一个叫肖家营的寨子进行了激烈战斗。这个郭鑫波无恶不作，随意枪杀无辜群众，欺男霸女，凡本寨未婚妇女结婚前都要陪他一夜，连其亲侄女、女儿都不放过，寨里群众任其宰割，敢怒不敢言。

当我军攻寨子时，郭鑫波用枪刀把全寨的男女老幼都赶到寨上，向我攻寨战士撒石灰、滚石头。我们的战士有些眼睛被石灰烧瞎，致使部队伤亡很大，打了一天一夜，也没攻下寨子。

听到敌人在寨子上放肆地狞笑，战士们怒不可遏！九团二连连长旅振帮突然挺身屹立，扛起重机枪，一顿猛烈扫射！同时，以迅雷不及掩耳之势攻上了寨子，打开了缺口！部队一下子猛冲上去，终于攻下了寨子！全寨群众一边拍手称快，一边愤怒地把土匪头子郭鑫波捆在树上！受尽凌辱的妇女们更是围上前去，拿起剪刀，有的扑上前剪下郭鑫波的耳朵，有的冲上去扎瞎他的眼睛，有的挤不进跟前，就随便找个能下手的地方，使劲去剪他身上的肉！

群情似烈火干柴般燃烧着，我们部队的战士岂能拦得住！不一会儿，就把郭鑫波这个大坏蛋扎成了马蜂窝，地上到处扔的是他的血腥碎肉块！

在这次战斗中，值得讴歌的还有九团那个十五六岁的司号员小王。每次与敌交战，小家伙都表现得非常勇敢而又机动灵活，或翻墙、或走壁、或爬树，他总能机智地避开敌人向他射来的密集火力，冲锋号总是嘹亮地响彻部队上空，将士们都很喜欢他。

在这次攻克肖家营的特殊战斗中，小王的腿上不幸中弹，他坚持跪在地上，吹响了最后的冲锋号，直到流尽最后一滴血！团长张海波、政委陈端和全体将士都心痛得落下了热泪。战斗刚一结束，文工队立即把这些英雄事迹编写出来，进行广泛宣传、颂扬，大大激发了将士们的战斗意志。

文工队的第三项任务是深入街头巷尾，广泛发动群众，宣传我党我军的政策，揭露蒋介石反党反人民的罪恶行径。

文工队出演活报剧剧照
（摄于 1948 年春）

我们演出了《血泪仇》《刘胡兰》《白毛女》等，还演了一个活报剧。

该剧反映国民党反动派虽有美帝国主义的援助，但由于脱离群众，违背民意，士兵们没有战斗士气，终难逃脱走向必然失败的命运。通过我们的演出，大大提高了群众的觉悟。

他们纷纷从国民党的反共宣传中醒悟过来，从害怕我军到拥护我党我军，很快掀起了参军支前的热潮。

1948 年 9 月至 10 月，即淮海战役前夕，文工队的宣传主题又转向发动群众，支援前线。我们曾演出节目《全家忙》，通过一户群众全家男女老少为支前忙着拉米、磨面、准备担架等情形，反映人民群众支前的热潮。记得文工队员金殿彦演剧中老汉，代方扮老太太，钦凤翔演敌人。

特别是 1948 年底，为慰问从淮海战役支前回来的第一批民工，我们文工队冒着大雪，在鄢陵县城隍庙演出了大型剧目《气壮山河》。

左起：姜英、刘华、刘航、王镜、温敏、贺惠兰（摄于 1948 年）

该剧由赵韧克队长担任导演。剧目主要内容是揭露美帝扶植蒋介石反共的反动政策，以及日本帝国主义穷凶极恶残害我国人民的滔天罪行，反映国民党反动集团不但不抵抗，并把枪口对准抗日有功的我军和人民群众，还使用卑鄙手段派特务进行破坏。而我军在人民群众的支持下，在英勇抗击日本侵略军的同时还要对付蒋介石，大批革命志士流血牺牲，前仆后继。其演出场面气势磅礴，激动人心。

剧中，指导员姚侠演一个进步和尚，他慈眉善眼，有勇有谋地同敌人周旋，掩护我军民与敌人进行斗争；副队长张翼翔演侵华日军头子冈村宁次；四分队长姜英

前排左起：孙志华、姜英、马世超；二排：赵相庭；三排：姚侠；四排：赵韧克
（摄于 1948 年）

演群众老太太，她不屈不挠，被残酷迫害；队员孙志华演女特务；三分队长马世超演特务的表哥。这场演出，参加人员有 40 余人。观看演出的除了大批民工外，还有分区机关、部队、中州学院师生，更多的是县城周围的群众，现场观众达上万人。这次演出效果非常好，现场群情激昂，人们纷纷向前握住队员的手说："共产党好，八路军好！"

"只有打倒国民党反动派，咱们老百姓才能过上好日子，天下才会太平。""我们一定努力支援前线，打败蒋介石！"我们文工队就是这样，随着革命形势的发展，一边随军打仗，一边搞宣传鼓动。

其三　挥别

1948 年 3 月至 7 月，我刘邓、陈粟野战军，陈谢集团、中原野战军联合行动，先后攻克洛阳、开封及睢杞豫东战役，歼敌 10 多万，消灭了中原

敌人的有生力量，使中原大局形势好转。

豫皖苏第五军分区文工队全体同志合影
（摄于 1948 年 12 月）

第五军分区独十团在县大队的配合下，也先后解放了许昌、西华、逍遥、太康、扶沟、临颍等诸县城。

1949 年 2 月，第五军分区和豫西军分区合并，成立了河南省军区，独十团由市警备团改为省军区警卫团。陈正新为团长，陈端仍任政治委员。

为祖国统一大业，部队准备入藏。第五军分区政委王其梅调入二野五兵团十八军，任副政委。后，调任进藏遣前支队司令员兼政委。五军分区的文工队员们，绝大部分调入十八军，少部分调陈留军分区宣传队或其他部队。至此，豫皖苏第五军分区文工队员随着分区的撤销，相继依依挥别，分赴新的战场。

如今，当年风华正茂、壮怀激烈的文工队战友，许多已音讯杳然。我身边可呼唤的，唯姚侠、刘航，赵韧克夫人。

好想好想啊。我的战友。我的兄弟姐妹。你们都在哪里？

其四　文工队部分人员名单

赵韧克　队长（已故）

武文耀　队长

姚　侠　政治指导员

查剑秋　政治指导员

张翼翔　副队长　入藏，现在山东

袁中亮　副队长兼一分队长　入藏，现在山东

赵相庭　二分队长　入藏

马世超　三分队长　入藏，曾任成都西藏办事处主任，已离休。

姜　英（女）　四分队长　入藏后调任济南文化馆长（已故）。

女队员：孙志华　代　方　李国华　刘　航　刘桂兰

　　　　连文清　黄维华　王　镜　贺惠莲　贺爱莲

　　　　赵杏芝　温　敏

男队员：董秉义　李相权　刘清太　王新堂　袁华哲

　　　　郑新若　王世军　乔国信　贺敬莲　郑自立

　　　　郑端祥　金殿彦　侯中皋　金克恭　魏福生

　　　　侯中喜　钦凤祥　金照明　路长明（已故）

2011年4月写于郑州，2018年10月改于洛阳

（《东方艺术》杂志登载）

追续，情切切飞赴福州祭将军

老妇聊发少年狂，谋篇数万昼夜忙。

一朝草成心亮畅，元宵佳节祭首长。

2008年2月20日，我和裴营州一道，乘南方航空公司6985次航班，飞往福州。此行，专程探访皮定均夫人张烽，祭慰将军在天之灵。到福州后，为了避免过早打搅，我们先在福建省政协"委员之家"宾馆安顿后，才约知张烽大姐：今天晚饭后，我们去看望她。谁知，大姐一接到电话，就急得不得了。我俩饭还没吃完，她就开始催促："怎么还不来？"我们连忙赶吃晚饭。不到7点半，就赶到了福州北大路张烽大姐的家中。去之前，我们已知85岁高龄的大姐大病出院不久，平日很少下二楼。可这次，大姐却早已带着二儿子皮效农、小女儿皮卫华，在楼下客厅等候我们多时了。

我怀着崇敬和不安的心情，赶紧大步上前，深深地给

张烽（右）在福州的家中与温敏亲切交谈
（摄于2008年2月）

174

大姐鞠了个躬。她非常热情，拉着我坐沙发上。"我春节前给你妈妈寄了贺年卡，不知收到没有？"大姐问营州。

"还没听说。"营州回答。大姐马上就叫人打电话问。当听李清香说"刚刚收到"时，大姐才安下心来。

张烽赠予温敏的《皮定均纪念文集：英勇虎将》

这时，我介绍了自己的情况，并说明来意。

大姐连忙拿出福建省新四军研究会编写的《皮定均纪念文集：英雄虎将》一书，麻利地签上：温敏同志惠存。张烽2008年2月20日。

张烽（左）、温敏在皮定均、张烽家中的"皮定均纪念室"（摄于2008年2月21日）

"谢谢大姐。"我双手接过。

不知不觉，大家谈了一个来小时。为了不影响大姐休息，我将本书书稿留下，请大姐和子女们审阅订正。

大姐盛情相邀道："请你们明天一定来，咱们一起过元宵节。"

21日，我们下午便早早地赶了过去。司机带我们直接到二楼，大姐正在书房里。见到我们，她立即领到家中的"皮定均纪念室"。

首先映入眼帘的，是放在桌上的老首长的半身铜像。

"皮司令啊，您当年的小兵温敏，今天终于来家拜见您了！"我情不自禁，热泪长流！按照中国最尊贵的传统礼节，我双膝跪下，磕了三个头。大姐在一旁，也直流泪。

这间纪念室的墙上，有一面悬挂着党和国家领导人的题词。其中有江泽民的"一生戎马行丹心为人民"，有李先念的"智勇兼优光明磊落"，

左起皮定均、王必成、张震
（摄于朝鲜"上甘岭"阵地）

有徐向前的"多谋善断英勇虎将"，等等。在另一面墙上，陈列的是照片。其中有"毛主席接见皮定均"，有"毛主席、周总理和其他中央领导人接见皮定均等军委扩大会议代表"，还有皮定均陪朱总司令、陈毅元帅视察工作的合影，有皮定均在朝鲜上甘岭战场上、在解放南京渡江前侦察地势的照片，有皮定均、张烽夫妇合影以及个人照片，等等。在桌上，还有皮定均大儿子皮国宏殉难前的半身像。

在交谈中，大姐对我说："你写的文章，在福建可以发表。"

皮效农说："阿姨的文章，我给福建省新四军研究会的主编看了，下月开始在福建省《战争年代》刊物上分三期发表。"

"看了大姐给我的资料，感到还有些地方要修改。"我说。

期间，在大姐的书房、皮定均纪念室和庭院里，我与大姐及其家人拍了不少照片，大姐很高兴。

此刻，我突然想起中原突围时，大姐正怀孕8个多月。为了不分散皮定均的精力，她决然离开部队，化装回解放区。当她乘车去开封，路过敌占区郑州火车站时，不料车站拥堵得水泄不通，人挤人，人踩人，有的甚至被挤掉火车下，大人喊，小孩哭，混乱不堪。想买张车票上车，真比登天还难！在无望的等待中，大姐突然发现有的乘客往车顶上爬，她心一横，居然也跟着乘客爬到了车顶！车头上冲过来的煤烟熏得她睁不开眼、喘不过气来，就这样在火车行进的激烈振动下，随时都有滚下来粉身碎骨的危险中，她竟然闯过鬼门关，到了开封……

我怀着崇敬的心情，问道："大姐，您那时怀着8个多月的身孕，是什么力量支持着您，竟爬到了火车顶上？""到解放区，尽快找到党组织！"大姐的回答很干脆。好一位非凡的女性啊。

下午6点整，大姐将在福州的儿子、媳妇、孙子、重孙子一家，女儿、女婿、外孙一家，还有司机、保姆都召集过来，同我们相聚在一起，举办了丰盛的家宴，共度元宵佳节。

当宴会将结束时，大姐又高兴地提议道："我们一起到马尾观灯吧！"大家当然乐往。于是，一行人乘坐3辆车，一路出发了。走了约20公里，面前出现了一个花灯大彩门，由彩灯组成了"两马闹元宵"5个大字。"两马是什么意思？"我不解地问。坐在我身边的效农说："两马是指福州的马尾和台湾的马祖，这是历史形成的传统。每年逢元宵节，马祖的群众便过来和马尾的群众共同欢庆。近些年来，由政府出面组织，把这个节目搞得更丰富多彩。"

进入两马灯门，便融入了一个彩灯的世界。但见绿草坪和树丛里，满街道的灯柱和电杆上，高高耸立的楼顶层，到处是各种颜色、各种造型的彩灯，赤橙黄绿青蓝紫交相辉映，如诗如画，如梦如幻，一望无际。礼炮声声，此起彼伏，欢腾无限。

我们的车也开不动了，大家都下来步行。

此时，已经晚上9点了，风又大，都担心大姐身体经受不了。我们两个便在路边合了影，就劝大姐先回家去了。接着，我们走进沸腾的人海中，才发现从马祖方面过来的几队人马，正分别在路的两边举行欢庆活动。马祖人穿着五颜六色的华丽古装，或踩高跷，或抬着数顶彩轿，轿里面端坐着中华民族共同的祖先、圣人。更有一辆约10米长的彩车，车的中间是一套象征奥运的五环灯，车的周围有龙等各种形状的彩灯，从不同角度射出异彩。可以说，这是我有生以来欣赏到的最温馨曼妙、气贯长虹的灯会！

在无限惊叹的同时，我深深感触到亲如兄弟的海峡两岸同胞共闹元宵、齐盼团圆的心声；深深感触到"两马"灯会作为传统文化交流媒介，所产生的感召力和凝聚力；深深感触到我们的党和国家，我们地方的党和政府，为早日实现祖国完全统一而展现的卓越智慧，以及所付出的巨大努力！

23日，皮卫华、黄沙夫妇驱车，陪同我们前往皮司令殉难地和安葬骨灰的灶山进行瞻仰、祭奠。

灶山位于福建省漳浦县深土东坪村，离福州约400公里。我们上午8时出发。路上，卫华说："阿姨，您写的文章太棒了，有骨头有肉。我没想到，您这么大年纪，文笔那样形象，我太感动了！我一看就丢不下，一口气把它看完了。我妈妈也在看呢。""我水平很有限，不过是实写直说，时间也很仓促。"我说。交谈中，卫华说了一些皮家的情况："妈妈很坚强，吃了不少苦。她生了我们姊妹7人，最大的一个哥哥和姐姐出生时，爸爸都在前线打仗。当时，环境恶劣，妈妈没有条件自己带，没办法，把他们先后都寄养在老百姓家，结果很小都夭折了，爸爸连一面都没见上。

"哥哥皮国宏与爸爸同机殉难后，家里还有我们兄妹4人：二哥皮效农部队转业后，现在省烟草行业工作；三哥皮国勇现在海军部队，授少将军衔；姐姐皮卫平部队转业后，现在厦门慈善机构工作；我转业后曾打过工，现做旅游工作。

"妈妈年纪大了，身体不好，爸爸哥哥殉难后，使她精神上受到太大的刺激，二哥和我住在家里照顾她。妈妈离休前曾任省军区直属政治部副主任，是省政协常委。"

当天，我们住在天福丹岩山庄。原来，天福有位台湾知名企业家，他因仰慕皮定均将军的英名，特在皮定均殉难的灶山对面，置了30多亩山地，花了近百万元，修建了一座"皮定均将军纪念园"。

我们安顿后，已是下午4点半，大家即到纪念园瞻仰。园的正面，矗立着皮定均手持望远镜的大型半身大理石雕像。约20平方米的底座上，刻着"皮定均将军，1914—1976"。雕像的左边，建有一座"将军亭"。雕像的后面，有约40米长的照壁，上面刻有党和国家领导人的题词。雕像前面的一块天然岩石上，刻着毛泽东的"皮有功，少晋中"；还有"自古知兵非好战，而今怀将喜太平"等文字，显得雅致、壮观。

24 日上午 8 时半，我们乘车行约 30 分钟，到达了灶山脚下。走了一段山路，来到了一个约 500 平方米的大平台。只见在巍巍大山前面，立着皮定均将军约 5 米高的全身雕像。在雕像后面，有一幅造型奇特、约 30 米长的壁刻，上面记载了将军 14 岁参加中国工农红军，历经土地革命、抗日战争、解放战争，新中国成立后赴朝作战、在福建前线坚守海防，直到 1976 年 7 月 7 日不幸殉职的人生轨迹，讲述着这位英雄虎将为中国人民的解放事业、为保卫世界和平、为建设繁荣富强的祖国所走过的辉煌征程。

福建漳浦 "皮定均纪念园" 石刻：皮有功，少晋中 毛泽东，1955 年

左起：黄沙、温敏、卫华、营州
（摄于 2008 年 2 月）

接着，我们又登了 30 个台阶，来到约有 50 平方米的平台上。终于，看到了黑色大理石刻的 "皮定均将军之墓"。老首长的骨灰，就安葬在这里。我们在墓前放了水果。这是我特意从皮司令战斗过的豫西带来的水果。又在台下摆上了鲜花，放了鞭炮，点燃了香火。

常听先人言道，"香是引见之物"。在这里，做一种寄寓，一种情怀吧。我跪在灵前祭拜、缅怀。我默默感谢老首长：您 63 年前批准我当兵，从此生命有了意义，方得无悔无愧！我还特地在这次带来的本书书稿上写下："敬请皮司令审阅。"随着一页一页的文字化为灰烬，借以表述对老首长的无限追思……

2008年2月24日，温敏将其《传奇司令和他的传奇团长》书稿，以焚赠方式请老首长皮定均审阅

前排左起：裴营州、温敏、皮卫华
（摄于2008年2月）

之后，我们又攀登到半山腰，眼前出现了两通碑：一通碑上，刻着同机殉难的13人名单；第二通碑上，刻着"殉难烈士永垂不朽"。卫华介绍说，这里是飞机失事第一次撞山的地方。我们在碑前默哀。

继之，我们又爬到灶山480米处。卫华指着左边的一块巨岩，悲痛地说："这是我爸爸殉难的地方。当年飞机失事后，当人们找到机上人员时，只有我父亲一人奇迹般地保持了完整的身躯，平平地、安详地在这块巨岩上躺着。"我们听着，感到无限的悲恸和震撼。

就在这块巨岩上面，刻了一通碑。碑的左边，刻着"中国共产党中央委员会委员、中央军委委员、中共福州部队委员会第一书记、福州部队司令员"；碑的中间，刻着"皮定均同志永垂不朽"；碑的右边，落款是"中国共产党龙溪地区委员会、中国共产党漳浦县委员会、龙溪地区革命委员会、漳浦县革命委员会。一九七六年七月七日"。

一番瞻仰追思后，已是下午1点30分。为了在天黑前赶回福州，我们就在路边服务站吃了午饭，回到福州已是晚上7点多钟了。期间，张烽大姐几次着急地询问情况。

直到我们回到家里，大姐才算放下心来。

2018年11月改于郑州、福州、洛阳

战友啊战友

——永远的杨兰春，永远的《朝阳沟》

大哥，您走了？！

闻知噩耗时，我乘坐的 C23843 号客机即刻起飞。我泪下如雨。

大哥啊！您的"小银环"，您的"小拴保"，您的《朝阳沟》——那么鲜活的一大群乡亲，那么红火的一大片土地，那么隽永的一大段情分，怎么就留不住您！大哥，您走了。惟苍穹相伴。

我不舍地凝望着带您远去的渺渺云端，顿足慨叹。战友啊！烽火中相识，硝烟中相处，风雨中相扶——

一同经受了生死的考验，一同经过了苦难的洗礼，一同经历了人生的崎岖，怎么能放得下您！

兰春大哥，您就这样一声不吭地走了。而我，您最亲密最铁杆的老战友，竟未能见上您最后的一面，也未能赶上您最后的追悼会，更休提为您送上最后的挽联！我被无限的哀伤紧紧包围着。那震撼心弦的《送战友》再响耳边："战友啊战友，亲爱的弟兄……战友啊战友，我们再相逢……战友啊战友，一路多保重……"

大哥，您知道，这首歌是我的最爱。往日里听音，激情澎湃；今日里闻声，肝肠寸断！战友，情何以堪？兄妹，义何以堪？！惟草拟此篇，追送大哥一程……

181

战友啊战友，亲爱的弟兄：
您是关禁闭"关"出来的"战地版"大名人

兰春大哥，还记得 73 年前吗？那是 1945 年 10 月。抗日战争胜利不久，蒋介石又伺机发动内战。河南省军区王树声司令员奉党中央、毛主席的命令，率部队撤离我豫西根据地，南下桐柏，与李先念领导的新四军第五师和王震率领的三五九旅等部队会师，汇成三大主力。

当时，我是河南省军区皮定均一支队的一名小战士。之后，三大主力成立了中原军区，下辖一、二两个纵队，皮定均一支队被编入一纵一旅，将士总约 6 万之众。不久，我被调入一纵三旅政治部任宣传员。

很快，蒋介石即在中原地区挑起了内战。我部几乎天天行军，时时打仗。大哥，还记得 1945 年 12 月初的战地情形吗？那一天，我三旅行至唐河以南的祁义镇，便与国民党 64 军 181 师打了一天一夜。这场战斗异常激烈，将士们个个疲惫不堪。而正在这时，大哥您突然出现在大部队疾进的路旁。那时的您，虽然十分清瘦，却是年轻潇洒，精气神十足。只见您两手各握 2 只瓦片，绘声绘色地敲打着，发出悦耳动听的节奏。您一边敲打，一边现编现演，说起了朗朗上口的快板书。您说道：

同志们，
是爱听文来爱听武？
爱听奸来爱听忠？
爱听奸来是蒋介石，
爱听忠来是毛泽东。
唉！一个人只长一个嘴，
一面墙挡不住四面风，
咱开启那封算那封。
今天咱只说孤胆英雄王蚂蚱。

冲锋号角一吹响，

他如猛虎下了山。

浑身是胆真勇敢，

只身冲入敌群中。

刺刀肉搏手不软，

一气挑死敌五名。

他气不喘来心不跳，

怒吼声声敌胆寒，

屁滚尿流乱逃窜。

英雄榜样人人敬，

仗仗胜利有保证！

战士们一见到您，马上就来了精神！再听您这么一敲打，更是欢欣雀跃，齐声喊着您的名字，猛劲向前冲！见此情景，我惊得张大了嘴巴！真想不到，您对士气的感染力太神了！此时，走在我身旁的宣传员杨守谦连忙向我介绍您："他叫杨连存，是个老同志，原来在连里扛重机抢。他家里很穷，从小在一个戏班里干过，很聪明，多才多艺，能说会唱，脑子来得很快。一场战斗下来，他马上就把英雄模范事迹编成快板说出来，很贴近生活，很贴近战士的思想感情，所以感染力很强，许多将士都熟悉他。"

"是谁发现了这么能干的老大哥呀！"我问。

"当时，咱三旅的番号是八路军河南省军区豫西抗日六支队。有一次，支队宣传科长陈端到连队去，一下子发现了这个人才，就亲自找杨连存谈话，把他调到了旅宣传队。可他脾气很犟，刚开始不愿干，就是乐意和战士们一起打仗。结果调到宣传队后，他偷偷又跑回老连队。为这事儿，旅长刘昌毅把他关了禁闭，还当众叫他唱《三大纪律八项注意》歌，从这以后，他才安下心来。"

"哦，原来还有这一段故事哩。"我钦佩地说。

183

"杨连存到咱们宣传队以后，由于前线特别需要联系实战编快板，他就总在战斗一线上跑，所以你直到今天才见到他。他虽说是个宣传员，却是全军从首长到战士无人不知、无人不晓的知名人士。"

杨守谦这番自豪的介绍，成为我终生的记忆。大哥，这就是我相识之初的杨连存，也就是后来的您——杨兰春。兰春大哥，还记得1946年初吗？当时，国民党表面上被迫与我党签署了"停战协定"，但背地却秘密下达作战命令，陆续调集了30万大军，对我中原解放区实施军事"蚕食"，我6万将士被敌紧紧包围在宣化店、泼陂河、浒弯等地，那是块方圆不足100平方公里的贫瘠狭小地带。

与此同时，敌人对我军实行严密的经济封锁，到处设卡、修碉堡，不准粮食、食油、食盐、药品等必需的军事和生活用品进入解放区，还派特务在饮水井内投毒，妄图将我军困死、饿死。

为了粉碎敌人的阴谋，我军一方面从政治上扩大宣传，进行揭露；一方面发扬我军团结一致、顾全大局、艰苦奋斗的光荣传统，大搞自力更生，生产自救。

兰春大哥，您一定不会忘记。咱们宣传队驻在光山县境内一个叫小熊弯的山村。大家每天除了练兵、排演节目，活跃部队和群众文化生活外，还要爬山坡砍柴、挖野菜，下河沟捉泥鳅，进稻田捕小鱼小虾。就这样，大家每天靠稀粥野菜度日，却倍感虽苦犹荣，个个精神活跃，歌声遍野。有件事，我始终铭刻脑海。那天，我和宣传员宋玉正在山上挖野菜，忽然看到您背着一大捆刚砍的干柴正艰难地下山。由于干柴横竖不齐，有的枝杈伸出老长。您在走下一个大陡坡时，冷不防被杂树根绊住，一下子摔倒了，滚下山坡好远好远，衣服刮破了，手、腿、脚全都摔伤了，不停地流着血。我俩赶快跑过去，把您拉起来，要换着您，拉上干柴一起归队。可您站起来后，笑着把我俩推开，幽默地说："擦伤点皮，芝麻小事，轻伤不下火线嘛。"您硬是一瘸一拐，把干柴背回了驻地伙房。

到中午吃饭时，大家都端着稀饭，围着一盆少盐没油的野菜汤，津津有味地吃了起来。

而您，却仍像往常一样，先站在菜盆旁边，给大家出洋相逗乐子，且每次必有新招。"注意啦，看看杨哥这回还有啥卖弄的！"不知谁喊了一句，大家都笑了起来，目光集中到了您身上。没想到，您这回逗乐子，竟拿咱们的宣传队长开涮。咱们宣传队长叫鲁燕，是延安鲁迅艺术学院来的。他身高 1.8 米，白皙面皮，留个大背头，讲起话来有点带京腔，文绉绉的，常常说着话，头发还不时向后一甩一甩的。

在他脚上，总穿着一双帮硬底厚、又重又旧的翻毛黄牛皮鞋，这鞋还有点大，使他走起路来腿不敢抬高，便一拖一拖的，显得很不利索，与他的形象不大合拍。

记得这次，大哥您可算出尽了风头。只见您憋足了劲，把鲁燕的甩头、拖足、京调一一模仿来，学得惟妙惟肖，逗得大家大笑不止，有人把野菜都喷了出来！连队长自己也不好意思地笑着说："连存呀，真有你的！我看，以后你可以当我的替身演员了。"正热闹着，大家把菜快吃光了。

这时，才见您手脚麻利，一个箭步冲上前，像打冲锋一样，飞速抢过大家吃剩的菜汤盆，端起来一扒拉而就。正是每每这样，您落了个"菜端"的绰号。大家戏说道："不怕菜龙、菜虎，就怕菜端。"见大家笑得还是那么开心，我和宋玉却忍不住背过脸哭了。因为只有我俩知情：您砍了半天柴，且摔伤得不轻，而当时根本谈不上什么医疗条件，伤口化脓了可怎么办？可您却似乎忘却了自己的伤情，忍着疼给大家逗乐。这是多么高尚的革命乐观主义精神呀！

饭后，我悄悄问您："伤口怎么样？"

您笑着说："我用盐水擦了擦，没事儿。"

兰春大哥，您一定不会忘记。咱们宣传队共 43 个同志，您最大，26 岁；我最小，还不到 15 岁。您总是像大哥哥一样关怀着每个人。我和宣传员王金花跳进稻田里，去挖一种叶子像茼蒿的水野菜。当挖完上田埂时，我俩忽然发现腿上都有一道道的血往下流，我们心中发慌，不知所措。正好您走到跟前，就马上脱下鞋子，用鞋底在我们腿上轻轻地拍打了一阵，很快，一条条小肉虫似的东西掉了下来，您指着虫对我们说："这叫蚂蟥，是稻田里生长的，一闻到人身上的味道，它就钻进肉里吸血，只要一拍打，受到压力了，它就赶快退出来，对人毒害不大。以后，你们再下田挖野菜时，不要把裤腿卷起来，而是把裤腿扎起来，这样它就找不到下嘴的地方了。"我们是从山沟旱岭来的，哪会知道这些啊，一听如此，又长了见识。

大哥，您一定不会忘记。咱们宣传队虽身临严酷战事，却仍然承担着为活跃部队生活、搞好军民关系而竭力排练演出的任务。记得我们排练《打渔杀家》时，赵清德、王金花演父女，您扮演师爷；排练《兄妹开荒》时，由我和杨守谦分别出演。由于我和王金花都是新手，表演总是不到位。白天，副队长王大有给我们指导；晚上，您总是悄悄地再给我俩"开小灶"。对于最关键的内容和细节，您不厌其烦地反复点拨。结果，使得每场演出都很成功。我们一直都从心眼儿里感激您，庆幸有您这样的好兄长。

大哥，您绝不会忘记1946年6月。当时，国民党撕毁了"停战协定"，并疯狂叫嚣要在48小时内，将我中原解放军"全歼"于宣化店一线。为了保存革命力量，突破5倍于我的30万敌军的包围，党中央、毛主席确定了"生存第一，胜利第一"的战略决策。

6月26日黄昏，我中原部队开始了震惊中外的中原突围，拉开了第三次国内革命战争的帷幕。记得那天，咱们宣传队正在临时搭建的舞台上演出节目。突然，接到旅政治部"轻装突围，每人携带物品不得超过7斤"的紧急通知。就这样，大家连幕布都没来得及卸掉，就一边轻装，一边将驻地的住房、院子打扫干净，水缸挑满。

在天黑之前，我们赶到了旅政治部驻地——大熊弯集合。这时，陈端科长发现您背的被子比别人厚。原来，是里面的棉花套子您舍不得扔掉。

陈端就立即亲自把您的背包取下来，严肃地说："生命最重要，掏出来吧！"他还眼看着您当场把棉花全掏了出来。

在这次事关生死存亡的重大突围行动中，为减少部队的非战斗人员，宣传队的男宣传员都被分配到战斗连队，您被分配到了三旅八团二营五连。兰春大哥，您一定不会忘记。大部队突围的当夜，突然雷电交加，大雨滂沱，天黑得伸手不见五指。由于这次行动是在极其隐蔽的情况下进行，上级命令：不准用手电，不准吸烟，不准马叫。而我们走的是稻田埂小路，又窄又硬，再经雨水一冲刷，每走一步都像是在滑跤！大家扑通扑通、一个接一个地被摔倒在稻田里，衣服湿透了，全身是泥，7斤重的背包就像70斤一样重！这时，您才真正体会到陈端科长的良苦关心。这一整夜，部队才走了十几里路程。天将明时，您笑嘻嘻地对我说："我这一夜摔了41跤。"

"您还真有心，还顾得上数数！我可能不少于您，几乎几步一跤，摔得没数了。"我说。

咱俩正小声说话，前面了传来"跑步"的命令。我部便昼夜兼程，一路向西，不停地跑，一跑就是100多里。

到29日拂晓，我军冲向了平汉铁路。这时，敌人天上的飞机、铁路上的装甲车，路两边林立的碉堡，一起向我们射出了密集的炮火，几万人的部队被压在铁路边的洼地里不能行进，情况十分危急！眼见纵队副司令员、原三旅旅长刘昌毅当场脱下上衣，赤膊上阵，亲率几名突击手，猛然冲上敌人的装甲车，将冒着烟的集束手留弹扔进装甲车内！旅长闵学胜则率八团官兵驾着"土坦克"，向敌人碉堡发起强攻。我们的机枪连岂能示弱，一致对准敌人低空盘旋的飞机猛烈扫射！顷刻间，敌装甲车被炸毁了，飞机被吓跑了，碉堡也被攻破了。将士们以奋不顾身、以一当十的英雄气概，拼死一搏，终于硬生生撕开了突破口！

我军在嘹亮的进军号声中，齐刷刷通过了平汉铁路。

大哥，您绝不会忘记。大部队一边行进，一边打击追阻的敌人，于7

月1日赶到了汉江（亦称襄河）一个叫流水沟的渡口。不出所料，沿江的船只早已被敌人控制！我部好不容易才弄到7只小木船。而渡河的却是上万官兵的纵队呀，什么时候才能渡完？且天上有敌战机，身后有敌追兵，进退无路！刻不容缓。辎重武器、纵队首长及旅政直属队迅速登船，一部分轻装战斗队紧随其侧。将士们有的集体胳膊挽着胳膊，强行渡河；有的把裤子脱下吹上气扎紧，像个大"人"字，权当救生圈；有的不顾一切地揪住浮水的战马尾巴。总之，我军施用各种办法，不惜一切代价强渡汉江。江面上空的敌机，肆无忌惮地扫射轰炸着！我军将士前赴后继，万人强渡天堑。瞬间，形成江河血染、忠骨堆卷的悲壮场面！连一些久经沙场的战马也被炸惊了，沿江堤四下奔跑。

此刻，我和纵队政治部主任吕振球都被翻倒在江里，几口水呛下肚，满嘴都是腥的！在这生死关头，我们幸被战友相救，拼死游到河对岸。

大哥，您一定不会忘记。那是在1946年7月2日。担任阻击任务的闵学胜旅长率三旅八团，昼夜阻敌。直到次日上午9时，黑压压一片的敌人追兵仍死咬不放，逼压江岸！我军将士与强敌展开了白刃血搏战。遇此绝境，有着丰富战场经验的红军战将闵旅长处乱不惊。他眼见随大部队渡河征战一时无望，便当机立断，率八团急流勇退，冲出敌人包围圈，迅速转入山区，把敌人甩在了后面。也就在这一天，已编入八团的您，亦随闵旅长杀出血路，另辟战场。而我则与大部队一道过江，殊死突围。

我们这两位好战友，就此不辞而别。

兰春大哥！也许，正是由于这次炮火中的戛然分手，才成全了我们后来的战友之缘！因为，在这场中外战争史上罕见的惨烈大突围中，我们的战友，我们最亲爱的弟兄，竟有数以万计者壮烈牺牲！咱们的宣传队长鲁燕，他在突围中被抓捕后，敌人用刺刀在他脸上身上乱戳乱刺，他还没有断气，又被头朝下提起，扔进黑不见底的深井！咱们的指导员赵杰，他被敌人抓进监狱，受尽残酷折磨，不久就成了痴呆人！咱们宣传队的8个女兵，也同样难逃厄运。

您还记得李芒吧，她是从重庆跑来投军的大学生。突围中，她在敌人的追捕下，毅然纵身跳下悬崖，壮烈牺牲！

黄旗，她在一场遭遇战中，被敌人用刺刀挑死！

刘星、詹亚利，她们被敌抓捕后投进了监狱，受尽折磨。

王金花，她曾3次被敌人逮捕，却每次都由于她的机智而逃脱。到了第4次，她被群众藏在棺材里，可还是被抓，关进了监狱。

戴敏，她22岁，在女兵中年龄最大、资格最老。她从纵队宣传队调来，能双手打枪，其勇猛决不让须眉，是我们女宣传员中的佼佼者。突围时，宣传队被打散。戴敏一个人收容了一个班的掉队战士，打死了好几个敌人后，她只身突出了包围圈。之后，她被迫化装乞讨，经过千辛万苦才活了下来。

我，温敏，算是宣传队里命最大的一个。当时，我手脚全被冻烂，寸步难行。党组织临时将我安置在贫苦山民李大道家。在敌人的搜捕中，李大道夫妇冒着杀头的危险，把我塞进山上的一个老狼洞，这才躲过大劫！

作为幸存者，我也是咱宣传队唯一回到部队的女兵……亲爱的大哥，时隔73年了。当年的战友情却依然，依然！

我不止千百次地思念。在阳光下，在睡梦里，我一遍又一遍地呼唤——战友啊战友，亲爱的姐妹，亲爱的弟兄！

战友啊战友，我们再相逢：
您是住医院"住"出来的"乡音版"杨兰春

兰春大哥，您一定记得。那是1964年的秋天。那天，您像从地下冒出来似的，突然就出现在我和爱人陈端的面前！别离18年的老战友啊，终于重逢了！

我们百感交集，相拥而泣……您左一声"老首长"，右一声"小温敏"，喊得那个亲呐！

"大哥，我算您今年已有 44 岁，成家了吗？"平静下来后，我连忙问。

"成了个家。我爱人叫窦荣光，挺善良，是搞曲剧的。我们生有一双儿女，女儿在先，名叫杨小一，儿子在后，名叫杨小二。"

紧接着，我们的话题便回到了 18 年前的战斗岁月。

"小杨，新中国成立后，我们四处打听你的下落，可人家都说没有杨连存这个人！你啥时候改的名字？为啥要改名字呢，害得我们好一通找你呢。"陈端嗔怪地说。

"老首长，说来话长呀。这得从 1946 年我们分手谈起。7 月 2 日，闵旅长摆脱敌人后，带着八团和收容的未能过河的同志，约有 3 个营的兵力，继续与敌血战。咱们宣传队分到八团的有 4 个宣传员，我、杨守谦、贾强和李杰夫。之后，杨守谦当了旅长的秘书，我和李杰夫、贾强继续搞战地宣传。部队边打边走，每次战斗都打得很残酷，李杰夫牺牲在战场上，贾强不幸被敌抓捕。我强忍悲痛，又编了不少快板，一路走，一路说。战斗中，有一次部队三天水米未进，饿得我头昏眼花，几次晕倒在地，全靠身旁的战士们拽着我走。就这样一次次脱离了险境。记得有一天，部队走到一个村头，看见一家门上挂了一串辣椒。我就把身上仅有的一块银圆放下，把辣椒取下来，一口气吃了个精光。很快，胃里烧得就像着火一样，那感觉真是生不如死！我急忙跑到一个小河沟旁，用手捧起混浊的冷水直喝了几十口，这才活了下来。但从此落了个胃疼的毛病。后来部队一路打到陕南，又打回豫西，经历了许多艰难困苦，一言难尽哪。有一天部队走到洛宁，我突然胃疼得厉害，站立不住。闵旅长便把他的马让我骑上，硬是把我驮到了太岳。杨守谦将我送进医院，又把身上仅有的两盒烟留给了我，我们抱头挥泪而别！正是这次住院登记时，由于洛阳洛宁的地方乡音浓厚，可能是误听误录的缘故吧，院方将我的名字'杨连存'错写成了杨兰春。从此，名字一错到底，也不便改了。我就索性随乡就音，改名杨兰春。"

"哦，原来是这么一回事儿。"我和陈端异口同声。

接着，您又说了下去。

"1948年春我出了院，可部队已经南下。我就被留在豫西地委，组织上让我组建洛阳县文工团。我还领着排了几出戏。"

"真不简单，没有错看你啊！"陈端点头道。

"老首长，要不是您当年从连队把我调到宣传队，我哪能有后来的进步呢！看在我还算有点基础的份上，1950年组织上推荐我到中央戏剧学院学习。我傻乎乎跑到了学院。可谁知道，入学还要考试啊！老首长您是知道的，我只上过3年小学，论文化程度几乎是文盲，如何能登上这样的高等学府！我心里慌得紧，就想跑回河南。可又想起当年，我从咱宣传队逃跑回连队，被首长关了禁闭的教训，就不敢跑了。我便提出退学，可学院领导不批准。这可怎么办呢？不由分说间，就该上考场了。我只得硬着头皮，掂起了老本行。我又捡了四块瓦片，说起了快板书。不料这一说，全场鼓起掌来！众老师竟当场拍板：及格！我就这样被录取了，名列倒数第三。"

"哟，小杨，你是越来越不简单了。"陈端笑着接话说，"真是不简单！好个四块瓦片敲打出来的名导演哪！"

杨兰春在洛阳文工团
（摄于1949年5月）

杨兰春在中央戏剧学院学习
（摄于1950年12月）

我也忍不住了，说道："老首长、老战友太夸奖了。"兰春大哥不好意思地挠挠头，接着说下去："我在戏剧学院攻读了3年导演系。第二年，我和人合作，改编了歌剧《小二黑结婚》，并在1953年赴京演出，获得了成功。可以说，这是继《白毛女》之后，在我国又一部影响力较大的歌剧。"

"当年战场上，我就说你有一套吧。你还真是个天才，果然有好几套！"陈端又夸道。

"老首长，我有几套，您还不了解？只不过是苦学罢了。在中央戏剧学院学习了3年，毕业时我被评为8个优秀生之一。毕业以后，虽然我的家乡已划归河北省，但河南文化界领导还是要求我回河南，把我分配到省歌剧团当导演兼业务副团长。过去，我只会说家乡的武安落子，对河南豫剧并不熟悉。但为了不辜负领导的托付，我下决心掌握豫剧这门艺术。为此，我苦下功夫，先从研究豫剧传统戏开始。那时候，我一夜只睡两三个小时。不仅把豫剧的各派名家唱段背诵下来，还要学会唱，更得仔细把握豫剧人物的思想感情，包括整套技巧、旋律"。

"大哥，真是难为您了，没想到您对河南的感情这样深厚！"我敬佩地说。

"我到河南省歌剧团以后，排演的第一部戏就是《小二黑结婚》。在戏中，我大胆改进，掺进了武安落子。接着，又排了《罗汉钱》《刘胡兰》。到了1958年，我又编写了豫剧现代戏《朝阳沟》。我只用了七天七夜时间，就连写带排地上演了。"

说到这里，杨兰春很激动，立正站在陈端面前："《朝阳沟》这部戏为什么出手这样快？老首长可还记得吗，1945年2月，咱们豫西抗日六支队和皮定均的一支队联手，在登封大冶镇曹村打了一个漂亮的伏击战？这次战斗，我们还牺牲了5个同志。"陈端点头道。我也接上话："那时，我在皮定均办的登封杨树林军政干校学习。还听说在那次战斗中，皮定均一支队活捉了一个日本小队长，战士们激愤难按，硬是用枪托打死了这个刽子手。"

"是有这回事。"您连声附和着。接着，您又一口气说了下去。"就在那些日子，当地百姓的苦难生活，乡亲们对咱八路军的鱼水感情，他们舍命抢救伤员的血肉亲情……那段战斗生活经历，那里的山水景观，那里浓厚纯朴的乡土气息，都在我脑子里留下了永难磨灭的记忆。当然，还有更特殊的一种感情纽带，就是因为那儿埋葬着牺牲的 5 位战友的忠骨！所以，我一开始写《朝阳沟》，就背着背包，一头扎进曹村深入生活。当时，村里正抗旱浇地。最棒的劳力一天能往山上挑 17 担水，我挑 16 担。还像当年在战场上一样，我把乡亲们劳动中涌现出来的突出人物的事迹，当即写成快板，说给大家听。"

"好啊！深入一线，现说现编，还真是你的看家本事！"陈端伸出大拇指说。

"这一来，乡亲们的情绪马上活跃起来。村里老老少少的，一下子就和我的心贴近了。大家伙儿有啥知心的话，都想和我说；有啥新鲜事和有趣的故事，都愿找我讲。这样，我白天同乡亲们一起劳动、唠嗑，晚上在油灯下编剧。乡亲们生动活泼的语言、生龙活虎的干劲，都是我写戏的源泉。这才正是《朝阳沟》剧本呼之即出，能很快登台的秘密武器啊！"

"大哥，我根本不可想象，七天七夜精铸《朝阳沟》！您的精神胜当年啊！"我插话道。

"实话说，没有豫西的众乡亲，哪里会有《朝阳沟》？ 1958 年 4 月，周总理、彭德怀元帅来到河南，他们首先看了《朝阳沟》。周总理高兴地说：'这是个好戏！要是到北京去演出，也一定会受到北京人民的欢迎！'1963 年，《朝阳沟》被拍成电影戏曲艺术片。中央调河南省豫剧三团到北京怀仁堂演出。我们受到了毛主席、刘少奇、朱德等中央领导人的亲切接见。毛主席还和我握了手、照了相。同年，中宣部在《人民日报》上发表了题为《一个坚持演现代戏的好剧团》的长篇文章。国家文化部也发出通知，号召全国各地的戏曲表演团体向豫剧三团学习……"

大哥，记得这天，您从上午 8 点多，一口气说到中午近 12 点。

"小杨，这些年你出了这样大的成就，我真高兴啊！"陈端十分感叹。

"想不到您这个农家苦娃、昔日咱们小小宣传队的大哥，今日已成为国家的文化大名人，您是我们老战友的骄傲！"我由衷地赞道。

"什么文化名人啊，我还是当年的我！一天到晚，只会背着背包走街串村。走到那儿，就和老百姓蹲在一起拉家常。到开饭时，吃一碗三毛钱的捞面条，就打发了。"您幽默地说。

"快到饭时了，您想吃啥？"我问。

"面条！这是我这一辈子最喜欢吃的饭。我一天不吃它，就觉得好像没吃饭。"您干脆地说。

于是，我连忙亲手和面、擀面条，忙乎了一阵子。中午饭，我们都吃的捞面条。那感觉，真是香极了。

记得吃面条时，大哥还是和从前一样，不用桌凳，只管蹲在地上端着碗吃。我俩再三让您上桌，您却坚持说："习惯了。"

刚吃完饭，您就急着赶回去。我们坚决要留您住一夜。

"我琐事太多啊。我是太想念你们了，这次才下了大决心，要不然还真来不了呢。"您着急地说。

我看您的急劲儿，知道留不下。想送您点什么，也实在找不出来。正不知所措时，我忽然发现您的洗脸毛巾已烂得不成样子了，就赶紧找出一条新的，塞进您的挎包里。

为了送别 18 年前战火中的知心战友，我和陈端破例坐上商丘军分区唯一的一辆旧吉普车，一起送您到车站。可您却背上背包，非要自己徒步去。我生气地说："大哥，您怎么还是那样犟！您这回不听我的，我可不依您了！"就这样硬把您拽上了车。兰春大哥，您一定很欣慰吧。

1965 年，我们也调到郑州工作，咱两家住得很近，来往方便多了。可大哥每天编剧，排节目、安排演出，还有各方面的应酬，搞得经常不着家。加上我们也是忙得很，每年也就能见上一两次面。记得您有个亲戚在石家庄公园搞园艺。您不定啥时候，就会掂着沉得要命的盆景，如五针松、古槐等，不辞辛苦地给我们送过来。虽说咱们平日里走动有限，但只要中原突围的老战友到郑州，大家就会立即聚在一起。咱的战友们从不习惯到街上饭店吃饭，都是在家里吃。不是在我家，就是在您家。在我家聚的机会更多一些，因为我家有人做饭，而您家只能靠您爱人一个人忙活。

记得在您家聚会时，我总会将我家的传统菜"八宝饭""扣碗肉"提过去，凑个数。

老战友之情，点滴在心头。

大哥，记得您总是为儿女的两件事心存感激，夫妇俩时时提起，反让我心里不安。一件事是在1969年。部队开始征兵，也给我二女儿分了一个到洛阳外语学院学习的指标。当我们正准备为女儿送行时，您的女儿杨小一来找我。孩子一见面就说："温姨，我想当女兵！"我一想，您和荣光都不在家，也没法商量。我便自作主张，先赶去找管征兵的人，介绍了我们的生死战友情，又谈了杨小一的情况，恳请增拨一个女兵名额。可人家为难地说："这是已经定过的名额，没法再办了。"听了这种情况，我便断然说："这样吧，如果不能解决，那就把我女儿的名额让给杨小一。"于是，小一如愿到了洛

中原突围战友合影，右起：杨兰春、刘焕英、王登崑、温敏、陈端、张庆中、徐廷进（摄于1981年）

中原突围战友留念，左起：杨守谦、温敏、杨兰春、张庆中、薛浅翔、王玉明、徐廷进（摄于1984年）

阳外语学院去上学。后来您得知实情后，很过意不去。

我说："大哥，比起咱们的生死战友情来，这点小事根本不值一提！"您红着眼圈，紧紧握住了我的手。另一件事是在"文革"结束后的1977年。当时，知识青年上山下乡运动余潮犹存。一天，您爱人荣光突然来找我，哭着说："老杨非叫儿子'小二'下乡。可小二还小，生活不能自理。老杨却说：'我是写《朝阳沟》的，我的孩子就应该带头下乡，不然说不过去！'我反驳说：'不能因为你写了《朝阳沟》，我们的孩子不该下乡也下乡。女儿参军不在家，身边留个子女也算符合政策！'我这一说不打紧，老杨一下子恼了！在家摔碗、砸盘子，还要砸电视机，非要按他的意思办不可。我实在没办法，只得找你来解决。"荣光说着，又抹起眼泪来。

我知道，大哥的犟脾气一下子准说服不了，只能来个"先斩后奏"。于是，我马上到国棉四厂找到一个老同志，说明政策等情况后，先把杨小二弄去，安排了一个"打包工"。事后，您听说这事是我办的，便没脾气了。我也就此解决了一场"家庭战争"。

兰春大哥，您一定记得。由于您的事情繁多，总是忙得心急火燎，有时难免朝爱人荣光乱发脾气。您爱人来找我说："老杨不吃饭了。他把我亲手擀的，又亲手端给他的一碗面条，连碗带面一起摔在地上。我实在受不了了，我要离家外出！"

我一听这事还怪急的，便安慰她说："您可决不能外出啊。杨哥身体不好，不能丢下他不管，他病了您会更着急。"我一边劝着，一边连忙跑向花园商厦。知道您总不爱吃大肉，我便买了点牛肉和鱼松，掂着一路小跑到您家。本来，我是想要亲自再给您擀碗面条吃。可一看，锅里剩的还有两碗呢！我就马上开火热了热，又拌上肉松，端到您跟前。一看是我，您气就消了，马上将面条吃得干干净净。

您还自嘲地解释道："事情多，我心烦，光想发脾气，看什么都不顺！"我说："心里再烦，工作再多，也不能不吃饭呀！身体垮了，想干事也干不成了。荣光亲手擀的面条，您连碗都摔在地下，她能不伤心？她气得要离家外出呢。我看您今后要找谁发脾气！"

您不好意思地笑着说："好了，我知道了。老战友，谢谢你了。"细微之处，战友情浓。

兰春大哥！我深知，您在人生的路上，一直都是跑步前进的。从投身革命那天起，您既打仗，又创作，从不肯停歇。您从说快板、编段子，到写剧本、排大戏，总是废寝忘食，恨不得一天当作三天用。记得，您挂在自己创作室门口的座右铭是："创作在于艰苦磨炼，艺术生命在于革新。"记得，经您之手先后编导100多部剧目，9部电影。由您编著或为您编著、出版的书有：《戏剧编导杨兰春》《杨兰春编导艺术论》《杨兰春戏剧语言艺术论》《杨兰春剧作自选集》等。

左起：陈端、杨兰春
（摄于20世纪80年代）

每次有关您的书出版，您总忘不了给我们送来，并亲笔写上："陈端首长、温敏战友指教——杨兰春"。

大哥，您应当记得。1992年7月26日，"杨兰春编导艺术研讨会"在首都举行。参加会议的有国家戏剧界、文化界的领导和各省市的专家名流。大家一致对您的编导艺术、对戏剧发展的贡献，给予了高度的评价。您应当记得。中国戏剧家协会副主席、中国戏曲学会会长、戏剧理论家张庚在发言中说：河南豫剧在新中国成立前几乎没有演过现代戏。杨兰春同志在党的领导下，在河南创办了一个豫剧三团，带头把河南的豫剧现代戏搞起来了。现在演现代戏已经不只是豫剧三团了，这跟豫剧三团的带头作用是分不开的。所以在这点上，我认为将来在写现代戏历史的时候，不能少了写杨兰春同志对现代戏曲的贡献。

您应当记得。中共中央宣传部副部长、文化部代部长、著名诗人贺敬之在会上热情洋溢地说："杨兰春同志是我党培养起来的优秀文艺战士，是忠诚于人民，始终和人民群众血肉相连的人民艺术家，是社会主义时期我国戏曲战线实践毛泽东文艺思想和党的文艺路线，继承和发展革命文艺传统做出重要贡献的杰出代表人物之一。他在豫剧革新特别是现代戏编导方面取得的艺术成就，在我国戏剧发展史上占有重要地位。因此，重视杨兰春同志的艺术道路和创作成果，研讨总结并发扬他的艺术经验，这对促进我国戏曲艺术的进一步革新和更大的繁荣，促进中国戏曲文学，戏曲导演学和戏曲美学的进一步提高和走向成熟，促进戏曲艺术更好地和时代同步，与人民同心，为建设有中国特色的社会主义文化做出应有的贡献，都具有重要意义。"

您应当记得。文化部常务副部长高占祥称赞您说："《朝阳沟》就是一出经得住群众和时间考验的好戏。""不光教育一代人，甚至影响了几代人。"

您应当记得。中国戏剧家协会、戏曲家协会副主席郭汉城在会上这样肯定您："杨兰春是戏改的功臣，现代戏的闯将。"或许，对于这些评价，这些称赞，这些肯定，您一笑而过，早已淡忘。

兰春大哥！我知道：您深深铭记的是中原大地；您深深热爱的是河南豫剧；您深深崇敬的是众位乡亲；您深深期盼的是战友重聚……

战友啊战友！人间友情重，天堂有来生。无论您走到天之涯、海之角，我们都会再重逢！

战友啊战友，一路多保重：
您是光环与霜剑相伴的"时代版"践行者

兰春大哥！虽然，您的头上时常闪耀着美丽的光环。而光环的下面，却浸透着您的汗水和泪水，书写着您风雨坎坷的人生。兰春大哥！记得您含着热泪，不止一次地对我说："历史是人民写的。"

1977年的除夕之夜，《朝阳沟》电影又向全国播放！自此，城市的街头巷尾，农村的田间地头，又久久回荡起《朝阳沟》动人的唱词，美妙的唱腔。浓厚的乡土气息，无与伦比的艺术魅力，令千千万万的人陶醉、回味……大哥，您是永远的耕耘者。

1979年，您担任舞台指导，将豫剧传统戏《秦香莲》改为《包青天》，并与香港合拍，把河南传统豫剧隆重搬上银幕。

1982年，经您改编导演的豫剧《卖苗郎》走上银幕。

1983年和1987年，由您担任艺术总监，同香港合拍的《少林童子功》《少林小子》，好评如潮。

1996年，《卖苗郎》由安阳豫剧团到台湾演出。台湾资深专栏作家陈宏先生撰文评论：《卖苗郎》的唱词有"神来之笔"，"像这样的戏词属于民族文化之瑰宝"……

兰春大哥！许多年以来，我时常这样想："假如，在1946年的中原大突围中，您也追随大部队强渡过了汉江，能存活下来的可能性就太微乎其微了！那么，我国的戏曲界岂不损失了您这么优秀的人民艺术家？！又何来千人唱万人和，经久不衰地教育着一代人、影响着几代人的《朝阳沟》呢？或许，这是一种天意，也是民意吧！"

兰春大哥！还记得您为莫名官司所困，屡遭精神打击、终致卧床不起的那些日子吗？我放心不下，时常去看望您。开始时，您似乎已经不认人了，却还能清楚地叫出我的名字；之后，您连话都说不出了。但当问起我是谁时，您还是含混而又坚定地吐出两个字"战友"！您，再明白不过！当年宣传队的生死战友，在河南近一亿人中，就只有您和我了！再后来，您见了我，就一言不发，只能激动地流着泪水……

兰春大哥，还记得我们的最后一面吗？

是在2008年10月23日。那天，我把不久前亲写的、由河南人民出版社出版的《传奇司令和他的传奇团长——皮定均与裴子明的传奇故事》一书赠给您。您颤抖的双手捧着书，仔细地看了标题，激动地一下子搂住了我的脖子！记得那天，我坐在您床边的凳子上，前后约有40分钟，您竟不时地搂住我的脖子，总共搂了7次！我看见您眼里始终含着泪。您嘴上虽然说不出，但心里是很清楚的！您也只能用这种超常的举动，真诚地鼓励我，这份战友的真挚情义，激动得我泪流满面，至今不能自己！无论如何，我也料想不到，这竟是我们的永诀，永诀啊！兰春大哥！

从这次会面之后，我便忙于整理中原突围战友的资料，又加之搬家，也经常打电话询问您的病情。您的小一、小二总是回答说："温姨，我爸爸还是那样，您不要挂念。"您的爱人荣光知道我惦着您的病情，她就在去医院照看您的路上，总是隔三岔五拐到我家一趟，报个平安。于是，我便暂且安下心来。可万万不曾想到！

2009年6月4日。我竟会在机场得知您去世的噩耗！我真是悔痛至极！亲爱的大哥，我的好战友啊！

您一生是那么艰苦朴素，那么克己奉公，那么谦虚谨慎！您生活严谨，作风正派，对贪污腐败行径深恶痛绝，势不两立。记得有一次，您因看不惯河南某大牌作家在火车上打情骂俏的无聊举动，竟当众把碗摔在了该作家的面前！敬爱的大哥！曾记得，您不止一次向我谈起您苦难的童年。您说："我是吃百家饭、干百样活长大的。我补过锅、拉过风箱，唱过戏、当过和尚，甚至还替人戴过孝、哭过丧。可就是这样，仍救不了贫穷的家啊！父亲是活活饿死的……"

当谈到经济收入情况时，您坦诚地说道："老战友啊，外人乍一听、一想，像我这样又当导演、又编剧，又拍电影、又排戏，手里一定有不少钱吧！老战友，你是了解我的，我这个人不贪钱。除了工资以外，无论排戏、导演或者发行电影，赚的钱全是公家的，我不需要任何报酬！

"就说《朝阳沟》吧。全国演得那样火爆，可我不管哪个省、哪个剧种、哪个剧团上演、移植，我从没有追究过版权所属。我想，只要对社会有益，能教育人，能发挥好的作用，就行了。"敬爱的大哥！

曾记得，您动情地讲了一个故事。

"1990 年，我们三团在河北大名县演出《朝阳沟》。一位观看演出的军人对我说：在对越自卫反击战中，一位战士英勇牺牲了。人们在安葬他时，从他的上衣口袋里掏出了他的遗物——那是一盒《朝阳沟》的录音带！这是战士至死珍藏的精神财富啊，在场者无不潸然泪下！在庄严的葬礼上，战友们就为播他放了这盒录音带，借以告慰英灵！

"温敏老战友啊，听了这件事，我心震撼，无以言表！可以说，在精神上我已经很富有，很满足了啊。

"至于生活上，只要能一天吃上三顿面条，我就满足了！是在 1991年吧，我被误诊为身患癌症。在北京做手术前，我爱人问我有什么可交代的。我也是说，我这一辈子，就爱吃面条。我要死了，给我脸上倒两碗面条，我就满足了……"我一定会记住您的心愿。

亲爱的兰春大哥！您是那么爱艺术、爱豫剧，您怎么舍得走远。亲爱的老战友！您是那么重友情、重亲情，您也决不会走远。在您人生舞台谢幕的时节，我想再为您点上那首经典老歌《驼铃》：

送战友，踏征程，

默默无语两眼泪……

战友啊战友，亲爱的弟兄……

战友啊战友，我们再相逢……

战友啊战友，一路多保重……

2009 年 7 月初写于郑州

2018 年 8 月至 11 月改于洛阳

（2009 年 8 月 31 日《解放军报》登载，有删减；

2009 年 12 月《东方艺术》杂志全文登载）

传奇文化愚公和他的传奇碑林

——听李公涛弹起的精神之歌

李公涛先生20世纪80年代,
翰园碑林初创时期

厚重大中原,名城古开封。

1927—2016 年,有一位穿越了时空的传奇老人。人们默然望着他的身影。那是一个梦想在胸中,奔波在路上,泼墨在热土,心心念念,只图献身文化中华的疲倦身影;人们凝然看着他的模样。那是一个百转亦无怨,千回从无悔,万难总无憾,苦求苦创,只为"中国翰园碑林"的痴模样……好个中国翰园碑林。

这是全世界"民办公助"第一林。

这片非凡的艺术碑林,她本源于炎黄草根子孙的文化大胸襟,满满正能量;这座耸立的文化殿堂,她功成于人民与政府合力的担当大智慧,洋洋超能量。

如今,她怀拥无双碑廊,臂揽山亭水榭,誉享"中国书法名园",跻身国家 AAAA 级景区。

她,不仅是华夏疆土之上最大的民创碑林,也不仅是第一家高品位的民办碑林,更是首座在襁褓之中便经法律公证:"建成无偿交给国家"的民心碑林。

好个民心碑林。这是全世界"文化愚公"第一人。

这位非凡的当代愚公，30 年前单凭 59 岁之病躯，便破天荒而起，舍老命取义，敢效愚公移山般率妻子儿孙、兄弟友人，零索取、零回报，倾所有、拼全力，惊天泣神全不管，要留碑林在人间！他的报国壮举牵动了党和国家政要。他的民族豪气打动了海外高层。他的奉献情怀感动了书画泰斗。他的高贵精神拨动了芸芸众生……他，便是炎黄子孙、全国劳动模范、共产党人李公涛。

精神的原石是这样素璞
——出自贫寒人家的传奇"神童"

那是 1927 年的农历四月初五。李公涛出生在河南巩县回郭镇清西村的一个贫苦农家。

李家共有兄妹 9 人，公涛本排行老三，但两个哥哥和一个妹妹都因病无钱医治而夭折了。父亲李金录精明肯干，一年到头从不敢闲着，他既辛勤种地，又帮人做门窗等木匠活。母亲赵娃勤劳朴实，一天到晚劳作不停，除了全家的衣食，还靠深夜纺线织布卖掉给全家换盐吃，农忙时更要下地苦干。尽管如此，自打兄妹们记事起，总是饥肠辘辘，家徒四壁，野菜、树皮和糠渣是他们最重要的救命食物，全家人从没有吃过一顿像样的饱饭。除了常年吃糠咽菜，他们还常捡大雁屎充饥。这种雁屎前半截是白色的，后半截是绿色的，白色的是大雁已经消化过的，不能吃了，而绿色的是没消化的麦苗或青草，还能充饥。幸运的是，清西村有一位极具爱心的教书先生，名叫邰三聚。他个人出钱办学，聘请校长和教员，让李公涛这样的穷孩子去读书。

自幼聪明灵透的小公涛得了这个珍贵的机会，日夜加倍发奋苦学。家里没钱点不起煤油灯，李公涛就晚上借着月光和雪光读书，天刚蒙蒙亮又爬起来继续背书。学得困了累了，李公涛竟真的效法古人，用绳子扎住头发悬在破椅子上，还用母亲做鞋的锥子往自己的腿上、胳膊上扎。结果，他 7 门功课的学习成绩一直保持在 99.9 至 100 分，总是全校第一名。

小公涛除做好功课之外，还对临摹绘画和书法入痴入迷。黄土地是他的绘画本，高粱秆是他的绘画笔，无论天上飞的、地上跑的、水中游的，都是他的活画本。他看到什么就临摹什么，弄得像模像样，活灵活现。

村里人有的说，"这孩子无师自通，是个神童！"有的说："人家爷爷当年就是私塾先生，四爷爷还是个秀才，虽说家道败落，可书香味还长着呢！"小公涛名气大了，引得邰三聚先生和教员们忍不住，也都到他家里去看。逢年过节，乡亲们还请小公涛写对联、画门神，忙得不亦乐乎。读私塾期间，小公涛不仅当上了班长，还身兼"童子军总教练"。不管做什么，小公涛总是精气神十足，深得赞赏。可没多久，家里实在穷得生活不下去了，父母只得让小公涛辍学回家干活。学校的校长张士金，老师乔树禄、任宏、贺全记等人听说后，一起赶到他家劝说，并决定凑钱供他完成学业。老师们对公涛的父母说："你们的孩子是个出人头地的聪明孩子，将来是国家了不起的人才，可千万不能失学呀。"这份深情厚谊打动了公涛的父母，使得公涛终于读到私塾毕业。那年，公涛 12 岁。

此后，因天灾庄稼绝收，父亲带着弟弟逢义到陕西逃荒。公涛和弟妹们随母亲残喘度日。一家人整天爬山岭去挖野菜、捡树叶，饥饿和死亡的阴影随时笼罩着他们。

为了活下去，李公涛还学过唱曲剧，练过拉板胡、京胡、小提琴等小技艺。就这样，李公涛在饥寒交迫中长成。直到家乡解放。

精神的锤炼是这样艰辛
——出自人生逆境的传奇艺术家

1951 年，24 岁的李公涛到开封市供销社上了班。年轻的公涛多才多艺，踏实肯干，对工作十分认真负责，每天早上班、晚下班，不仅兼管着机关的黑板报、宣传栏，还包揽了办公室打扫卫生等勤杂内务。他干一行，爱一行，专一行，连去看电影看戏的时间也舍不得，对工作总有使不完的劲。因此，李公涛连年被评为先进工作者。

1953 年 3 月，李公涛光荣地加入了中国共产党。同年，26 岁的李公涛被推举出席了全国计划统计先进代表会议。

1957 年，李公涛考入了西安美术学院。眼前，本是一片明媚的春天。天有不测风云。由于李公涛对单位某领导的不正之风提出批评，还画了讽刺性的漫画。结果，糊里糊涂成了"右派""反革命分子"。李公涛就这样被开除公职、开除党籍，令他携妻拖子，遣送回农村老家劳动改造。

面对一个又一个逆境，李公涛曾想到过自杀，一了百了。但是，他挺过来了。李公涛坚信：自己是真正有良知的共产党人。公心不能泯灭，道德不能沉沦，更不能自暴自弃，虚度年华。于是，李公涛在艰苦的劳动之余，起早摸黑钻研书法、油画、国画、人像、雕塑、石膏像、篆刻、制镜等专门技艺，以图有益于黎民。当李公涛看到五保户病了没钱治，就把自己的红薯干卖了给他们看病。当李公涛看到村里群众挣扎在贫困线上，辛勤劳动一天只有 4 角钱工值时，他便忘了自己的"右派"身份，油然升起了"位卑未敢忘国忧"的民族情怀。因此，李公涛毅然把自己家仅有的榆树卖掉，买了几箱玻璃，先和自己的儿子孝泉一起，从研究制作美术镜技术入手。父子俩白天照常参加繁重的生产劳动，晚上加班悄悄干。

为突破镀镜的感光制版技术，需要使用油桐大漆，而大漆的毒性较大，公涛和孝泉都感染了病毒，遍身红肿，又舍不得花钱医治，只得强忍着病痛，坚持试验不止。功夫不负有心人。李公涛父子不仅攻克了彩绘玻璃美术制镜技术难关，成功带领全家制镜、制彩绘玻璃美术匾，而且一举打开了产品销路。这时，李公涛真诚向生产队建议：把自家的"小作坊"扩大为队办工厂，由他个人负责搞产品设计。生产队欣然接受。结果，一年之内村里的产品就创出了名气，并入选全省美术展览会，正式纳入了国家生产计划。很快，全村群众日工值从四角上升到一元五角。群众私下称赞道："右派成了咱的活财神，老李是好人呀。"

接着，公涛又义务举办了有几十人参加的业余美术学习班，为村里培养人才。经培训，村里人有的成为农村文化的骨干，有的成为企业的带头人，有的还当上了县工艺美术厂厂长。

精神的火炬是这样炽烈
——出自"半百草根"的传奇理想

1978 年 12 月，党的十一届三中全会的春风吹暖了中国大地。次年，李公涛被错划为"右派"问题也得到纠正，恢复了党籍和公职。此时，李公涛已是年逾半百，两鬓如霜。不久，组织上给李公涛分配了新的岗位，让他主持经济效益差的开封地区农村饮食服务公司工作。

1957 年至 1979 年，对李公涛精神和肉体造成的伤害是巨大的。此时，李公涛已患了严重的肝病。可是，他却万分珍惜这新生的机会。二话没说，李公涛上任了。他拖着病躯，一趟趟深入基层调查，走遍了十个县的各个乡镇，访问了上百个饮食服务业的行家里手，终于弄清了问题症结，并很快制定出了一套长远发展规划和实施细则。

上任一年内，李公涛率先实行技术培训和工资制度改革，端掉了"大锅饭"。上任三年，李公涛所在的开封地区农村饮食服务行业，终于扭转了落后面貌。对于李公涛的工作实绩，省有关部门多次召开现场会，予以表彰和肯定。

1983 年，李公涛的肝病发展到肝腹水轻度硬化。为了不给组织添麻烦，公涛提前申请退休。退休后，一个幸福的晚年生活实景呈现在李公涛的面前：大儿子孝泉在开封东郊乡范庄村承包了"东京工艺美术厂"，盖起了一座二层楼花园式的小院。庭院宽阔幽雅，子孝妻贤，儿子又为他买回了许多笔墨纸砚。在这般幽静雅致的环境中，赋闲的李公涛自称"半百草根"，他完全可以潜心书画，会朋聚友，抒发盛世之豪情了。然而，李公涛却茶饭不思，夜不能寐，精神上总摆脱不了难以名状的怅惘。他想啊想，怎么也想不通：作为一个老党员，当苦难已成往事，改革开放春风拂面之际，自己怎么能这样安于现状，迷迷糊糊平平淡淡地活下去呢？他看啊看，怎么也看不够：开封，这座举世闻名的七朝古都，在2700年绚丽神奇的历史长河中，曾孕育出了多少杰出的书画名流啊。这里有：北宋的美术神品；蜚声中外的《清明上河图》；古吹台千古绝唱《阳春》《白雪》；还有浩然正气的包龙图……李公涛坐不住了。李公涛的内心世界里，满是人生的企求。

他携家人一道，再攀入云的铁塔，登巍峨的龙亭，览古香古色的相国寺……当全家站在柳园口的黄河边，望着奔腾不息滔滔东去、象征五千年华夏历史的母亲河时，李公涛尤难自己。"先人为古都留下了灿烂的文化，而作为今天的人民公仆，我能给后人留下什么呢？"这是一种历史的自豪感，也是炎黄子孙的责任感。

她化为一束束精神的火炬，时时在炽烈地燃烧着。

燃得李公涛寝食不安，日甚一日。

精神的追求是这样高贵
——出自"炎黄义士"的传奇"家训"

1984年底，《开封日报》开展了关于重建历史名城、发展旅游事业的大讨论。李公涛如浴火猛醒！

一个宏大的设想冲出心海：在有限的生命里，在所擅长痴爱的艺术天地里，我要自筹资金，广收天下墨宝镌刻于石，以"炎黄义士"的慨然气节，创建一座与西安、曲阜碑林相媲美的当代最大的民心碑林，还我华夏子孙之愿！

想干就干。李公涛立即召集全家人开会，他坚定地说："我的黄金时代已经过去，时间对我更为宝贵。我考虑再三，想让咱全家自筹资金，在开封创建一座中国最大的碑林，碑林建成后无偿交给国家，这是我的最后奉献。"听了李公涛的话，全家人都惊呆了。还是妻子张梅先回过神来，满眼含泪说："过去，全家跟着你过了几十年的苦日子。现在刚好过一点，开工厂也赚了点钱，可那是咱全家的血汗钱呀，准备给孩子盖房子和孙子上学用的啊。你身体不好，还要给你看病。再说，你这快 60 岁的人，苦了一辈子，也该享几天清福了。"

李公涛马上摇头说："不，只图享受有啥意思！毛主席说过，'人总是要有点精神的'，做好事、做大事，人才有活头。"

儿子接话说："爸，私人办碑林是前无古人的事，不光是花钱，还要累心劳力呀。听说有个国家投资的碑林，折腾了几年都没办成，咱一家筹资办，万难！"

"万难也要办。要按毛主席在《愚公移山》中讲的那样：下定决心，不怕牺牲，排除万难，去争取胜利"。

"就算按您说的，办。可这千头万绪啊，您想要怎么办呢？"儿子又怯怯地问。"就这样办！就用最笨的、最实在的办法去办：书画作品，要一幅一幅地征集；石碑，要一块一块地镌刻；一年不行，十年；我倒下，子孙接着干；子子孙孙，刻碑不止；坚持不懈，终成正果！这也是我生命的最有力支撑。我一定要坚持做成这件事，直到碑林建成无偿交给国家。"

李公涛主意已决，九头牛也拉不回。就这样连续召开了几次家庭会议。李公涛把他的两个弟弟逢义、宣义也叫来参加。大家经过了激烈的讨论、争辩，全家终于统一了认识。妻子说："孩子们，我跟随你爸生活了几十年，我懂得他是一个胸怀大志的男子汉。他 9 岁起曾经学过唱戏，很快就在当地小有名气，可到 16 岁时，他认为这样不能实现自己的报国之志，就坚决放弃唱戏，专心钻研他热爱的书画艺术。只要你爸认准的事，只要对国家有利，就是天塌地陷，谁也动摇不了。"

"咳，说起小时候学唱戏，还发生过一起让我终生不安的风波。记得是 10 岁那年，我一边读书，一边瞒着学校和父母学唱戏。观众说我扮相好，唱得好，只要听说有我出演，来看的人就特别多。"李公涛接过话来。

"记得一次，戏班在本村出演《小寡妇上坟》，我怕被发现，说啥也不敢上台演。班主急了，就派人把我拖到台后化了妆。而这时，看戏的群众早就等急了。可我一眼就看到邰三聚老师也在看戏，吓得魂飞魄散，一下子蹿到台下逃跑了。有个戏迷不明真相，以为邰老师是来阻止我唱戏的，就冲上前打了老师两个耳光。结果，不仅这场戏没演成，戏迷们还罚邰老师请了一桌客。我一辈子都觉得这件事对不起邰老师。之后，我就放弃唱戏，改志书画艺术，我终生不悔！什么也别说了，我誓死也要做成创建碑林这项宏伟的大事业！"李公涛坚定不移。

妻子点头道："孩子们，就死心塌地支持你爸干吧。"大儿子说："我爸是个党员，我理解他。我一定把工厂办得更好，效益更高，把收入投入碑林建设。"儿媳张爱芳也自告奋勇，决心做好碑林的后勤服务。公涛的大弟逢义是在职干部，二弟宣义有技术，当时正被企业高薪聘用，但他们都愿意舍弃工作，集中精力支持哥哥搞碑林建设。李公涛振奋不已。立即提出了实施方案：先把住房腾出来做碑林办公用房，家具做办公用具。并约法三章：不准买高档家具，不准买高档衣服，不准在银行存一分钱。

在碑林建成前，全家要过清贫生活，收入都投入碑林建设。很快，李公涛夫妇搬到楼下 10 平方米的小仓库；大儿子一家 5 口搭起上下铺，挤住在一间房子里；刚结婚的二儿子搬到工厂住。腾出来的房子分别作为碑林的刻碑室、装裱拓片室、保管室、会计室、会议室、接待室。李公涛家院门口，则挂牌"开封翰园碑林筹建处"。为了永久教育家人及其子孙后代，李公涛于 1986 年冬立下了家训："为继承祖国传统文化，振兴民族精神，誓在七朝古都开封兴建一座与西安、曲阜相媲美，具有旅游价值的碑林，把现代书法精粹流传后世，以愚公精神，世世代代刻碑不止，我倒下由弟弟与子孙接着干，只许投入不许索取、迎难而上百折不回，直到碑林建成无偿交给国家为止；碑林有了收入李家子子孙孙不能从中牟取一分钱的利益，特作家训镌刻于石。"

接着，李公涛将该"家训"正式做了法律公正。之后，李公涛分别在开封、北京召开了新闻发布会，向全社会郑重宣布："以愚公精神率全家义创碑林。建成后无偿交给国家和人民"。新华社和中国国际电台等中央、省、市180余家新闻单位做了报道。

精神的财富是这样丰硕
——出自无私奉献的传奇感召

李公涛的无私奉献精神，立即在全国乃至海外引起强烈反响。"当代老愚公举家办碑林，一诺胜千金建成交人民"的惊世义举，牵动了无数炎黄子孙的心。众多热心志愿者，有社会知名人士，有离退休老干部，有风华正茂的青年，有雕刻专家，有设计大师，有技术工人……万千无私捐资人。有大中小学生，有白发老者，有部队将军、士兵，有机关领导和员工，有海外侨胞、有个体户，有拾荒者，也有自食其力的残疾人。还有文艺界的义演、书法界的义卖，等等。各类资助来自各行各业，四面八方。人们有钱出钱，有力出力，有技术出技术，有产品出产品。捐资小则几角，多则上万。出现了许多感人肺腑、催人泪下的场景。

周绍宗，密县远近闻名的碑刻专家。周家世世代代都是好石匠，据说宋陵上的石狮就是周家老祖宗雕刻的。周绍宗在报纸上看到李公涛的事迹报道后，非常感动，立即放弃了高薪收入，不顾他人的反对，背着行李直奔碑林，一门心思刻碑至今，30年如一日无怨悔。王寿庭，河南大学教授、著名二胡演奏家，他把毕生研究硕果、亲自整理的民族音乐原声磁带捐给碑林，还含着眼泪对李公涛说："这是我的一点心意。将来碑林开放，可向全国、全世界游客播放。"曾广振，天津书画家，他把60多幅精品书画寄给李公涛，委托其义卖后捐给碑林；一个73岁修补锅的老人，他硬是坚持义务劳动100天，把全部收入捐给碑林；开封师范附小的孩子们，他们把节约的冰糕钱 60 元硬币交给李公涛，说："李爷爷，您退休了，不休息，为我们造福建碑林。我们现在没有力气帮您，但我们一定好好学习，长大了像您一样，做一个对社会有贡献的人。"开封看守所的失足青年们，当听到广播后，也马上捐资 154.50 元。他们对李公涛说："您的无私奉献精神感动了我们这些青年，捐的这些钱绝对是干净的。我们一定好好劳动、改造自己，将来做一个对社会有用的人。"一些机关、工厂、学校，纷纷自发地开展了捐助活动。特别值得一书的是，有无数普通人、普通家庭，他们从各地专程赶到碑林筹建处，见了李公涛，就把捐款递他手里，连姓名也不留，转身就走……更有成百甚至上千的年轻人，他们从工厂、从农田、从机关、从学校，从各行各业，每天自发赶到碑林，默默地投身义务劳动。他们的汗水，浸透了碑林的每一寸土地……

记不得多少回，李公涛为捐助者落泪。数不清多少次，捐助者为李公涛动容。是的，人们深知：碑林责任重，公涛路更艰。是的，为了征求专业人群对碑林的建设意见，并征得更多的墨宝和资金，李公涛上百次地来往于郑州、北京等地，还到台湾、香港举办拓片展。为了节约开支，李公涛上百次外出办事，乘火车都买硬座。有时人多没有座位，他的腿都站肿了。在北京，李公涛住的是最便宜的地下室。有时，为了节省一张公交汽车票钱，李公涛宁可多跑一站路。李公涛背着自家蒸的馒头、玉米面，备了煤油炉，就这样一双卫生筷、一杯白开水，走遍了北京城。他不舍得在京城街上买一顿饭。有时忙得过了吃饭时间，他也饿着肚子赶回住地做饭。他甚至把从菜市场捡来的老白菜帮子煮一煮，凑合一顿。

火车往返硬座＋地下办公居家＋自带干粮煮菜，李公涛就是这样访遍了名家大户。有一次，李公涛走访一位知名人士时，门卫见他穿着一身旧中山装、一双老土布鞋、手提一个黑塑料兜，误认为他是告状的，不仅不给通报，还撵他走。他就在路边蹲着，凭"碰运气"等人，一蹲就是几个小时。饿了吃口干馍，渴了喝口水。最终，还是感动了工作人员，如愿办成了事情。

每当一道道难坎挡在面前时，李公涛总是一遍遍地捧出手录的《石灰吟》默诵，"千锤万凿出深山，烈火焚烧若等闲。粉骨碎身浑不怕，要留清白在人间。"李公涛坚守不退、坚忍不拔、坚定不移的拼搏奉献精神，在社会高层产生了巨大的感召力。中国书法协会破例为翰园碑林下发了征集书画作品的通知；中国老年书画研究会免费在北京复兴门外给李公涛提供一套房子，作为其北京联系处；一些知名人士和书法大师如许德珩、楚图南、舒同、启功、张爱萍、穆青、萧劳、胡公石、王遐举、虞愚、陈天然、李真，还有新加坡、日本等国的书法家，他们的一幅幅书法作品，一笔笔捐款，一封封热情洋溢的鼓励信，从海内外，从四面八方传过来；全国政协副主席、澳门特别行政区筹委会副主任委员马万祺闻知后，特为碑林捐助 10 万元；杨静仁副主席赞扬说："碑林的创建将起到联系海内外华夏子孙的纽带作用。"并挥毫题词"统一祖国，振兴中华"。

聚沙成塔，集腋成裘。1986 年底。李公涛先后得到 7000 多位书画家的认同和支持。

大家从各地寄给碑林的作品达 2 万多幅（件）。社会各界相继捐款400 多万元。支持和鼓励的信函达 4 万多封。很快，碑刻也累积了 1400 余通。然而，新的更大的问题来了：建园土地还没有着落！

由于没有场地，已刻出的碑先是堆放在李公涛的院子里；院子里堆满了，就堆放在家门口的街道路两旁；路边又堆满了，不得已只得把几百斤重的石碑，一块块拉到儿子工厂的院子里。一天，李公涛的小孙子在院里跑着玩，不小心被石碑砸住了腿，诊断为"粉碎性骨折"。孙子痛得发出了撕心裂肺的哭声，李公涛掉泪了，全家人都哭了……毫无疑问，解决碑林建园土地问题，已是碑林发展的燃眉之急，事关碑林项目生死存亡！其后，李公涛把主要精力放在解决建园土地上。他先去找开封市委、市政府，向有关部门领导写申请、找人求告，有时一夜跑十几处。由于疲劳过度，李公涛记不清摔倒过多少次。有次下大雪路滑，他骑着自行车一下子摔倒在地，嘴和脸都摔破了，流了很多血，失去了知觉，所幸被行人救了过来。眼见当地政府一时无法解决问题，李公涛又开始跑郑州和北京，找有关领导和部门陈情，甚至一遍遍地哭诉。就这样，无论盛夏酷暑、数九寒天，李公涛拼上老命，不停地狂跑建园土地。

光阴荏苒。李公涛奔走呼号了 6 年，而建园土地仍毫无着落。直到 1990 年 4 月，事情才有了转机。由于庞中华等 13 位政协委员的联名提案，河南省政协提案委员会会同省政府有关部门多方协调，碑林的建园土地终于落到了实处。

1990 年 4 月 15 日，庞中华等政协委员提案的影印件

精神的力量是这样磅礴
——出自"当代愚公"的传奇"移山"

随着建园土地的确定，"中国翰园碑林"项目庄严确立，宏伟的园林建设拉开了帷幕。

64 岁的李公涛踌躇满志，身先士卒，带领妻子儿孙全家 10 口人，与碑林的全体员工一道，奋力投入到繁重而艰苦的劳动中。大家一同拉土石、填池塘，捡砖、铺路、平地、种树，干得热火朝天。李公涛累得站都站不稳，有一天竟一头栽倒在池塘中。可他爬起来，稍稍休息一下，又继

续干起来。看到这鲜活的一幕幕，人们惊叹道：这不是课本，也不是演说，更不是宣传画，这是真正的愚公移山实景再现！这愚公一家人，真的在挖山不止啊！

一位大学生说：我亲眼看到了愚公全家率社会达人，正移走文化的荒漠，开创艺术的奇峰！

李公涛与民众，时时在相互激励；民众与李公涛，刻刻在相互感染。著名雕塑家陈修林，他接连8趟从沈阳自费到开封，精心为碑林设计了17米高的中华人文始祖轩辕黄帝像。

陈修林还亲自上山采石，脚被砸伤了，也不肯停止工作。李公涛实在过意不去，要给他付一点劳务费时，他动情地说："分文不取。谁要在碑林赚李公涛的钱，谁就没有中国人的良心啊。"开封县江屯农民陈法，冒着酷暑步行10多里，把自家卖粮食的20多元钱交到李公涛手里，说："这是俺老农民的一点心愿。"

开封市委、市政府。值碑林建设进入攻坚阶段之际，强力做出决定：公助李公涛办碑林！市委、市政府要求各行各业有钱出钱，有物出物，有力出力。机关、企业、学校立即响应，再次掀起了支援碑林建设的热潮。

这是"早晨八九点钟的太阳"。开封团市委一声号令，全市105个共青团组织打着团旗，浩荡出动2614人。团员们不怕苦不怕累，吃住在工地，边干边唱着革命歌曲。他们有的人脚被钢筋扎破，有的人手被凝固的水泥碰伤，但他们全然不顾，整整干了48天！这次，团员们共挖土石400多立方，砌砖21万块，浇筑水泥砂浆150多立方，圆满完成了援建任务。

这是我们的钢铁长城。哪里有人民需要，哪里就有人民子弟兵的奉献。开封驻军召开了誓师大会，先后出动2万余人次。他们发扬艰苦奋斗、连续作战的作风，承包了碑林挖湖、造山等所有土建工程的义务劳动。这次，开封驻军先后挖土11.9万立方，平整土地5000多平方米，修整湖岸300多米，并出动上百辆次汽车，将几千块石碑车拉、人抬，辗转运到碑林工地，还为碑林建设捐助了两辆汽车。

这是我们的企事业单位。开封市建筑设计院，免去碑林设计费 58.8 万元；开封市棉麻公司，承包了造价 40 万元的碑林南大门；上海供销社农资公司，承包了造价 30 万元的玉带桥和两座亭子；河南省供销社农资系统，承包了造价 25 万元的轩辕黄帝塑像工程；开封市南关区，承包了造价 12 万元的碑林围墙工程；化工部第十三化建，捐助 15 万元；中国化工总公司，捐助 10 万元；开封空分设备厂，捐助 8 万元；310 国道郑州、洛阳指挥部，捐助 5 万元；中国石油渤海公司，捐助 3 万元；开封黄河大桥工务段，捐助 3 万元；开封联合收割机厂、鼓楼板焊厂、汽车鞍座、机械厂、百货大楼、邮政局、自来水公司、税务局等单位，也纷纷提供了各种捐助。

这是我们的党政机关。开封市政府，负责碑林的主体碑廊建设，并承担碑林银行贷款利息；河南省交通厅，捐助 40 万元；开封市委、市政府、市人大、市政协，捐助 19.6 万元。

1996 年，正在紧张施工的主体碑廊出现资金短缺。情急之下，李公涛给全国供销总社写信，请求支援。时任供销总社主任、国务委员陈俊生在李公涛的信上批示："请总社王如珍等领导帮助解决。"很快，全国供销总社给碑林拨款 20 万元，解了主体碑廊建设的燃眉之急。

这是我们的时代骄子。河南大学、开封师

社会各界援建碑林图

215

大、师专等多所院校，还有一些中学的师生们，打着"学习雷锋精神献一片爱心"的横幅，纷纷到碑林参加义务劳动。他们拉砖、运石、平地，个个争先恐后。开封高中、上海建平中学等十多所学校，还踊跃向碑林捐了款。师生们说：李公涛的无私奉献精神感染着我们，教育着我们，陶冶着人的情操，到碑林服务就像到了"君子国"。在这里，精神是向上的，灵魂是纯净的。这一片可贵的净土，激励着我们奋发向上，永不言退！

精神的碑林是这样巍峨
——出自艺术巨匠的传奇长廊

碑林主体碑廊（高瑞霞摄于 21 世纪初

翰园碑林南大门（摄于 21 世纪初

1993 年 3 月至 1995 年 5 月，"中国翰园碑林"拓片分别在香港东方艺术中心和中国台北国父纪念馆开幕。

陈立夫先生热情会见李公涛，态度坚决地说："世界只有一个中国，海峡两岸迟早要统一。"蒋纬国先生在接见李公涛时，动情地说："海峡两岸民族同根，书画同源。"国内外几十家报刊，都在显著位置登载了李公涛的事迹和照片。一些电台、电视台，也在黄金时间播出了这一新闻。

1996 年 10 月，"中国翰园碑林"主体碑廊对外开放。

此时，碑林已建成一座融

书画艺术、碑刻艺术、古典园林建筑艺术于一体的，全方位、综合性的大型艺术宝库。

放眼望去："中国翰园碑林"主体建筑22座；主体碑廊一万多平方米；碑林长达3公里，碑刻已有4000通。步入碑林南大门，高17米的中华人文始祖轩辕黄帝像巍然屹立。品泱泱碑林，涉猎中外古今。殷商、周、秦、汉、三国两晋、南北朝、隋唐、宋、元、明、清，还有中山碑廊，现代书法碑廊，硬笔书法，兄弟民族文字书法，国际友人碑刻，各国元首祈愿世界和平手迹碑廊等。人们称赞道，这翰园碑林不一般。她集书画、印、绘画、篆刻精华于一园，是西安、曲阜碑林作品长于反映时代风貌的延续与完善。哈哈，她是中国的"No.1"（第一）！人们感叹道，这翰园碑林不简单。她何止是中国传统文化史和书法艺术的再现和发展，更是民族团结和世界文化交流的例证和典范。嘿嘿，她是中国的"No.1"！

人们惊呼道，这翰园碑林不得了。她囊括了多功能、多层次，不同流派、不同风格的海量稀世珍品，自然具有相当高的观赏和鉴藏价值。嗨嗨，她是中国的"No.1"！一时间，海内外上千家新闻媒体竞相报道，称之为："世界之最""精神文明的丰碑""益于当代，功系千秋""中华民族的脊骨和本色"。

随着知名度的日益提高，开封"中国翰园碑林"吸引了大批中外游客。据不完全统计，每年约百万人次前来参观游览。

2005年至今，"中国翰园碑林"先后获得的荣誉和称号有：国家旅游总局命其为："AAAA级"景区；中国书法协会命其为："中国书法名园"；河南省政府命其为："河南省中小学生德育教育基地""爱国主义教育基地""先进文化示范基地"。开封市人大授予李公涛："当代文化愚公"。

据有关专家评估，2005年，碑林的有形和无形资产价值已达1.6亿元。在这耀眼的辉煌后面，可以想见，李公涛的付出难以想象！

记得1993年，碑林香港办事处成立。李公涛为了省下钱来多刻几通碑，所有的办公用具，从椅子、沙发，到文件柜、电视机，全是他在月色中悄悄从垃圾堆里捡来的。

一次，李公涛看到一张丢弃的铁皮滚轴办公桌，他担心大白天弄回来被人碰到太尴尬，就等到后半夜去搬运。他硬是从距离办事处500米远的垃圾堆里，将这张铁皮桌挪到办事处14层的楼上，把肩膀都压得淤出血来。桌子运回后，汗流浃背的李公涛一下子瘫倒在了沙发上！

在香港，14元一碗的面他舍不得吃，跑回办事处啃方便面。

30多年来，李公涛全家先后向碑林投资8000多万元。而他用的家具，却都是老旧的，多年的柳藤椅早散了架，已经"绳捆索绑"了。

别人的中药都煎两次吃，而他煎4次。夫人看他身体不好，打了几个荷包蛋，还受到他的批评。一件旧军衣，他竟穿了10多年。

虽然碑林有了成就，李公涛却一如既往地严于律己，带头践行"家训"，过着清贫生活。有位工作人员还讲了这样一件小事。和李公涛同时被错划为"右派"的好友薛艾放弃高薪聘请，自愿无偿给公涛当助手。公涛感动之余，破例叫家人准备了几碟小菜、一点猪头肉，招待好友。这时，已经一个多月没有吃过肉的小孙子看见肉，馋得直流口水。趁爷爷不注意，小孙子伸出颤抖的小手，想抓一块吃。结果被儿媳发现，赶快把眼里噙着泪的儿子抱走了。薛艾见此情景，不禁潸然泪下。

记得是在碑林二期工程的建设之中。李公涛由于长期超负荷工作，肝病加重，心脏又出现了冠状动脉严重堵塞症状，生命垂危。经医院全力抢救，在他心脏作了多处搭桥手术，才脱离了危险。李公涛为了节约开支，还未等病情完全好转，就坚持出院，又全身心地投入到碑林建设中。

2005年4月，与公涛朝夕相伴，早已成为他精神支柱的夫人张梅不幸突然去世。老年丧妻，使李公涛遭受到生命中最沉痛的打击。但为了未竟的事业，李公涛默默把悲痛和怀念埋在心底。他说："我唯有通过碑林事业，去实现人生的价值，并以此告慰老伴在天之灵。"

精神的华章是这样壮丽
——出自"公涛风范"的传奇"狂草"

一洛阳友人道:"日扛千事混不惧,夜担百虑泼墨去。八十寒暑磨一草,苦到尽端自为趣。"说的便是李公涛和他的"狂草"。

的确,在创建碑林的艰辛历程中,自幼酷爱书法艺术的李公涛可谓"近书者狂、近碑者痴"。

他不懈地取精用宏,不仅涉猎"篆、隶、楷、行、草"诸体及绘画,尤将被称为"书法艺术皇冠上的明珠"——"狂草",作为自己苦研和实修的主体。个中苦辣酸甜,自不必言。如今,李公涛的"狂草"已形成了独到的"李氏品格"和"公涛风范"。有人称为"公涛草",有人说是"愚公体"。

2004年,李公涛创作的岳飞《满江红》被世界科教文卫组织收藏,并颁发了"WESCHO藏字(68242)号"收藏证书。

随即,李公涛被联合国教科文卫组织授为专家研究员。之后,李公涛的2000多幅书法作品相继被国内外名家名流所收藏。

2000年4月,韩国前总统金泳三、夫人孙命顺,率一行18人代表团造访中国翰园碑林。徜徉在长达6华里的精美碑廊之间,倾听着感天动地的当代文化愚公的故事,金泳三被深深地震撼了!他当场挥毫写下"良心""松柏长青"等题词。李公涛亦回赠数幅书法作品。回国后,金泳三将李公涛亲书"无悔""梅香"悬于其官邸之上。随后,又多次邀请李公涛赴韩开展文化交流活动。

2006年9月,韩国碑林博物馆为李公涛树立了铜像。

2011年9月28日至10月4日,李公涛在韩国首尔美术馆成功举办了个人书画展,主题为:"金泳三大韩民国前大统领招请中国翰园碑林创建人中国当代文化愚公——李公涛先生特别书画展"。金泳三等25位政要及知名书画家共同为开幕式剪彩,中国书法家协会,河南书法家协会,中国驻澳大利亚使馆，香港、台湾等各界友人纷纷发去贺信，海内外30多家媒体做了报道。

2008年9月，日本前首相海部俊树专程造访翰园碑林，盛赞李公涛的高尚精神，当场题写"山光无古今"等佳联。

2011年9月，当得知公涛先生赴韩举办书画展的消息后，海部俊树因年事已高，特委派日本国际友好书画交流协会会长黑子敏夫先生到会，专程送来热情诚挚的贺信和"至诚通天"的亲笔题词。

海部俊树的贺信道："在2008年9月我讯问中国翰园碑林的时候，对当代文化愚公李公涛先生以宏大的文化设施为目标的精神所感动。特别是对于东方艺术文化宝库的教育价值以及对他所从事的事业的无私奉献精神感到由衷敬佩！……

"日本、韩国和中国自古以来始终保持着因共同使用汉字而联系起来的非常珍贵而稀有的国际关系，致使今日仍然呈现着以书法作为文化交流的相互钻研的优良氛围，我由衷地希望今后深化这种交流，必定能达到'平和希求，事有竟成'这样一个新的境界。"

诚哉，任何民族的优秀文化从无国界。马其顿、毛里求斯、多米尼克、哥斯达黎加共和国等国总统，也纷纷为碑林题词，有的题词洋洋千言。

2010年12月8日。鉴于李公涛个人的书法造诣，以及他对中国文化艺术事业做出的突出贡献，中国文学艺术界联合会授予李公涛"国家级书法家""国家级艺术家"的荣誉称号，同时，增补李公涛为第二届主席团终身副主席。

2011年2月。中国艺术家联盟特聘李公涛为艺术顾问……

2011年5月11日。中国文化艺术家协会特聘李公涛为顾问……面对接踵而来的一个又一个成就，时年84岁的李公涛，却丝毫未敢放慢向着中国一流碑林进发的脚步。"一流碑林，谈何容易！"公涛曾精心策划的"中华圣人碑廊"如是说；"一流碑林，谈何简单！"公涛曾倾情筹谋的

"当代百名孝子碑廊"如是说；"一流碑林，谈何轻松！"公涛曾鼎力运作的"历史文化名人雕塑"如是说；"碑林是国家的，我得向国家交差呀！"公涛如是说。

这"差"是交了——1998年5月5日，中国翰园碑林正式向开封市政府交还了两万余副原始珍品。而他，却悄然驾鹤西去。

那是2016年8月7日11时20分，碑林顿失李公涛，华夏顿失文化愚公。

唯其精神之歌，撼天动地，生生不息……

2005年初稿于郑州

（《中华新闻报》《名人世界》登载，有删减）

附：

弹起这首176岁的长歌
——感撼于《传奇文化愚公和他的传奇碑林》

合力："文化愚公"与"巾帼老兵"之奇遇

一位是献身碑林百折不挠的当代文化愚公。

一位是浴血沙场九死一生的抗战巾帼老兵。

"愚公"者，

李公涛也——

"二零后"的他，

亦即89岁的本文主人公；

"老兵"者,

温敏也——

"三零后"的她,

亦即 87 岁的本文撰著人。

天哪。

倘纵跃茫茫人海之中,

将这原本素昧平生的

两位长者寿龄相融,

那便是,

便是整整的 176 岁啊。

合奏: 青春之歌.传奇之歌.精神之歌

176 岁

青春不再

传奇难续

一大把的年纪。

然而

细细地听罢了他们的故事

悄悄地丈量了他们的足迹

许多人

竟不约而同诧异道:

什么?

176 岁么？！

却怎地

明明了了闻得

好一曲长歌，

一曲

激情四射

豪情万丈

真情飞扬

恰似同学少年的

青春之歌

传奇之歌

精神之歌……

其一 青春之歌 A. 壮丽的理想

弹起，

弹起这曲 176 岁的

青春之歌，

宛若

漫卷"中国翰园碑林"

那好原始的

一摞摞蓝图……

似听得

公涛情切切亲率子孙们

传来

那极超然的

一番番肺腑声：

"搏万难，

搏此生，

留取丹心照汗青！"
如此，
叫人如何不震撼！
震撼。
震撼于"公心似涛"啊。
而正是这
正是这似涛之公心，
每每点燃起
"壮丽的理想"，
时时演绎着
青春的旋律！

曾记得
有说道：
所谓青春，
即指：青春——
总有一份
最壮丽的理想。
哦，公涛
如斯。

其二 青春之歌 B. 美丽的时光

弹起，
弹起这曲 176 岁的
青春之歌，

宛若

穿越"全民公助建碑园"

那好沸腾的

一幕幕场景……

似听得

志愿者火辣辣召唤志士们

传来

那极炽热的

一浪浪振臂声：

"碑林重，

国粹重，

名利钱财何其轻！"

如此，

叫人如何不动容！

动容。

动容于"民魂净化"啊。

而正是这

正是这净化之民魂，

每每营筑起

"美丽的时光"，

时时演绎着

青春的旋律！

曾记得

有说道：

所谓青春

即指：青春——

总有一段

最美丽的时光。

哦，公涛

如斯。

其三 青春之歌 C.胜利的力量

弹起，

弹起这曲 176 岁的

青春之歌，

宛若

追觅当年政协众精英

那好殷切的

一届届提案

似听得

政协人火急会同公仆们

传来

那极寻常的

一踏踏脚步声：

"奉党心，

暖民心，

锲而不舍事竟成！"

如此，

叫人如何不慨然！

慨然。

慨然于"温厚聪敏"啊。

而正是这
正是这聪敏之温厚，
每每聚积起
"胜利的力量"，
时时演绎着
青春的旋律！

曾记得
有说道：
所谓青春，
即指：青春——
总有一股
最胜利的力量。
哦，温敏
如斯。

其四 传奇之歌 A. 非同寻常的人物·人家

弹起，
弹起这曲 176 岁的
传奇之歌，
宛若
登览开封城龙亭铁塔相国寺包公祠
那好神秘的
一处处古胜……
似听得

老丈煞费心机牵引妻儿们
传来
那极浑厚的一击击重锤声：
"家财散，
国园兴，
敢创碑林追愚公！"
如此，
叫人如何不神往！
神往。
神往于"志在千里"啊。
而正是这
正是这
千里之志在，
每每使得"粉身碎骨浑不怕，
要留清白在人间"的
民族大节
纷呈眼前；
时时化作了
化作了
传奇的旋律
飘掠耳畔！

曾记得
有说道：
所谓传奇，
即指：传奇——
一种非同寻常的人物·人家。

哦，公涛

如斯。

其五 传奇之歌 B. 非同寻常的情志·情境

弹起，

弹起这曲 176 岁的

传奇之歌，

宛若

徜徉大中华乃至海内外"第一碑林"

那好别样的

一重重仙苑，

似听得

石廊深邃地凝望艺匠们

传来

那极有韵的一刻刻雕琢声：

"凿之艰，

字之艰，

水滴石穿胜移山！"

如此，

叫人如何不惊叹！

惊叹。

惊叹于"当代愚公"啊。

而正是这

正是这愚公出当代，

每每使得"移山壮举撼上帝，

神仙下凡背山走"的
千古佳话
纷呈眼前
时时化作了
化作了
传奇的旋律
飘掠耳畔！

曾记得
有说道：
所谓传奇，
即指：传奇——
一种非同寻常的情态·情境。
哦，公涛
如斯。

其六 传奇之歌 C. 非同寻常的行为·行事

弹起，
弹起这曲 176 岁的
传奇之歌，
宛若
沉浸在《传奇愚公和他的传奇碑林》
那好鲜活的
一行行字里……
似听得

明月意绵绵唤醒星辰们

传来

那极悠远的

一波波天语声：

"为大爱，

为人梯，

八旬巾帼未歇息！"

如此，

叫人如何不遥想！

遥想。

遥想于"血彩晚霞"哪。

而正是这，

正是这晚霞之血彩，

每每使得"老夫喜作黄昏颂，

满月青山夕照明"的

潇洒浪漫

纷呈眼前，

时时化作了

化作了

传奇的旋律

飘掠耳畔！

曾记得

有说道：

所谓传奇，

即指：传奇——

一种非同寻常的行为·行事。

哦，温敏

如斯。

其七 精神之歌 A. "舍我其谁" 的承当·担当

弹起

弹起这曲 176 岁的

精神之歌，

宛若

再拜诵李氏子孙恪守清贫建成碑林裸捐国家

那好彻透的

一道道 "家训"

似听得

一团团水煮菜帮的咀嚼声：

"苦无憾，

死无憾，

唯求碑刻早成园！"

如此，

叫人如何不肃然！

肃然。

肃然于德行高远哪。

而正是这

正是这

高远之德行，

每每使得 "千磨万凿还坚韧" 的恒久之功

炉火纯青；

时时奏响炎黄义士

精神之歌的

美丽旋律！

曾记得

有说道：

所谓精神，

即指：精神——

一种"舍我其谁"的承当·担当。

哦，公涛

如斯。

其八 精神之歌 B."精气之神"的风采·风韵

弹起，

弹起这曲 176 岁的

精神之歌，

宛若

再领略自成一帜魅力远播的书坛大家"愚公体狂草"

那好怒放的

一朵朵奇葩

似听得

公涛手书"梅香""无悔""满江红"里

传来

一方方奔涌的泼墨声：

"文如骨，

字如血，
休等来世空悲切！"
如此，
叫人如何不扬眉！
扬眉。
扬眉于无虚此生哪。
而正是这
正是这
此生之无虚，
每每使得灿烂国粹源远流长子子孙孙
无穷匮也；
时时奏响炎黄义士
精神之歌的
美丽旋律！

曾记得
有说道：
所谓精神，
即指：精神——
一种"精气之神"的风采·风韵。
哦，公涛
如斯。

其九 精神之歌 C."奋进不辍"的活力·动力

弹起，

弹起这曲 176 岁的

精神之歌，

宛若

再感知老一辈革命者生生刻刻铭记"先天下之忧而忧"

那好金贵的

一份份操守

似听得

提案专职共产党人"寸草报得三春晖"

传来

一回回唯真唯实的坦言声：

"我为仆，

我当行，

责任良知是本能！"

如此，

叫人如何不释怀！

释怀。

释怀于为众民执政啊。

而正是这

执政之为众民，

每每使得位卑未敢忘国忧崇尚文明弄潮流

时时奏响炎黄义士

精神之歌的

美丽旋律！

曾记得

有说道：

所谓精神，

即指：精神——

一种奋进不辍的活力·动力。

哦，温敏

如斯。

其十 真好一曲 176 岁的长歌

一个是公涛。

好个公心如涛

义建碑园

万死不辞的

中华男儿胸襟。

一个是温敏。

好个温厚聪敏

恪尽职守

千转不回的

热血公仆情结。

奇哉，

这般"二零后"

怎么就碰上了

这般"三零后！

怪哉，

这般"老愚公"

怎么就撞上了

这般"老八路"!

若非如此如此地

追求不弃

愿景不改

活力不休

新符不止

那便如何如何地

铸就这大美大壮，

铸就这 176 岁的

青春之歌

传奇之歌

精神之歌！

真好一曲 176 岁的长歌呦。

王红晖

2012 年 5 月初稿。

2015 年 9 月修改。

2018 年再改。于洛阳

政协人的碑林情结

　　我为李公涛事迹采写的《精神之歌》初稿于 2005 年 8 月，当年发表于中国新闻报。此后，又陆续补充了一些内容。

　　我与公涛本不相识。记得是 1990 年 4 月。在河南省政协六届三次大会召开之际，由著名硬笔书法家庞中华等 3 位省政协委员联名，正式提交了《关于尽快解决开封翰园碑林建园土地》的提案。我于第一时间审查了这份提案。当时，我是省政协委员。省政协提案委员会主任由省政协副主席兼任，我时任提案委员会的专职副主任。当我了解到这份极不寻常的提案及其背景时，岂止是感动，简直是震惊！作为政协人，我责无旁贷。当即，我就去找参加会议的省政府负责审查提案的同志，力陈该提案之大义。经认真商议，大家都认同这份非凡的提案，同意迅速作为重点提案上报，并以"省政协办公厅"的名义，写出《情况反映》，即送省政府领导。在省人大、省政协全会上，当时的河南省省长程维高十分重视，亲自批办；省政协主席阎济民更是亲赴开封，现场视察、捐资、题词。好事多磨。为了促进提案的落实，我与提案委员会另外两名副主任高维、李树田，以及写出提案的委员，会同省政府负责办理提案的查办催办处处长曹国营，我们先后 5 次赴开封实地调查，同市委、市政府有关领导和部门进行协商对话，催办落实。

在此期间，我们还商请全国政协委员安金槐等 3 人，在全国政协会议上再次提出这一提案。

之后，我在向省政协六届三次、四次、五次全会的提案报告中，均无一例外地将碑林建园土地未落实问题，进行专项追踪报告。

省政府办公厅亦将该提案办理情况，如实向省领导写出报告，并要求开封市政府按时回复办理结果。

之后，恰逢全国政协副主席兼提案委员会主任程思远到河南视察，我又将这一提案的情况向他做了汇报。

精诚所至，金石为开。

1992 年 6 月。政协委员联名提案的两年零两个月后。开封市委、市政府做出决定，先后划拨土地 120 亩，无偿用于碑林建设。当月，在古都开封的龙亭湖畔，"中国翰园碑林"举行了数千人参加的奠基典礼。省政协阎济民主席参加了剪彩。

从此，有了一园无言的碑，有了一桩惊世的事，有了一个大写的人。

2005 年 7 月初稿于郑州

原汁研原墨　报恩武当山

多少年来我一直有个心愿，重返鄂西北武当山老战场去拜祭一下牺牲的老战友，拜访一下把我藏在深山狼洞护我性命的贫苦山民李大道。

虽说新中国成立后我曾托人给李大道夫妇带过钱、皮衣、皮裤及布匹之类的东西，并写信请他们来我家，但总是渺无音讯。这件事成了我心中的结。

我离休后我爱人要和我同去，但由于他身体欠佳，想等他身体好些时再去，可不幸他却弃我而去。我这才下定决心去，经请示省政协领导同意，又和湖北省政协联系好，李宗保秘书长要派辆车跟我去，被我谢绝了，作为纪检组长需要以身作则，严格要求自己。可当时我身边没人，几个儿女都在部队服役，有的在四川灌县，有的在北京海军延庆县长城塞外，有的在宁波军舰上，有的在铁道当兵修路。家中只有一个我自雇的服务员闫亚平，索性锁了门由她陪我同去。

2007年9月24日，77岁的我就奔向湖北襄樊市，可通向那里的火车只有一趟慢车，不但没有卧铺且硬座也一票难求，只得利用我的一点优势拿出离休证找到列车长，这才硬叫我挤上去。车上人真多呀，我从下午2点22分上车一直站到晚上11时13分，几乎整整九个小时，我的腿都麻木了，不过还不错，市政协派接我的文史委员会主任夏宝泉已在出站口等候了，他把我安排在招待所已是午夜 12 时多了。

第二天夏主任陪我到南漳县，县政协副主席曾年恒热情接待我们，因为事先他已知道我的情况，就开门见山对我说：我曾在南漳昌平任区委书记，军分区曾派人找我调查问这里有没有中原突围失散人员？说是陈少敏首长临终前给胡耀邦书记写信：说我这一辈子最愧疚的是没有把中原突围失散的人员收回来，他们生活无着，希望组织上派人调查把他们找回来安置。军分区调查当时收容了 36 人。据说有的迟迟不敢暴露身份。曾主席讲着颇为感叹说："中原突围战打得很残酷、很悲壮，我们牺牲了不少同志。"接着他又安排了政协文史委员会主任姚扶有带车陪同我们到了李庙镇（原为李庙乡），镇人大委员会主席全应启和镇党政办公室主任李顺龙向我介绍李大道已去世数年，他大儿子因车祸而死，二儿子早过继给别人不好再要回，晚年李大道跟他侄子李明族生活，住在晓烟坪村，其墓地也在那里，距离镇有十二里。正说着，李大道侄子李明族听说我来了也赶到镇上，我说要到他家看看，再到他叔李大道坟上祭拜，接着我还要去我住过的"老狼洞"看一下。李明族马上说：去我家只有一条小山路，小车

77 岁的温敏一行重返老区，寻找 1946 年的"堡垒户"李大道家（摄于 2007 年 9 月）

右起：李明族夫妇、温敏、全水云（李大道侄女婿）（摄于 2007 年 9 月）

拜访李大道家旧居

在李大道墓前祭奠

241

在李大道墓前跪拜

温敏重探 61 年前只身隐蔽的野狼洞（右起：李明爱（李大道侄女，她手中拿着镰刀开路）、温敏、李明族、夏宝泉、姚扶有、工作人员）（摄于 2007 年 9 月）

披荆斩棘，义无反顾，搜寻野狼洞（摄于 2007 年 9 月）

1946 年腊月，温敏藏身养伤的野狼洞口，左起：温敏、李明爱、李明族（摄于 2007 年 9 月 26 日）

不能去，需租私人的吉普车。我马上租了两辆吉普车，我和夏、姚主任一辆，明族和两个司机一辆，我们下午 2 时出发，山路太坏，全是高低不平的石头，每走一步都把他们从座位上颠起来，我们只得在车上都半站着，可还有一里多路吉普车也不能走了，我只得下车步行爬山，这 12 里走了两个小时才到李明族家，这也是李大道最后住的地方，我到屋中坐了一下，感谢李明族、王能秀夫妇对叔叔李大道晚年的孝敬，给了他们二千元，当时正值中秋节，我把从郑州带去的月饼给他们，又在其家门口合了影，又到李大道原来住的旧址（已为平地，只剩下几个台阶）照了相。接着李大道的侄女李明爱、全水云夫妇也来了，我们一同到李大道的墓地去祭奠。

李大道的墓地建在地面上，用小块石头砌起来的一个圆筒形有 2 米多高，墓顶是尖圆形用水泥糊着，在墓前并排砌上几块长石条，上面刻着他的生辰八字。我看见李大道的墓，摆上供品，双膝跪下磕了三个头，动情地含泪说：李大道老哥，我来迟了，自从 1947 年春，我回到部队至今已 61 载，半个多世纪呀，我忘不了在狼洞藏身时，敌人不断搜山，您冒着生命危险给我送吃的，您是我的救命恩人哪！这多年我虽没来看您，但我知道这里冷，我曾托这里一个叫李小勇的人给您带过皮衣、皮裤、大衣和钱，为了谢他还给了他一份，并带了信。一再交代他请您亲笔给我写个信，期间我也给您写了几封信，但您一封也没回，东西和钱收到否？不得而知，至今对我还是个谜。我知道老哥身体很健康，所以这次我拼着命到这深山老林来，希望能看到老哥，不想竟是一场梦，成了我终生的遗憾。

祭奠李大道后，接着去看我当年住过的老狼洞，李明族说那个地方叫"水曲崖"，离这约二里路，但已几十年没人去过，根本没路，长的全是刺人的荆棘，我说不管多难走我也要去，他们看我态度坚决，李明族、李明爱姊妹俩就分别拿了砍刀和大镰刀，在我前面开路，我紧随其后，其他人也想看个稀奇都跟着一起来了。这二里路可真是披荆斩棘，竟走了快两个小时，衣服都刮破了，终于到了，我一看到狼洞，马上心潮澎湃，感慨万千，思绪一下回到 61 年前即 1946 年阴历年三十的晚上，当万家灯火全家团圆忙着吃年夜饭时，15 岁的我，一个八路军的共产党员，坐在狼洞中的一堆干草树叶上，穿着一件破夹衣，冻烂

温敏留影狼洞口

的手捧着从狼洞的缝隙中刮进来的积雪当饭又当水地吃着喝着，从这寂静肃穆的旷野中传来了狼和野猪的嚎叫声，我心中牵挂着在这冰天雪地与敌人周旋的战友。

革命是艰辛的，共产党人是特殊材料制成的，死都不怕还什么苦和难。我们的钢铁意志，可以战胜万恶的敌人，建立起党领导的人民当家做主的新中国。

狼洞的外观变化不大，但洞中随着时光的流逝渗满了沉积物，人下不去了，边上长满了荆棘也站不住人，我小心踏在洞边口照了相。我很开心，总算圆了我此生的梦，不虚此行。

当天晚上，曾副主席安排我们住在红宝石宾馆，饭后已是 10 点钟了。

第二天一早，为祭奠我们谷（城）、南（漳）、襄（阳）中心县委

蒲田烈士的爱人李克
（摄于 1946 年中原突围前）

温敏在蒲田烈士墓前缅怀
（摄于 2007 年 9 月 25 日）

副书记蒲田烈士，我们几个人重返李庙镇。

蒲田原名李开品，1920 年出生于河南省确山县信阳明港店上村，1938 年加入中国共产党，原任江汉军区某团协理员。中原突围，我们一纵突围到武当山，根据中央指示，成立了鄂西北区党委，决定大部分兵力形成拳头转移到外线作战，当下少数兵力和干部坚持地方作战，牵制敌人，创建根据地，为大部队筹粮筹款，成立各市、县政府。蒲田同志就是在这个时候我们分配在一起的，我当时任谷、南、襄中心县的文书，所以我们很熟，蒲田同志机智多谋英勇善战。立场坚定忠于党、忠于人民。他的爱人叫李克因要生孩子，被一个贫苦山民刘铁匠藏在山顶一个破草房中，就在 1946 年 12 月 24 日，李克生孩子才 27 天的晚 12 点被搜山的敌人抓捕，敌人一个张姓营长给蒲田写信说："贵夫人和令郎在我处，贵书记来共享天伦之乐，我们保证你的生命安全。"蒲田书记看到信怒不可遏，马上回信大骂敌人"用一个婴儿和弱女子来诱降，卑鄙无耻！"把信撕得粉碎。结果李克和儿子雪生被关进老河口监狱。

1947 年 3 月 1 日，蒲田带了一个班的人，在石门阁坪村为大部队筹粮筹款被敌人发现，马上集结100多人马将他们包围，蒲田一看情况紧急，为给其他战士创造转移的机会，他自己首先端着机关枪冲向敌人最集中的人群进行扫射，壮烈牺牲，时年他才27岁，其他战士乘敌人混乱之机冲向后山跳出了包围圈。

蒲田烈士之墓

蒲田书记牺牲后，中心县委为他开追悼会，突出包围圈的几个战士也回来了，他们悲痛欲绝，他们喊着"我们的好书记"的名字泣不成声，与会的同志都哭了。后把他的遗体埋在李庙镇东沟村杜家宝的山坡上。新中国成立后，镇

蒲田烈士的独子蒲雪生（右一）与温敏合影

政府又把他坟墓移在山下的大路边，立了墓碑，上写"蒲田烈士之墓"。我在镇上买了供品，镇人大主席全应启同我一起到蒲田墓前祭奠，我们在他墓前鞠了三个躬。我沉痛地说："蒲田书记，我是您的小兵温敏，您当年为掩护战友而壮烈牺牲，党和人民不会忘记您这位英雄，可惜您牺牲在我们中华人民共和国成立的前夜。但应告慰您的是您的妻子李克，儿子蒲雪生都平安救出狱了，现在都生活得很幸福，我们国家正在改革开放，各方面建设都在大发展，已立于世界强国之林，您安息吧！"

祭奠蒲田书记后，我和市政协夏主任回到了襄樊市。我马上又去看李大道的二女儿李明翠（她就是李大道叫她陪我住狼洞，她吓得大哭，我马上叫她和父亲回家了），她一见到我激动地和我抱在一起，并准备了一桌子饭菜，谈起狼洞的事她记忆犹新，说她胆太小了。我感谢她一家当年对我的掩护。我去之前买了些礼品，又给她一千元钱，我们一起在她屋内和大门口照了相，后她又把孙子全艳锋送到我家，到部队当了一名解放军战

左起：李明翠、温敏

士。这多年我们一直保持着联系，半个多世纪，使我们结下了不解之缘。

看过李明翠之后，接着我又去看蒲田书记的爱人李克，她已经再婚了，并生有4个孩子。但由于在监狱中受到残酷的折磨，身体受到严重的伤害，腿断了，又得了抑郁症，见到我似乎还认识，只知道叫"亲人"，别的什么也说不成，但组织上按干部给她发工资，享受公费医疗待遇。爱人和孩子们对她很好，住着200多平方米的房子，生活过得不错，作为战友我也算有所安慰了。

看李克后，我又去看蒲田书记的儿子，出生27天就同母亲一同被关进监狱的小萝卜头——蒲雪生。

蒲雪生住在烟厂家属院居民区的一个小夹道里，一家4口住在一间包括厨房在内约30平方米左右的小房子，他和爱人都是工人，工资很低，看来生活过得比较艰难，我当时即将身上买火车票后剩的500多元钱全部给了他们，雪生的爱人尹家珍当场感动得哭了，说："我们再困难，连妈妈和继父从来没有给过我们一分钱。我俩可怜妈妈，还常请妈妈到我们家给她改善生活，因这是我们做儿女的应该孝敬的。"后我和雪生到前面一所小学校前合了影。并写下我家的地址和电话，叫他以后有啥事时好找我。雪生眼睛湿润了，紧紧拉住我的手说："阿姨谢谢您。"

2018年12月30日

我的母亲我的家

—— 永难磨灭的记忆

我出生在河南省伊川县吕店乡温沟村。那里丘陵连绵，土地瘠薄，是我的祖居之地。

我的父亲温与善，母亲姬秀莲。

我们有兄妹7人，哥哥德庆，嫂嫂文淦；大姐德章，姐夫宝林；二姐德勋，姐夫纪纲；三姐德珍，姐夫宗岳；弟弟永彪，弟媳玉霞（病故）、惠芬；妹妹秋霞，妹夫厚福。我排行老五，原名温德民，后改名温敏，爱人陈端。

父亲沉默寡言，心地善良，性格逆来顺受。他精通农活，勤于耕作，一天到晚只知道拼命劳动，是中国社会最传统、最底层的老实农民。

为了养活我们全家人，还要照顾爷爷奶奶等长辈和一个憨傻兄弟，父亲除了种好自家的24亩靠天收的旱地外，又另租种了

革命老妈妈姬秀莲
（摄于20世纪70年代）

母亲姬秀莲（前排中）（摄于20世纪70年代）

247

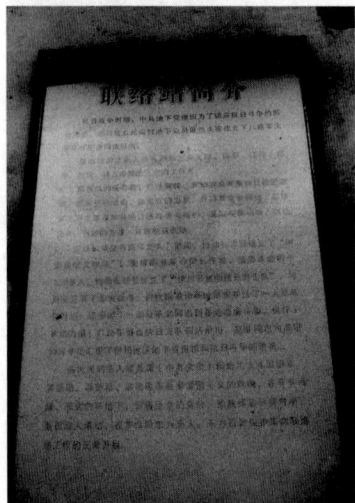

伊川县吕店乡温沟村温家小院，20世纪40年代系太岳军分区地下党联络站（摄于21世纪初）

十几亩地。按照当时的情况，我家属于下中农。

母亲操持家务，做得一手好针线活儿。一些富户嫁姑娘、娶媳妇、生孩子等，常请她去帮工。

母亲性格刚强，通情达理，思想开阔，支持进步，好说敢讲，乐于助人，颇有点见义勇为的精神和胆量。族里人很敬佩她。

哥哥于1937年加入了中国共产党，先是搞地下工作。我们兄妹7人中，有5人参了军。其中：有4人在抗日战争时期投身革命，或成为八路军、新四军的干部，或成为地下党员。有一人是在解放战争时期参的军。

哥哥在战争中负了伤，一只手成了残废。弟弟成了一名空军驾驶员。我们兄妹中，有6人是中国共产党员。哥哥入党后，当时就创建了温沟村地下党支部，并由他担任书记，其公开身份是小学校长。

1938年冬，我母亲和大姐也加入了中国共产党。大姐特地织了一匹布卖掉，交了党费。

那时，在我们这个有着3000多口人的村里，能当上保长的都是些有钱有势的大户。他们总是以抗日为名，抽丁拉夫、派粮派款、中饱私囊，各项苛捐杂税压得乡亲们抬不起头来。

村里有个当了保长的坏人，因勒索欺压群众特别厉害，大家都痛恨他。

我哥哥就和温松元（又名温景元）、温正太一起，发动群众，揭露这个保长做的种种坏事，到处张贴传单，终于把他搞掉了。为这事，敌我斗争很激烈。

记得有天晚上，我哥哥和温松元在窑洞里谈话，保长和他弟弟在外边偷听。当时这个保长竟手持驳壳枪，准备冲进去行凶！正巧被人惊动，保长的弟弟怕事情闹大不能收拾，也强行阻止了他。这才免去一场流血事件。

我哥哥当保长后，一反过去旧规。

一是提出：抗日人人有责，有钱出钱，有力出力。

二是规定：凡不出壮丁的户，一律按地亩摊派出钱，补助给出壮丁的家属。

三是务实：直接减少贫苦农民的苛捐杂税。

我哥哥的做法，贫苦群众非常拥护，但富户们却气得暴跳如雷。记得一个其父曾当过国民党的区长、土改时划为恶霸地主，被判刑死在监狱的人，当时就闯到我家里，向我哥哥大闹说："我家从来就没出过壮丁！你当保长，叫我家出壮丁，办不到！"

哥哥也厉声说："抗日人人有责！你家兄弟5个，凭啥不出壮丁？日本鬼子杀人不分富人穷人，亡国奴不好当，不出壮丁就是不行！"

最后，他家还是不得不出钱买了壮丁。还有旧保长温耀恭，也常找我哥和温松元无理吵闹。后来听母亲讲，村里富户曾联名到区上告我哥和温松元，但官司没打赢。原因是区上有我们地下党的人掌权。为了宣传抗日，我哥和樊书和等人带着学生，自编节目，到村里演出。记得在我哥扮演一个不愿捐钱抗日的吝啬财主，樊书和则扮演他的女婿。节目中通过讲抗日的道理，使这些财主们捐了钱。大家看了，很受教育。为演这个节目，哥哥把母亲的黑上衣和我父亲的水烟袋都拿去当了道具。

当时，同我哥联系较多的除了温松元、温正太外，还有几个小学教员，一个叫时顺菊，一个叫江玲。她们都是共产党员，也是我的老师，经常到我家来。她们一来，母亲总是像对亲人一样接待。

母亲对我们讲，这都是她认的干女儿。她们也都和我们姊妹一样，称我母亲为"娘"。他们在我家就像在自己家一样，或吃或住，非常随便。后来，时顺菊的妹妹时采舟也来过我家。她喜欢吃酸枣，我还领着她，到我们村西寨上打了很多酸枣。

时顺菊的哥哥时乐濛（著名音乐家）也来过我们家做客。

1939年秋天，我哥哥突然离家出走（后来才知道，是组织上决定让他到抗大学习）。不久，我村小学又来个女教员，名叫陈亚，是上海人。她满口地道的上海话，大家都听不懂。她就要我教她学本地话。记得有一次，时顺菊、江玲都在场，陈亚把小板凳叫"马扎"。我说，这不叫"马扎"，叫"墩儿"。她学了几遍，发音怪里怪气，逗得大家捧腹大笑。

陈亚老师在温沟小学那段时间，精神总不好，显得很悲伤，经常背着人抹眼泪。后来听母亲讲："她的丈夫也是共产党员，被国民党抓了，审问时用油灯烧他的肛门，肠子都流出来，人已经不在了。陈老师到咱这里是躲难来的。"

对于陈老师，母亲特别的关怀，不仅安慰她，还经常留她在家吃住，帮助她洗衣服。有时她住在学校，母亲怕她一个人寂寞难过，就叫我晚上去陪她做伴。

陈老师对母亲的关怀非常感激，常说：母亲比她亲生母亲还亲，不知怎样才能报答母亲的恩情。后来陈老师走了，她走时把书和箱子交给母亲保存，母亲把它放在我家正屋棚上藏了起来。

陈老师走后，时顺菊、江玲老师也都先后离开了温沟村。她们走后没多长时间，我家又来了几个男的。先来的一个叫赵建宇（又名赵静波、赵鼎），一个叫纪刚，一个叫赵涛。在母亲的掩护下，我家成了隐蔽点（后来听说是太岳军分区情报站）。当时我正在吕店高小读书，我的校长张思贤也是中共地下党员。母亲讲，他们都是张思贤介绍来的，都是张的朋友。他们来我家不久，赵建宇的全家就搬到我家来住了。当时是夏天，赵没有衣服换，母亲就将我父亲过去的一条绸子裤子拿给他穿。赵的爱人叫柴克敏，她也叫我妈为"娘"，我和弟妹们也叫她大姐。柴姐有两个孩子，大的是个女孩，6 岁，叫小宁；小的是个男孩，4 岁，叫小吉。我每次放学回来都带他们玩。记得有一次，下了几天连阴雨，我带小宁到我村附近的坟地沟边逮了很多"水牛"（是一种虫蛹变的飞虫，肉很好吃），因下雨路滑，我们都摔了跤。为此，母亲还狠狠地把我嚷了一顿。

我记得柴姐做的鞋子很好看，总是在鞋头上剪一块像蝴蝶一样不同颜色的包头做上去。她还为我做了一双鞋，是淡黄颜色、深黄包头。我们相处亲如一家。

在好一段时间里，赵建宇和纪刚他们常是晚上来，天明前又离开。他们一到我家，就在柴姐住的东屋关着门商议事情。有时我半夜醒来，他们还点着灯在低声交谈。每逢他们来，母亲常为他们担心，大都是和衣而卧。对此，母亲反复交代我们，不准向外讲。母亲有事出门，总是随手上锁。

在赵、纪等来我家之后，又陆陆续续来过一些人，记得有杨占涛、刘方、张树林、郭九龄、焦敬一、吕疑燕、祁子光、张子杰、徐恩广等。有时多达七八个，都在我家开会。

每遇到这种情况，母亲显得特别小心警惕。她常常悄悄地交代我们说："他们和你哥哥一样，都是干革命的好人，是为穷人办事的，要照顾好他们，不要叫出事。如有人问时，就说是你哥哥的同学，路过这里来看我的。"由于母亲的教育，我们对待这些"客人"就像对大哥哥一样的亲切。他们一来，我和弟弟就忙乎着给他们搬凳子、烧开水。那时，我三姐是很辛苦的，她不仅要推磨磨面，担负着给我们和柴姐一家及来往同志们的做饭任务，而且还要下地劳动，抽空还帮助同志们洗衣服。虽然忙得团团转，但她总是高高兴兴去干，想多做点有益于革命的事情。

1947 年，解放战争正在进行中。我三姐决然参加了郑州中原支前司令部工作，投入了革命洪流。

在柴姐一家来到我家住时，我家的处境和生活状况发生了很大变化。就在我哥哥出走的第二年，老保长又掌了权，对我家非常仇恨。他曾多次气势汹汹地打我母亲，并质问："你把你的儿子弄到哪里去了？"他还支持一个吸大烟的无赖，强行霸占我家的宅基地，把我家围墙扒掉，并打伤我母亲。

为打这场官司，我家被逼迫卖了10亩地。老实巴交的父亲平生忍让，从不惹事，却无端受辱，眼看着祖上仅留的家门前的地也硬被讹去，哪里受得了！他连气带吓，仅仅过了3个月，就在病床咽了气！临终前，父亲整个肚子肿胀得像只大鼓，已多日滴水不进了。他就一声声叫着我哥哥的名字，大睁着浑浊的双眼，撒手而去……父亲去世时，才刚50岁啊。

父亲离开时，我刚12岁，弟弟9岁，妹妹5岁。家庭突然失去了主要劳动力，土地耕种不下去。开始，靠我舅舅、姨姨几家亲戚的帮助。后来，母亲不愿增加他们的负担，只把离家较近的3亩地留下，由母亲带着两个姐姐耕作。其他几亩地都租给了人家。这样，我们一家的生活已非常清苦，再增添赵建宇同志一家，生活就更艰难了。母亲为了让柴姐和她的孩子吃得稍好一些，便把我们家的米糠都磨碎了，还买了一些麸子，把家里几棵树的柿子都存起来，待柿子放软后，和着糠拌起来；又晒了很多红薯叶、芝麻叶、野菜等，作为我们姊妹几个的口粮。全家人挤出来的粮食，就蒸成馒头，让柴姐一家吃。

母亲为不使柴姐发觉而感到难过，我们便很少在一起吃饭，总是让柴姐和孩子一起吃。而我们则端上稀汤，躲在住室吃柿糠饼子和红薯叶窝窝头。有一次，纪刚同志到我们家，不知从哪里带了几斤肉。母亲就包成饺子给他们吃。记得当晚我们都睡了，妈妈悄悄走到床前，给我和弟弟妹妹每人嘴里塞了几个。这是我参加革命前，唯一吃过的几个肉饺子。

1942年，地下党在吕店的府君庙里筹办了"毓文中学"，赵建宇任训育主任，纪刚、赵涛都在这里任教。

四周有不少青年都来上学，我二姐也去了。"毓文中学"大约办了一年多，形势发生了变化，国民党到处抓人，学校停办了。我二姐和这个学校的不少学生，都参加了革命。

1943年下半年，形势更加险恶，我村出现了一个叫"方委员"的人。母亲对我们讲，他是一个特务，要特别注意。我亲眼看到他去温某某（曾当过伪保长、大队长）家两次。

这个姓方的人约30来岁，中等身材，长方脸，大背头，身着黑蓝色中山服，脸很阴沉。由于情况越来越紧张，赵建宇、纪刚、柴克敏等地下党员都相继离开。母亲为使他们安全转移，还通过我三舅，托人在伪县政府办了通行证。母亲又把我父亲、哥哥的衣服拿出来，让他们化装穿走。她老人家还亲自护送了他们。这些同志离开不久，"方委员"接连几次把我母亲传到区上和保里审问，说我家窝藏共产党。母亲至死不承认！他们使各种花招，最后把母亲拘禁起来。

为了保释母亲，我家借了集市钱（即高利贷），最后又卖了5亩多地还债。但敌人绝没有放过我家。

1944年下半年，保安团又烧了我家的房屋和全部家当。我们全家人颠沛流离，无家可归。但这些，丝毫也没有动摇母亲支持革命的决心。就在母亲带着我和弟弟妹妹逃往姚堂村我四姨家躲避时，也就是1944年9月，赵建宇、柴姐和他们的一双儿女，还有一个我不认识的人，突然来到我四姨家。

这时天已经很冷，我们都已经穿上棉袄了，可他们两个还穿着单衣。母亲就把我三姐正穿在身上的唯一的棉袄脱下来，让给柴姐穿。这年的整个冬天，我三姐都只有穿着单衣。母亲又把她珍存的我大哥仅有的一件大棉袍，也让赵建宇同志穿上。这样，他们又在我四姨家住了下来。当时，我四姨家生活很困难，一点粮食也没有了。为使他们能吃点粮食，我大姐几次冒着生命危险，带着我，一路上提着篮子伪装挖野菜，才躲过敌人的监视。我们跑到温沟村，找到地下党支部书记温正太，弄了点粮食，才勉强维持生活。

柴姐他们大约住了 20 天左右。期间，外面不断传来日伪军抓捕、枪杀、活埋共产党员的事，情况很紧张，他们决定离开。记得那几天，刚下过一场大雪，天寒地冻。母亲弄了个假发，亲手把柴姐的头发盘起来，化装成一个乡村农妇的模样。母亲还说服了正在坐月子的三姐，让她在革命正遭受挫折，斗争残酷的情况下，支持三姐夫李宗岳同赵建宇、柴姐等一起离开我们，参加革命。那天，母亲、大姐和我，把柴姐一行送到我四姨家的后岭上，挥泪惜别。我们一直目送着。他们踏着皑皑白雪，顶着刺骨的冷风，沿着羊肠小道向北走了。从此，我再也没见到柴姐他们。至今，70 多年了，他们别去的身影还清晰地留在我的脑海里。赵建宇、柴姐走后不久，保安团说我四姨家窝藏八路军，又抄了我四姨家。还说我舅舅家私通八路，抓走了我的两个表哥。

1944 年下半年，伊川抗日县政府成立。县长张思贤到我家，让母亲作为妇救会的代表到县里开会，讨论如何发动群众做军鞋，支援前线。母亲说："思贤，只要是为革命，需要我干的事情，你咋说我咋办，不要叫我去开会。你知道我也说不成个啥，叫别人去开吧。"张思贤说："大家称你是革命的妈妈，支持革命，全家革命，伊川谁能和你比！现在，你又是温沟村妇救会的会长，你不带头支前，还有谁能带这个头！"母亲说："思贤，你把话说到这儿了，我去！"说着，马上换了件衣服，就随他去了。母亲从县上开会回来，异常兴奋地说："八路军已经打过来，我们快见天日了。"

她连夜组织妇女做军鞋，一星期就做了几百双，支援抗日部队。母亲和大姐为多做军鞋，几夜都不曾合眼，仅我家就做了十多双。母亲为能亲自做点支援人民军队的事情，那些天颠着小脚一路小跑，口中还哼着小曲，就像孩童一样欢快。这一点，给我留下了深刻的印象。由于从小处在这样一个受到革命熏陶的家庭和环境，又亲身担着地下党联络员的任务，使我幼小的心灵里立下了参加抗日救国的志向。我在上小学一二年级时，老师教我们唱《义勇军进行曲》《大刀进行曲》和《游击队之歌》等歌曲，也使我懂得了一些革命道理。

1945年3月，我在还有两个月才满14岁时，就决心从军。我怕母亲心里难过，便背着她收拾了几件换洗衣服，一个人边问边走，一鼓气跑了几十里路，终于找到了皮定均领导的豫西八路军。可他们说我年龄太小，怕适应不了，动员我回去。我哭着坚决不回。这时，碰到了我的小学校长张思贤。他看我决心很大，只得同意。在张校长的介绍下，我到了皮定均部队的一个团里。记得团政委叫戴克明，他把我带到白栗坪，又送我进了豫西抗日军政干部学校学习。毕业后，我由河南省军区皮定均抗日一支队调到六支队。同年10月，部队到了桐柏，同李先念、郑位三领导的新四军五师会师，成立了中原军区，我被分配到军区一纵三旅政治部宣传队。

此间，我随部队参加了登封对日寇最后一战，又参加了著名的"中原突围战"。尤其是中原突围战，打得极为残酷。我们宣传队40多个同志，牺牲、被俘的就有30多人，而我竟是幸存者。敌人的残暴，战友的牺牲，革命的艰辛，同志的友谊，生活的磨炼，使我在这个大熔炉里，逐步锻炼成为一名战士。新中国成立后，我在开封警备区司令部工作时，特地请假回家看望母亲。她老人家虽然已经白发苍苍，人很消瘦，但精神很好。她高兴地说着那句老话："总算日头出来了！"我听大姐说，在我参加八路军不久，日本投降，国民党又反攻过来。县独立团的一个大队叛变，匪徒们把张思贤家的祖坟扒了，将白骨挂在树上，用机枪扫射。这帮疯狂的敌人，还在温沟村边的尚沟，一次枪杀了几十个未来得及撤退的革命同志和家属！没有人敢收尸，有的尸骨被狗拉，有的腐烂了。

看到这种惨象，母亲气得吃不下饭，睡不着觉。她就和大姐一起，不顾杀身之祸，提着篮子，扛着铁锨，又动员了一个名叫长柱的人（长柱随母逃荒，我母亲留他住在我家的一间柴房里，待他很好），半夜去收拣烈士们的遗骨，使他们入土为安。

同时，母亲还从我三舅家叫了几个人，偷着把张思贤家的坟封了起来。敌人的疯狂并没有吓倒母亲，她支持革命的决心始终是那样坚定不移！

新中国成立后，在我母亲指认的地方，政府为烈士们开了追悼会。初期解放时，由于全国性"急性土改"的错误，加之村级政权的失控，我的母亲和家庭也和千千万万的革命家庭一样，遭到了极不公平的批斗。

村里的坏人趁机跳出来，幸灾乐祸，反攻倒算。他们纠集一起，欺负我家孤儿寡母，企图把我家打成"地主"，把母亲打成"地主婆"，还逼着母亲跪砖！母亲毫不畏惧，据理奋争，还到乡里去告了他们。不料，乡里有的人不仅不主持公道，反而让母亲忍气顺受。竟然说："是有政策嘛，不过总有弄错的，总有漏网的。你老婆子不明白。"

母亲虽不识字，听了这套混账话，心里十分清楚：这明明就是在包庇坏人，和坏人是一势的！母亲一怒之下，也不管他是个什么官，就大声怼了过去："依我看，你那网是不是烂了？为啥光把坏蛋漏下去？为啥光抓住俺好百姓不松？！俺想问问你：你那网到底是谁家的？是国民党的网？还是共产党的网？你今儿不给俺说出个子丑寅卯来，俺可决不依你！"

母亲"回家"（摄于 1984 年 4 月 29 日）

护送母亲骨灰回故乡，左起：秋霞、温敏、德庆、德章、德珍、永彪

之后，母亲坚持不懈，不停地向各级政府申诉。最终按照政策，我家被定为下中农成分。

母亲已经离开我们30多年了。

她老人家1984年病故于开封，终年86岁。在灾难深重的旧中国，共产党为了拯救人民于水深火热之中，前仆后继。

母亲作为普通劳苦大众，一

生贡献非凡。对革命，她忠贞不渝，献出了全部的热；对同志，她义薄云天，掏出了全部的情；对子女，她不仅用乳汁哺育了我们的生命，更用她的行动为我们做出典范。面对中华民族的深重灾难，母亲把她和全家的命运，与国家和人民紧紧地联结在一起。我们为有这样一位光荣的母亲而骄傲！

母亲热爱党，热爱国家，热爱社会主义事业，永远都在祝福祖国早日富强昌盛。

作为一名女性，母亲是伟大的、无私的、勇敢的、无愧的。母亲所给予我们的博大宽广的胸怀，坚强不屈的意志，疾恶如仇的情操，时刻激励着后人，使我们在人生的道路上阔步前行！

感恩母亲！感佩革命老前辈！

感激培育我们成长的家乡人民！

1986 年 10 月 15 日初稿于郑州

（《伊川党史》《伊川文史资料》登载）

长相思

——哭战友、夫君陈端

嵩岳绵绵雨涟涟，似我哭夫唤陈端。
五十九载并蒂莲，历尽磨难恩比山。
君随马列七十年，妻从戎马为抗战。
九死一生历历险，浴血沙场双双还。
职业军旅不卸甲，风雨兼程志愈坚。
将军九旬胜华年，晚霞灿烂壮心宽。
百岁之盟音犹耳，一朝痛失情何堪？
长相思，长相知，天上人间两挂牵！

一、长相恋·长相忆——浴血沙场的岁月

洧川男儿伊川女，革命红娘一线连。
横渡襄江敌轰炸，舍命跳水救我还。
中原突围鄂西北，浴血共战武当山。
枪林弹雨寻常事，贴身军壶弹击穿。
万马军中我最小，年方十五不怕难。
疟疾肆袭身心颤，君背我行汗透衫。

神农架中遭阻击，恶战顽敌枕尸眠。

大将困卧荒野外，温敏巧遇惊声唤。

野草树皮充饥腹，风卷寒天裹衣单。

手足冻溃寸步艰，石堵狼穴妻得安。

两万将士弹粮绝，甘将英躯为国捐。

欢歌笑语女兵群，突出重围几人见？

康家山仗一当十，三天三夜决死战。

血洗沙场泣鬼神，君提空枪纵深渊。

丛林雪窝奇功建，又率兵马杀敌顽。

金柱护君身挡弹，热血流干音容宛。

胞弟为党壮烈去，遗腹之子倍惜怜。

峥嵘岁月多风流，得中原者得明天！

二、长相知·长相牵——风雨兼程的年代

党的教导记胸间，心系军营可对天。

与兵吃住同训练，摸爬滚打律己严。

爱兵胜似自家儿，亲为战士补衣衫。

慈母临终未得见，抱憾忠孝难两全。

教子吃苦又耐劳，珍惜盘桌粒粒餐。

子女不负父辈望，国家主席亲接见。

"文革"力保好战友，坚持原则讲真言。

舍身忘我护"长城"，恶势袭来视等闲。

业绩昭然心淡然，革命征途多考验。

"左倾"错误受迫害，屈遭撤职身致残。

妻泪流面夜湿枕，日日奋笔问长短。

君心饮泣恐妻念，封封回书称平安。

瑞金医院手术日，秒秒揪心几多悬。

千难万险俱往矣，百转千回今伤感。

君怀坦荡坚信党，终得昭雪喜讯传。

再燃火把二十度，披肝沥胆军旗艳。

长江后浪推前浪，老骥识途交好班。

挥手不带一片纸，转移"战场"自让贤。

三、长相依·长相厮——晚霞灿烂的时光

改革开放强国策，亲历亲览好河山。

天安门上思先驱，英雄碑前忆硝烟。

追寻主席韶山冲，缅怀总理到梅园。

桂林阳朔漓江水，惊涛千重三峡岸。

目送黄河奔腾去，足登长城山海关。

西安秦岭兵马俑，鼓浪屿攀日光岩。

榆林军港踏浪行，天涯海角漫沙滩。

避暑山庄风光美，故宫珍宝多璀璨。

西湖靓景赏不尽，滴翠峡谷云台山。

同击海浪北戴河，共上黄鹤走武汉。

青岛岸观潮起落，大明湖饮趵突泉。

提蟹戏孙黑石礁，蓬莱仙境迷忘返。

耄耋欣往龙庆峡，后辈绕膝童颜欢。

梅花园里落英纷，"锦绣中华"不胜览。

回首同搬"三座山"，热血洒尽无遗憾。

若非当年亲参战，何得今日倍开颜?！

四、长相泣·长相会——永难忘却的日子

白发童颜心不老，八十九岁正当年。

战友亲朋常探望，送往迎来情依然。

读书读至细微处，看报看透字行间。

关注世界风云幻，狂喜"神州"傲蓝天。

居安思危斥腐败，百姓冷暖挂心田。

捐路扶贫资后代，慷慨解囊乐施善。

夕阳散步晨起练，养花育果歌声酣。

天亦难料护花际，君执洒壶跌花畔！

临行犹知妻眷念，"温敏、温敏"直声唤。

恍若噩梦太猝然，君去也，再不还！

往事桩桩怎如烟，今日件件痛肠断。

音容笑貌举目是，暖语声声绕耳边。

思君殷殷望苍穹，君惦小敏立云端。

天路逶迤难行走，妻携子孙来扶搀。

生别最是无何奈，入梦至尽总伤感。

哭夫纵横泪不尽，孤灯对影夜无眠。

问君此去可孤单？泉台旧部一堂欢。

妻采百花遥相祭，愿君长乐九重天！

（《老人春秋》《老战士之家》登载）

261

永永远远的恩情

——怀念父母，叙说家史

陈端

谨以此文呈献给养育繁衍了 219 位后人的父母亲，借此报效二老对革命事业的无私奉献，对子孙后代山高海深的恩德于万一。

陈端（摄于 1947 年）

耄耋之年忆父母，二老吃尽人间苦。我的父母亲一生在艰难困苦中挣扎，先后养育了我们八个兄弟姐妹。对儿女，他们付出得太多，太多；而子女对二老，却孝敬得太少，太少。1938 年初，当我的家庭正需要我为父母分担生活重担的时候，我却悄悄地离开了家，奔赴革命圣地延安，从此献身革命事业。可想不到，这次出走，竟成了我和父亲的永诀。

革命胜利后，由于全身心地投入了新中国和军队的建设，我很少有空闲回家看望母亲，不料老人家又遭不幸，早早地离开了人世，使我每每想起就感到揪心地难过，以致抱憾终生。自古忠孝不能两全，万望九泉之下的父母能理解儿子的未能尽孝。

父亲张纯修生于 1871 年 12 月 29 日，逝于 1944 年 6 月 26 日，享年 73 岁。祖居河南省洧川县（现划归尉氏县）刘春桃村。

祖父张二印，祖母张贾氏，先父系独生子。祖辈家境贫困，祖父以农为本，兼做卖豆腐的营生。由于生活困难，父亲上不起学，只念过一年多私塾，十多岁就到县城侯立本家开的"元太丰"杂货店学徒。

这侯立本弟兄三人，其三弟侯家俊跟着一个军阀做大官，经营土地数百亩，在洧川县城里有"元太丰"杂货店、"元太和"丝绸庄，在省城开封有豪华大宅院，属地主官僚资本家，是洧川有名的豪富。

当时学徒的规矩是三年出师，不给报酬，只管吃饭。而父亲吃的是掌柜和伙计们吃剩的残饭，并且什么脏活、苦活、累活都要干，每天要干十几个小时。天不亮就得起床，打扫室内外卫生，为掌柜、老伙计们打洗脸水，倒洗尿壶，整理床铺、端饭、送茶等。那时照明是煤油灯，抽的是水烟袋。学徒每天要把熏黑的煤油罩擦亮，添油换芯；把铜烟袋擦亮，换水装烟等。同时还要随时听从掌柜、老伙计们的支使跑腿、办事。学徒没有睡觉的床铺，父亲每天忙到深夜，都得等到商店关门后，大家都睡了，才能在店铺的地面上铺张席子睡觉。

所谓"学徒"，其实学本事根本没人教，主要靠自己的灵性，用心观察，一点点积累知识。父亲就是这样在艰苦环境下，见缝插针挤时间，中午不歇晌，深夜不睡觉，刻苦自学。在三年学徒生活中，他不仅各种活计干得好，而且提高了文化，能看书了，还学到了一些做生意的知识，懂得了不少事。后来当掌柜时，字也写得不错，还懂得许多哲理。

在三年多里，由于父亲的吃苦耐劳、勤奋主动、诚恳、可靠，聪明好学，取得了掌柜和伙计们的信任和赞扬。学徒出师后，父亲被东家留下站柜台（像现在的售货员）。这一站又是三四年。期间，学习的机会较多了，获取了不少经验。

父亲对顾客热情和气，对商品十分熟悉，因此顾客盈门，生意兴隆，深得侯东家和商店老掌柜的赏识，进而让父亲管账（像现在的会计）。父亲的算盘打得很好，进出货登记明细，账目清楚，干得很出色，几年从没出过差错。东家看父亲靠得住，有能耐，又让他跑外勤，让他掌握钱财，搞采购，经常往来于武汉、老河口等地购买货物。这一干又是数年，商店盈利不少。东家对父亲也越来越信任。

时逢老掌柜年迈多病，东家即让父亲接任杂货店的掌柜（像现在商店的经理），掌管整个商店。在经营上，由于父亲讲信誉，买卖公平，赢得了大量顾客的赞许，生意越做越好，是"元太丰"杂货店发展史上最好的时期，成为洧川县城有名的商店。

侯东家获利多了，就对父亲提高了待遇，还另眼看待，表示友好，父亲一时成了洧川有名的"张掌柜"，朋友也多起来。俗话讲看父敬子，我这小顽童也随着父亲的声誉而受到人们的赞誉。

父亲对祖父母很孝敬。他当了杂货店掌柜后，收入有了提高，就经常回来给爷爷奶奶买点心等好吃的东西，也买些穿的用的。但他自己却仍然很俭朴，穿的是家里自织的粗布衣、手做的棉布鞋和棉布袜子，保持着原来的艰苦朴素的生活。家里一直住着上几辈人住过的破旧草房，每年都需要再修补。父亲常说："家有几间草，一直忙到老。"

由于父亲的勤俭节约，几年下来积攒了点钱，又买了几亩地和牲口等，妄想富起来。

但当时军阀割据、社会动乱、兵匪横行，苛捐杂税多，到处抢劫、绑票，闹得人民不能安宁。

当时，本村有几个常去偷抢的坏人和外村的几个土匪勾结，看到我家的变化很眼红，当时我又是家里的独子，他们就串通一气，从我身上下毒手。

在一个深夜，这伙歹人突然破门闯入家中，上前一下子绑架了我！全家人惊恐万分，苦苦向土匪求饶。我娘跪在地上，残忍的土匪挥起大刀，将娘的手背扎穿！娘大声惨叫着，痛得昏迷过去！当时我才5岁。此情此景，像烙印样深深地烙在我幼小的心灵中。每当回忆起来，总是痛心疾首！就这样，我在全家人的一片悲惨哭喊声中，硬是被土匪拉走了！临走时，他们还翻箱倒柜，抢了许多东西。一出家门，我就被黑布蒙上眼睛，走了很长时间，不知走到什么地方，才把我关在了一个小黑屋里。之后，一个多月中，我又被换了好几个地方。这帮匪徒以我做肉票，向父亲勒索敲诈钱财。第一次，他们张口就要一千多块大洋。土匪们十分狡猾，又分各种帮派，这一派刚要过，另一帮又要，反复加码，越要越多。为了赎回我，家里不仅把地和牲口卖了，还把家中积蓄全部用上，但还差很多。父亲只得向侯东家借了些钱，又借了地主的高利贷。当最后用两千银圆把我赎回时，已倾家荡产！我的爷爷、奶奶精神受到严重刺激，伤心过度，相继去世。

祸不单行。埋葬祖父母后，害怕再出事，全家就逃到城里，一家六口挤在侯东家喂牲口院的两间草房里。后来，官家的压榨更厉害，时局越来越动荡，杀人、绑票也越来越多。加之城里物价暴涨，人心惶惶，全家在城里也待不下去了，只好又回到老家刘春桃村。此时，中国共产党已向全国城市、农村广大劳苦大众宣传马列主义，宣传俄国十月革命的胜利，提出反帝反封建运动，广泛发动工农起来革命，工人罢工、学生罢课、农民暴动、军队起义，打倒帝国主义、打倒官僚军阀的革命烽火燃烧全国各地，吓得地主、豪绅到处躲藏。

侯东家在外地做官的儿子也下野回家，为保他的财产，城里的生意不愿意做了，父亲多年辛勤经营的"元太丰"杂货店就在这种情况下关闭了。狠心的侯东家并不念父亲多年一心为他经营、赚钱的艰辛，竟把负债累累、两手空空的父亲辞退回家。这一来，雪上加霜，对父亲的打击太大了，一下子病倒了很长时间，过去的亲朋好友也没人上门了，家中生活陷入了困境。这时候，东家更露出了剥削阶级的本性，向父亲逼债；邻村养马寨地主许石头也来逼高利贷，逼得父亲东躲西藏不敢回家。正如俗话所说，"穷在闹市无人问，富在深山有远亲"，炎凉世态，人情如纸。

父亲生性倔强，能吃大苦、耐大劳，从小就经受了艰苦的磨炼，什么脏活、苦活、累活他都不怕，从不在困境中低头。为了养活一家老小，大病刚刚好一点，他又坚强地站起来。

父亲从小当学徒，经过多年的苦熬苦干，成为给富豪赚钱的生意行家，临了却又被东家一脚踢开当农民。可怜父亲从未做过农活，面对残酷的现实，他重新开始生活，学做农活。

父亲同舅父终日面朝黄土背朝天，拼命耕作苦干，渐渐变得苍老了。但父亲体质较好，他做生意时很注意健身，他常对我说："饭后百步走，能活九十九。"当掌柜时，父亲很爱散步，对此我记忆犹新。家境变化，加上年龄关系，他身体虽不如以前，但他硬是拼着、撑着，起早贪黑干活，像走钢丝样在贫困线上挣扎。

记得家里没钱买火柴，父亲就采取原始的办法，用石头、火镰相击，火星落在燃过的柴灰上，可以引火做饭。没钱买盐，父亲就到野外扫盐碱土，背回家用水过滤，将过滤出来的水经日晒变成"小盐"。小盐带有苦涩味，就这家里还舍不得吃，拿到集上卖点钱，自己家里只能吃过滤水。因盐碱土只有早上才会浸露在地面和土墙角等地方，父亲为扫盐土总是天不亮就起床。冬天的早晨，呼出的哈气经常在他的胡须上结成小一个个的小冰块。每当父亲扫盐土背着回来，母亲就赶快把他拉到屋里暖化。为使地里的庄稼有更多的肥料，父亲不论春夏秋冬，出门总是背着粪筐，在经过的路上，凡是牛、马、猪、狗及人拉在地上的粪便，他都拾到筐里，背回家积肥。父亲背粪筐的身影，至今深深地留在我的脑海中。由于父亲、舅父的苦干，经过了好多年，终于将欠债还清，家里可以勉强生活了。

父亲虽然没有进过学堂，靠着自学吃了不少苦，但他很注重对子女的培养教育。尤其对我这个长子，几乎耗尽了他一生的心血。

在我刚满7岁时，全家正颠沛流离，住在侯东家的牲口院内，父亲又身负外债，全家过着困苦的生活。在这样艰难的情况下，父亲硬是没耽误我的学业。开始，父亲让我在城里读私塾，他在百忙中不忘每天检查我的功课，灯下听我背诵《论语》，要求很严厉。记得有一次，我背得不很熟，他就狠狠地朝我脸上打一巴掌，手一下去就是五个指印；还有一次，因和一群小孩儿贪玩，我上学迟到了，父亲知道后痛打了我一顿。这两件事，使我铭刻在心，以后再也没有发生过类似的事。在城里读私塾有3年多。

返乡后，父亲供我继续读私塾，读了《诗经》等。特别是父亲从城里被赶回村后，靠种地、扫盐土、卖小盐，吃糠咽菜地生活，却供我到离家5里多路的朱曲学堂读五六年级，直到洧川中学毕业。

期间，从我9岁打城里返乡后，每逢寒暑假，父亲总让我参加力所能及的劳动。开始是拾柴火，下地割草、喂牲口，后来又参加种地、砍高粱、植树等。什么活都学着干，使我从小养成爱劳动的习惯。

父亲常教育我："做一个人一定要有志气，要肯学习，不要怕吃苦。人若有志，无一难事；人若无志，一事无成！"他还深有感触地对我说："社会动乱，百姓就不能过平安日子，只有国泰民安，百姓才能过安稳的日子。"这正是父亲从痛切的坎坷之中，得出的人生至理。

洧川中学毕业后，我考取了高中。但学习了一个学期，家庭经济太困难了，不得不辍学，被聘为小学教员，开始为父亲分担一点家庭困难。由于我认真教课，学生成绩都有明显提高，并且把班里管理得井然有序，县教育局很满意，就奖励我60元。

我首先想到父亲年老畏寒的身体，就给他买了件当时便宜的老羊皮袄，把剩余的钱也如数交给父亲。记得在接皮袄时，父母亲激动得眼含热泪。这情景叫我百感交集！父母亲给儿女的是血、是肉，是全身心的投入，儿女一生能给他们回报的，只是沧海之一粟，他们就备感受用，可怜天下父母心。哪知道，我给父亲买的这件老羊皮袄，竟成了这一生能孝敬父亲的唯一礼物，也是最后的礼物。1937年7月，抗日战争爆发，日本帝国主义对我卢沟桥开炮，对中国开始大肆侵略，扬言3个月灭亡中国。中国共产党为拯救中华民族于危亡，发表抗日宣言，动员全国人民奋起抗战。

在这种形势下，我热血沸腾。此前，我常接触洧川校长赵以文（早期中共党员、新中国成立后任郑州大学教授），他积极向青年学生宣传马列主义，讲延安边区的进步情况，并发展了"抗日民族先锋队"（简称民先）。由于我宣传抗日热情高，表现积极，他就将我作为骨干，并于1936年11月，首先介绍我参加"民先"，向我通报延安边区的政治情况，并给我们阅读一些进步书刊，使我开始对革命的进步思想有了进一步认识，更加关心国家民族的前途命运。赵校长还和我们讨论研究如何在群众中开展抗日宣传活动问题，决定由我在城东一带组织青年学生投入抗日救亡运动，唤起人民大众，掀起抗日的热潮。通过我们大家的宣传活动，使许多青年、学生踊跃奋起，加入了抗日救亡运动的行列。

由于青年学生在抗日运动中表现特别活跃，被一些地、富和反动分子告密，我被洧川县国民党警察局抓捕，先被关押在本村地主张代的牛棚中，准备押往县城。许多乡亲、同学等闻讯赶来，纷纷出面担保，父亲又借债给警察送礼，我才得以保释。

后来，赵以文见我已暴露，不能再留下继续活动，就于1938年初，让我和张俊贵同学一起赴延安。

临行之前告别父母时，我谎称去外地谋职养家，父亲凑了点钱作路费，并带了换洗衣服、棉被等。在父亲千叮咛、万嘱咐让我"找到工作及时向家写信"的寄语中，我持赵以文同志的"抗日民族先锋队"的介绍信，到西安"秦风报社"（进步报社）找到李昌同志（当时全国"民先"组织的总负责人，新中国成立后曾任中共团中央书记处书记等职）。他见信后热情接待，并即介绍我俩赴延安"抗大"学习。参加革命前，父母包办，我和张杨氏有过短暂婚史，生有一女名淑贞。新中国成立后，淑贞改名陈敬。

赴延安后，当时的家乡正处于国民党统治的敌占区，我没敢给家里写信。1944年，河南又遭受了严重的旱灾、蝗虫，庄稼颗粒无收入，国民党政府不顾人民的死活，到处搜刮民财，苛捐杂税压得百姓喘不过气来。同时，日寇又进占中原和豫西各县市，人民在饥寒交迫中挣扎，草根树皮都吃光，甚至吃观音土，横尸遍野。父亲为使全家能生存下来，拖着骨瘦如柴的身体，到地主张勋家借高利粮。结果粮不但没借到，还被他家的恶犬咬伤，血顺着腿往下流。父亲回来后气恨交加，一病不起！他知道，自己将不久于人世了。一生爱干净的父亲，在弥留之际头脑清楚，让母亲找人将他的胡须刮掉，换上干净衣服。在历经人间的苦难沧桑，行将走完人生之旅时，父亲用细若游丝般的声音，一次次呼唤我的乳名，就这样永远地闭上了眼睛……

父亲的呼唤，正代表着他们这一代人对黑暗的旧社会，对苦难的命运所发出的凄凉的感慨；是对他一生在这个世界上所遇悲剧的叹息，更是希望我们这一代人不要重复他的路，实现生命的价值。父亲卧床不起时，正是党中央、毛主席为拯救河南人民，消灭日伪反动势力，从延安、太行区抽调抗日部队，强渡黄河之时。而我，正是这个部队的一员，并已随部队挺进中原，建立了豫西抗日根据地，也称河南省军区。当时由于战斗频繁，对敌斗争形势紧张，家乡又在国民党、日伪军统治区，我未能同家中取得联系。没想到，这正是父亲离开人世的一年，留给我终生的遗憾！

父亲一生渴望"国泰民安"。他的言传身教，对我一生产生了重大影响，使我从青少年时代开始，就对国破民穷的现实不满，涌动着强烈的反旧求新的思想。因此，早年就参加抗日进步组织"民先"，投奔革命圣地延安，加入光荣伟大的中国共产党，并成为中国人民解放军的一名战斗员、指挥员。

在半个多世纪的革命生涯中，无论是对敌枪林弹雨的浴血奋战，还是日常工作和学习中，我都以父亲的精神为楷模，坚韧不拔地去拼搏，去战斗，为人民的革命事业，为伟大的共产主义事业，付出毕生的精力。

直到耄耋之年，我仍不忘父亲的教诲，不倦地学习，读书、看报，每天坚持不懈。时刻关心世界大事、国家大事，关心百姓的生活幸福、安康，并尽我的力量，支援国家建设，捐助社会公益事业。平时还植树、种菜、养花，进行力所能及的劳动，保持着勤俭节约的习惯。

父亲一生吃大苦、耐大劳，是有志气有恒心的人；是肯学习、爱读书、求进步的人；是孝敬父母、善待姊妹、谦虚祥和的人；是勤俭治家、严教子女、关心后代的人；是心灵聪慧、透析社会、渴望美好人生的人。可惜他生不逢时，生长在旧中国，帝、官、封三座大山压得人喘不过气来，中华民族陷入空前的灾难，生灵涂炭，民不聊生，任人欺凌，任人宰割。父亲苦难的一生，不正是旧中国千百万劳动人民的写照吗？伟大的中国共产党为拯救中国人民于水深火热之中，唤起工农千百万，顺应历史潮流，领导抗日的八路军、新四军及广大民兵，经过 14 年艰苦卓绝的斗争，打败了日本帝国主义。又经过三年多的解放战争，打败了国民党反动派，推翻了压在中国人民头上的三座大山，建立了新中国，结束了中国人民被奴役被压迫的苦难历史。中国人民从此站起来了，不仅过上平安的日子，而且生活普遍得到提高。特别是改革开放以来，科技发展，人才辈出，国家经济发展很快，社会主义现代化欣欣向荣，出现了前所未有的盛世。迈入新世纪，人民生活将迈向更加美好的新时代，真是老有所养、老有所乐、幼有所教，这不正是人民盼望、父亲所渴望的"国泰民安"吗？父亲可以含笑九泉了！

陈端（张九如）慈母张陈氏
（摄于 1948 年）

母亲张陈氏，生于 1893 年 9 月 4 日，卒于 1951 年 3 月 12 日，享年 58 岁。

对于母亲的情况，我知道的甚少。这是因为我早年参加革命，新中国成立后又忙于军务，很少回家看望母亲，从来没有和她老人家坐下来仔细叙谈。特别是唯一知道点情况的大姐去世前，我也未能向她进行了解。甚至，我连同母亲一起照个相都没有，这不能不是我人生的一大憾事。现在我每想起此事，就一阵难过，可惜时光不能倒转！如果能够的话，我将把我所能抽出的时间全部给予母亲。现在，我只能将幼年时的片段记忆和听弟妹们谈的一些情况，作一叙述，以寄托哀思于万一。

母亲新郑县（金新郑市）人，早年丧父，有姐弟两人。家中一贫如洗，自幼随外婆以乞讨为生。母亲 16 岁那年，讨饭到我家。奶奶见她聪明老成，就同外婆商量，将母亲和舅父陈春有留在了我家。

我父亲是独生子，当时已结婚数年，但没有生育。于是，母亲就同父亲结了婚。我外婆见母亲和舅舅有了安身之处，就要求回到新郑县，后改嫁到沙窝村（现新郑市八千乡）。开始几年，外婆不断到家里来看望母亲、舅舅和我这个外孙，后来就来得越来越少，直到没有音信。因为在封建社会，外婆改嫁是很丢脸的事，父母亲和舅父是不便去看她的，只有她主动来看我们。苦难的外婆也不知何时去世，埋在何方！我们只知母亲偷偷地抹泪，后来，我也曾到沙窝村打听过，但因不知外婆改嫁的人家具体情况，一无所得。由于母亲自尊心强，性情内向，对她的家事从不愿吐露。因此，直到她老人家去世，我家人都不知道外婆的姓名、家乡住址、母亲的出生地，甚至连母亲的名字我都不知道！

母亲和父亲结婚后，"张陈氏"就成了她唯一的代名和身份。在黑暗、封建的旧社会，妇女生活在最底层。可怜的母亲，一生过着艰难困苦的生活，却循规蹈矩，遵守着封建礼教，造成她和外婆母女两人，至死都不能相见的悲剧！

慈母心地善良，性情温顺，她一生养育了我们兄弟姐妹八人。

大姐单名：张瑞（已去世）；我排行第二，名：张重炯，字九如（参加革命后改母姓，现名：陈端）；二妹：聪妞；三妹：俭妞；四妹：挪妞；二弟：荣轩（1947 年参军，1948 年牺牲，革

陈端与四胞妹（摄于 1975 年）

271

命烈士）；五妹：张丰；三弟：崇喜。

我们八兄妹，全是靠母亲乳汁哺育长大的。

为养育子女，母亲从早至晚总是忙忙碌碌，除了做饭、纺花织布、缝补衣服，农忙时还要下地劳动。

母亲对祖父母非常孝敬，婆媳相处和睦。劳动之余，母亲还喂养了十多只鸡，鸡蛋除了祖父母吃，父亲和我也能常吃一些，剩下的卖掉。

当时我家已有十几口人，主要靠烧柴做饭，家里只有一口大锅。记得是将锅固定在用土坯垒的灶台上，后边垒个土炕，连通着烟囱。冬天极冷时，老人、孩子可以上去取会儿暖。

烧柴做饭既脏又累，当时主食是高粱面，红薯、小米、麦面很少，有时也做点黑白花卷馍，主要给老人吃。很少吃炒菜，即便吃也是煮南瓜或辣椒水蘸高粱面馍。我记得母亲还常常在锅台的通风口上，用铁勺子给我炒上个鸡蛋。烧火做饭常常会遇到不少麻烦，特别是夏天阴雨，柴火潮湿烧不着，做一顿饭下来，母亲是满脸的黑灰和汗水。此情此景，我已到了耄耋之年仍如在眼前，泪水常模糊我的双眼！慈母的爱儿之心使我刻骨铭心。这种情况一直到姐妹都长大了一些，才替母亲分担了一些家务，减轻了老人的劳累。

母亲严于律己，宽以待人。与父亲结婚的前娘，不会生育，比母亲大，母亲对她非常尊敬又亲近，因此她俩相处得非常好。前娘对我们兄弟视如己出，身体好时，常帮助母亲为我们做鞋，补洗衣服、拆洗被子等，从没难为过母亲，在全村传为佳话。母亲同邻里相处友好，从不说三道四；对儿女，她只有无微不至的关怀。我们谁有错，她总是慢声细语，循循诱导。但如果我们和邻居的孩子玩耍时吵架或打架，她便对我们指责教育，严厉得好像变了一个人一样。记得我小时，与本门比我大的张来彬因玩恼而打架，本来是他打了我，母亲听见后从屋里跑出来，不问青红皂白将我打一顿，本来想发脾气的邻居看到情景，反而劝我母亲。母亲回到家中，心痛得痛哭一场。因此，村里都公认她是明理贤惠人，对她颇为尊敬。

1942 年，河南人民承受着严重的水、旱、蝗、汤（汤即汤恩伯，国民党驻河南战区司令）四大灾害，地里庄稼颗粒不收，饥饿逃荒，尸横遍野。为了全家的生计，父母商量将家中的两头毛驴拉到外地去卖，这样可以卖个好价钱，以便买点粮食度日。于是，就让舅舅和本族两个姓张的父子结伴到西边山区卖。驴卖掉后，在回家的路上，三个人住在密县境内的过路小店里。谁料想，张氏父子见利忘义，心生恶念，竟下手残忍地将舅父活活勒死，用席卷上，拉到野外埋掉！回来后，对我家谎称舅舅得急病死在路上，而卖驴钱的去向，却一问三不知！

全家盼望着吃上点粮食的希望化为泡影，还丢了舅舅性命！母亲失去了唯一的同胞弟弟，痛不欲生。可怜的舅父时年 40 多岁，刚刚结婚才 3 个月，新婚妻子也因舅舅的去世而出走。

直到解放后，根据杀人凶手的供认，找到当时的店主，他记忆很深，积极帮助我们找到了掩埋舅舅的地点。弟弟和亲戚把舅父的遗骨移回来，埋在我家地里，才使母亲得到了一点点安慰。

母亲更大的苦难，是在这个严重的四大灾害之年。当时，舅父遇害；父亲已年高多病，不能自顾；二弟 16 岁，三弟才 9 岁。真是老的老小的小，全家就靠纤瘦体弱的母亲苦苦支撑着！

在家中无米下锅，借贷无门，又无什物可以变卖的情况下，母亲带领全家拼命自救。全家靠着劳动的双手，同心协力，形成作坊生产线：日日夜夜纺棉花，把纺出的线织成布；让二弟将布到集市上卖掉后，再用这钱买成麦子背回家；母亲又和孩子们连夜推磨，把麦子磨成面、蒸成馍；第二天一早，再让二弟到集市上把馍卖掉；全家就靠磨面剩下的麸皮，掺上野菜、树皮维持生活。如此陀螺般循环。

母亲为了让馍蒸得好，卖得快，她总是小心谨慎，把买来的掺有小石子、沙粒及带皮刺的麦子弄干净，不但要挑要拣，还要用手去搓带皮的麦子。记得在簸箕中磨搓麦子时，母亲手被刺破，她毫不在乎，用布包上继续磨搓，造成伤口感染，使满手掌红肿、化脓。母亲疼得呻吟不止，整夜不能合眼。因为没钱治疗，只好用做饭剩下的柴灰粉揞在上面。

后来，虽然二妹家找医生给母亲看过，但为时已晚！造成她老人家右手的食指、中指、无名指3个指头永久僵直、残废，连用筷子吃饭都很困难。在这个灾荒年中，本地有不少群众外出讨饭，有的下落不明；有的虽然没有出外讨饭，但由于缺乏抗灾自救的办法，活活地被饿死。而我的母亲，却以她瘦弱的肩膀，刚强的意志，受尽了人间的苦难，使全家八口人在死亡线上挣扎了过来，保住了性命。母亲不愧为中国千百万劳动妇女慈母的代表，不愧为伟大的母亲！

由于我参加革命后引起国民党的监视，家中常遭国民党保长、甲长的欺凌。二弟荣轩刚17岁，就被抓了壮丁。他从敌军偷跑回来，不敢进家，东藏西躲，弄得一家在提心吊胆中生活。直到1946年，我军活动到我家乡一带，使这里变成了游击区，敌我形成了拉锯形势，即：敌来我走，敌走我来。特别是1947年，斗争更激烈，常和敌人遭遇，发生战斗，我的警卫员杨金柱（武安县人）就是在这种情况下与敌遭遇战斗，金柱为保护我而中弹牺牲。

当时，国民党的统治实行"联保保甲"制。我方设区、村政府，有区、村长。双方同时存在。

开始，敌众我寡，我们的小批武装、区干队、区长、区委书记不能公开活动，主要工作放在夜间，组织群众、发动群众同敌人进行斗争。因为区委知道我是八路军干部，就从1946年开始，把我家作为一个依靠点，夜里常在我家开会，研究对敌斗争的策略，侦察了解敌情。他们常派我弟弟荣轩到城里侦察敌情，母亲和全家就烧水、做饭，忙着接待。区委书记卢常春、区长刘玉书常在我家，见荣轩灵活勇敢、机灵能干，就让他担任我方的村长，同村里的地主保长对抗。因为是拉锯形式，村里国民党的保长、地主张老黑对我弟弟恨之入骨，双方斗争很尖锐。

1947年初，我带领豫皖苏第五军分区独立九团，由县大队、区干队配合攻打洧川县城。后，又活动在县城以西。区委、区干队（区武装）也随之西进。当部队路过我家村子时，区长、区委书记都到部队见我，谈敌我斗争的形势。经区委同意，让弟弟荣轩参军当侦察员。

1948年秋的一天，部队派荣轩到洧川侦察情况时，被保长张老黑发现行踪，即报国民党县公安局，同时令保丁刘西珍等三人，以每人十担麦的价钱，将我弟弟杀害。时年，弟弟才22岁，他的儿子金刚才刚满3个月！可惜弟弟连一张照片也未留下。

部队和县政府得知弟弟被杀害，当即派人赶到现场，把保丁刘西珍抓捕，张老黑等人已逃跑。经县政府对刘西珍的审问，刘对杀害我弟弟供认不讳。县政府当即召开群众大会，宣布了刘西珍等杀害解放军侦察员张荣轩的犯罪事实，判处刘西珍死刑，立即执行，就地枪决。主犯张老黑逃跑后，下落不明。

母亲再次遭受失去亲人的打击，精神几乎崩溃，神志恍惚，只是痛哭不止。为安慰母亲，于1948年冬，我经请示组织同意后，把母亲和小妹接到我所在的部队驻地——开封居住，后母亲精神好转。因挂念家里，母亲执意返乡，把妹妹张丰留下上学。我因工作脱不开身，由我爱人温敏送母返家。

1950年冬，洧川县开始急性土改，县里派遣到我村的工作组里混进了国民党残余的反动反子。他们伪装积极，借土改之机，对进步群众，特别是军、烈属进行恶毒报复，乱批乱斗。

尤其对于还未从失子痛苦中解脱的母亲，他们更是一边大喊着："就是要斗陈端的母亲！"一边进行惨无人道的推骂、批斗。母亲一下子气昏在地，拉了一裤子，变成了痴呆！几个妹妹和弟媳只得把母亲

陈端、温敏

架回家。我接到母亲病危的通知，经请示省军区批准，当天下午同我爱人和一岁多的女儿开国，还有医生、警卫员等往家赶去。

时逢严冬，大雪刚刚融化，道路泥泞不堪，小车根本不能上路。我们只好改乘一辆十轮大卡车，但仍然难行，汽车几次陷进泥水中，在周围群众的帮助下才推拉出来。就这样，从开封到洧川70多公里的路，竟走了半天一夜，第二天天亮才到家。我们一进门，便听到一片哭声！我苦难的母亲啊，在20分钟前，她终于听到我马上到家的消息，却等不到儿子的归来，就永远地闭上了双眼！老天真是无情！我们母子在诀别前，竟未能说上一句话！使我痛心疾首，悲哀不已！

母亲的一生是苦难的一生，是乞讨、劳动的一生，是坎坷悲哀的一生。种种磨难，造成她过早地离开人世，而在她最后离开这个世界时，三个儿子竟无一人在场！我作为长子，天不遂人愿，耽误在路上；二弟，已为国捐躯；三弟，随军过江未归。只有五个姐妹和弟媳及孙儿金刚（现名立新）、孙女淑贞（现名陈敬）在母亲眼前。

唯一安慰的是，我和爱人参加了为母亲送葬的仪式。1948年冬，母亲在汴居住时，我给她老人家买了一件较好的皮袄，回家后听弟妹讲，她入冬后总舍不得穿，只在过年时才穿一下。母亲过世后，这件皮袄作为随葬品，让母亲带走了。儿子愿她过冬不再受冷……

在送葬母亲时，我在悲痛之中草拟了悼念祭文，河南省军区、省军政干校、省军区警卫团等送了黑纱、巨幅挽联，区委书记卢长春参加了从简安葬母亲的仪式。

返部队前，为尊重地方党组织和政府，我专程到洧川县委、县政府拜访县领导。县委书记魏荣环、县长侯子敬对我们热情接待，并征求我对政府工作的意见。我内心清楚：母亲是在土改中被坏人钻空子报复、错斗，因恐吓、气愤、伤心过度致死的。但由于土改是大局，我什么意见也没提，只表示：支持土改工作的顺利进行。他们也客气地向我送别。

不料回到部队不久，祸从天降。洧川县突然以县委的名义，向省委、省军区对我进行诬告，无中生有编造说：我在安葬母亲时，看见临街有口水井，我母亲是因这水井风水不好致死的，我强令群众把水井填了，造成群众没水吃；还给我扣上破坏土改、打击积极分子等罪名，对我进行造谣、陷害。

对此，省委、省军区非常重视，马上找我谈话，把诬告信给我看。我气愤之极，把情况一一向组织汇报，并强烈要求予以澄清。组织上速派人查清了真相。事实胜于雄辩。经过调查证实，这些莫须有的罪名纯属诽谤、诬陷！土改后，政府按政策将我家成分定为"下中农"。

忆往昔，在抗日和解放战争中，我驰骋在枪林弹雨、硝烟弥漫的战场上，时刻想的是如何消灭敌人，取得胜利，解放人民。中华人民共和国成立后，全心全意扑在军队的建设上，时刻想的是如何更好地提高军队的思想素质，强化现代化的军队建设，积极推进新中国各项事业的发展。因此，党和军队的需要就是我的职责。在工作中我严于律己，在任何情况下没有做过违背党的原则的事，没有做过违背人民利益的事，坚持全心全意为人民服务。我的工作多次受到表彰，曾被评为模范干部。无论新中国成立初期、三年困难时期、社会主义建设和改革开放、市场经济发展等各个历史时期，我都能按党的政策办事。生活上勤俭节约，从开始实行薪金制的数年中，经常向社会、向家乡捐助，近几年还积极向灾区人民捐助，受到表扬。

20世纪50年代末，由于党的"左倾"错误，破坏了党的实事求是原则。由于自己在党的会议上批评了"大跃进"中的浮夸风，说了些真话，受到河南、武汉军区3个多月的残酷批斗，无情打击。最后，省军区师以上干部又批我数日，致使耳朵被斗聋，还撤销了我的军分区党委书记职务，身心受到严重摧残。

虽然自己受到冤枉，但对党、对马列主义信念坚定不移，仍然积极工作，深信党会搞清是非的。正如马克思的《共产党宣言》里所说：共产党人"没有任何同整个无产阶级利益不同的利益"（《马克思恩格斯选集》

277

第一卷 251 页）。我把自己的一切完全无私奉献给共产主义事业。革命道路无坦途，坚信党总有一天会了解我对她的忠诚。实践证明，党光明磊落，有错必纠。1962 年，武汉军区党委在师以上干部扩大会议上，为我彻底平反，恢复了党内职务。

抚今追昔，深感大好局面来之不易，是无数的革命前辈披荆斩棘，抛头颅洒热血奠定的大好基业。我们决不能忘记肩负的重任，要继承下来，流传下去。一个能经受艰辛考验的人，一定是一个能够艰苦创业的人。任重而道远。

我对于自己的一生，可以向党、向父母用这样几句话来评说："一身洁骨两袖清，赤胆为党搏峥嵘。历经磨难无怨悔，鞠躬尽瘁献此生。"无愧于党，无愧于父母的养育之恩。

随着时光的流逝，不知不觉中我已到花甲之年。我主动向党委、常委提出离休。离休后的生活是一个重大转折，一切都发生了变化。有了时间坐下来休息，想得也多起来。

人常说，人老思旧。我时常怀念牺牲的烈士们，思念枪林弹雨中患难与共的战友们，眷念故土乡里的风土亲情，牵念童年的欢乐和苦难遭遇，想念青年时代忧国忧民的同学好友。但我追思最多、追忆最深的，还是生我养我的父母亲。也许，这是人的天性吧。

父母为我这个长子，遭到绑匪敲诈，家产荡尽，失去了一生劳动的血汗钱，受尽了人生的磨难，以致使姐妹弟弟等全家都跟着受苦。二弟跟着我参军，为国牺牲。三弟参军过江了。他们二老又在不同的悲惨境况下，凄凉离世。父母苦难的一生，正是旧中国千千万万劳动人民在饥寒交迫、水深火热中挣扎的真实折射。

要向父母的叙说的是：你们的 8 个子女，除大姐过世、二弟牺牲，健在的 6 人。你们的 3 个儿子共有子孙 26 人。我和你们的长媳都已离休，7 个孙子、孙女，以及媳、婿都是中共党员，他们都曾为报效祖国服过兵役，现在还有两个孙女正在服役，9 个重孙子、重孙女有 4 个已经大学毕业参加工作，有的已成为博士后、高级工程师、专家，其他的还在念书。第五代人已经有两个了。

二老的次媳也健在，享受烈属待遇，孙子、孙媳已由部队转业到地方工作，重孙女已结婚参加工作；二老的三子和三媳也已离退休，他们有 3 个子女，有两个在部队服过役，现都在工作；3 个重孙子、重孙女，两个在念书，一个已上大学。

你们的 5 个女儿共有子孙 113 个，多数已参加工作。随着社会主义的经济发展，有几个走上了经商之道，有的已当了经理。第四代、第五代的外孙、外孙女 98 个。二老可谓后继有人。他（她）们都在繁荣富强的新中国茁壮成长，享受着您二老连想都想不到的幸福生活。

1980 年春节合影

全家福（摄于 1995 年）

咱们的家乡也发生了翻天覆地的变化。1998 年，我同你们儿媳，二弟的遗孀，你们孙子、孙媳，重孙子等回到故乡，路上经过洧川镇（即父亲奋斗半生的洧川城），这里已由过去的一街两行低矮的生意门面房和旧民房，变成了壮观的高楼大厦，生意红红火火。县内全是柏油马路，公交车四通八达，老场面门已修饰一新。我和同学们爬过的城楼上，老柏树弯着腰，却仍然苍劲，好似回到当年。我向它招手，在它身边摄影留念。据说它是清朝就有的，它是新旧社会历史的见证。

我们回到村口。在孩子们的搀扶下，当我越过了一道沟坎，又登上一道坡，前去瞻仰二老的墓地时，儿百感涌心，满含眼泪，父母的音容笑貌如在眼前！

我们三代人，在青草丛生的二老坟前献了鲜花，肃立、默哀、鞠躬。

半个多世纪流逝了，虽然子女们天各一方，但父母的养育之恩山高海深，永世铭刻……从二老墓地回到村里，父辈的人都早已不在了，同窗也难寻觅。但童年的情景，仿佛就在昨天。人变了，土地也改观了，生我养我的祖先住过的小茅草屋，以及那用黄土打制的低矮长形围墙，早已被拆除。幼年时，母亲看着我，常爬上咱家的屋后，去吃那又脆又甜的枣，如今那枣树也不见了。街道条条整齐，都盖的新瓦房和耸立的楼房，草房子成了历史，看不见了。农民们几乎家家有彩电、洗衣机，有不少还安装有电话，甚至有的已成为企业家，有了自己的汽车。种地是机械化，再也不用面朝黄土背朝天的苦干了。家家粮食吃不完，处处呈现着新气象。还要告慰二老：咱们村和咱家祖坟相隔的那条深沟，我们已经出资赞助，修建了一座桥，乡亲们再也不用艰难地攀上爬下了。我们的家乡今后会建设得越来越好，农民的生活会越来越富裕，向着更美好的新世纪迈进。

追昔抚今，千言万语；怀念父母，百感交集。二老在天有灵，听到这些，看到这些，一定感到欣慰吧。

你们的长子张九如（现名陈端）口述，温敏执笔

2001 年 8 月写于郑州

附：

家国情怀别样浓

——读《永永远远的恩情》有感

我和陈端（原名张九如）1946 年在烽火硝烟中结婚，半个世纪相濡以沫。他一生历经艰难险阻。看了《永永远远的恩情——陈端怀念父母，叙

说家史》，我百感交集，不断流出眼泪来。对父母深切的怀念是对劳动人民的热情赞美，更是对子孙后代的深情教诲。同时，这也是一篇很好的爱国主义教育文章，是对万恶的旧社会的血泪控诉，是对党和社会主义事业的倾情讴歌。

陈端从父母亲坎坷的人生中，透析了旧社会人吃人的劣根性，使他从小就崇尚见义勇为，萌发追求进步的革命思想。在中学时，他就同几个进步学生创办了《微光》刊物。同学们纷纷投稿，公开揭露校方压制学生言论自由，引起校方反对，被强制停刊。愤怒的学生组织起来闹学潮，结果陈端与六位同学被记大过。但这次学潮也争得胜利，原校长被撤掉，换了个进步校长赵以文。赵校长经常向学生宣传共产党的抗日主张，陈端受到很大启发。

1936 年 11 月，赵以文发展陈端参加了"抗日民族先锋队"。由于积极组织学生和爱国青年开展抗日救亡运动，陈端被县警察局抓捕。经保释后，他告别故乡，奔赴革命圣地延安。

从延安抗大毕业后，陈端分到太行抗日前线 129 师，参加了"百团大战"和历次反日寇大扫荡。

随后，他调任抗大执教，被评为模范干部。

1942 年，陈端带领学校工作队，参加了消灭庞炳勋日伪军和解放林县、辉县、汲县、淇县等战役。

1944 年冬，陈端随军豫西抗日。

1946 年 6 月，陈端参加了震惊中外的"中原突围战"。

同年 10 月，党中央指示建立鄂西北根据地，他被派到谷（城）、南（漳）、襄（县）任中心县委书记兼县长，化名陈于新。

当时斗争很残酷。为巩固我民主政府根据地，县武装镇压了几个残害我军伤病员、给敌人通风报信的敌顽乡长、保长。敌人诚惶诚恐，到处张贴"活捉共匪县长陈于新，赏大洋 5000 元"的布告。

1947 年 2 月，大雪封门，寒风刺骨。纵队副司令员刘昌毅带领县以上干部向西转移，行至保康县境内的康家山时，敌以 10 倍于我军的兵力实施包围！

双方激战了整整三昼夜。我军终因寡不敌众，上级命令分散突围。当时，陈端带着警卫员和几个战士冲出敌人重围，到了一个两边都是悬崖峭壁的山上，迎面又遇敌人阻击。陈端回头一看，后面敌人也追了上来，正举枪向他瞄准！他打死了跑在前面的两个敌人，但这时子弹已打光了。他毫无畏惧，纵身跳下悬崖！万幸的是，陈端和警卫员杨金柱都落在深雪窝里。醒来后，陈端的腿被摔伤，不能行走。在旁边不远的地方，战士小王已跳崖牺牲。他们含泪简埋了战友遗体。

杨金柱把陈端背到小山凹里的一个独户人家。房东刘大娘听说他是八路军，赶紧拿出苞谷面馍，又做面汤给他们喝。接着，他们又艰难行走了三天两夜，终于回到南漳县，找到了坚持斗争的战友薛浅翔、张庆中、王登昆等二十多位干部战士。

当时，我见到他面目憔悴、骨瘦如柴，手拄着一根棍子，衣服破得不成样子，鞋烂得露着脚趾头。大家含着眼泪拥抱在一起，恍若隔世，振奋不已。

就这样，他一直坚持斗争到 1947 年 5 月，又随纵队参谋长张才千转战豫皖苏军区。当时，正处在敌众我寡的拉锯形势。陈端被先后任命为水西支队政治部主任，豫皖苏九团、十团政委。期间，他又让两个弟弟参了军。1948 年，二弟牺牲。三弟南下过江。始终与陈端生死与共的警卫员杨金柱，在鄢陵县与敌交战中，为掩护陈而英勇牺牲！

接着，陈端又带部队投入解放周口、淮阳、许昌、中牟、开封的战斗，以及淮海战役等。全国解放后，陈端被授予中华人民共和国"二级解放勋章"和"三级独立自由勋章"。

1988 年，他被中央军委会授予"中国人民解放军独立功勋荣誉章"。陈端先后担任河南省军区警卫团、军政干校、开封、商丘、许昌军分区政委，河南省军区政治部主任、副政委。

在军队建设和社会主义建设中，陈端认真贯彻党在各个时期的路线、方针、政策。他酷爱读书，在繁重的工作岗位上，他挤时间读书，熟读了《资本论》和马恩列斯及毛主席著作、邓小平理论。他思想开放，思维敏捷，胸怀开阔，言语直率。经历几十年的风雨坎坷，他始终保持着一个真正革命者脚踏实地，对真理执着追求又大胆无畏的风骨。

1958年，陈端任许昌军分区政委时，下连蹲点一个月，同战士一起吃、住、学习，摸爬滚打搞训练，获得"一级劳卫制"；他给战士缝补衣服，受到表彰，还在报上登载了他的照片。

1965年，陈端任省军区政治部副主任期间，根据中央在全国搞"四清"的决定，带队到信阳新路等村庄，和农民同吃、同住、同劳动、同学习达一年之久，对当地农业发展起到了积极作用。农村冬天寒冷，陈端就同警卫员一起睡在麦秸堆里。回军区后，他多年同群众保持联系，在生产上给予帮助。

"文化大革命"中，陈端和军区几个干部带队，负责保卫省广播电台，受到造反派批斗、谩骂，但他们坚决制止南下红卫兵冲击电台，以至在军区办公大楼被贴出第一张"打倒陈端""炮轰陈端"的极大幅标语。

陈端对工作一贯尽职尽责，勤于执笔。工作总结、调查报告，他都亲自写。因所写内容充实，直抒胸臆，多次受到军区的表彰。

1959年，由于"左倾"错误路线的干扰，陈端实事求是地批评了"大跃进"中的浮夸风，被打成"极右倾"。在这场疾风骤雨中，陈端被推到风口浪尖，成为批斗对象，受到不白之冤。我和孩子遭受歧视和不公，以往很熟悉的同志都不理我们。

记得过中秋节别人都回家团圆，惟不准陈端回家，情何以堪！我晚上偷偷哭泣，懂事的女儿开国看到我哭，也跟着哭。我忧心如焚，天天写信叫他珍重。他每封回信总说"平安无事"，叫我保重，管教好孩子。

陈端心中坦荡，相信党总会有一天会还他清白。1962年，他终于被彻底平反。陈端对父母亲极其孝敬，对同胞姐妹关怀备至，对战友乡亲体抚友爱，总是尽力给予资助。

1948 年，开封解放。当年年底，陈端就将母亲接来。每天在百忙中下班回来，不管时间多晚，他必到老人身边看望，还亲自为母亲倒尿、洗脚，并将他分得的战利品、戴在手上多年的手表卖掉，给母亲买了件较好的皮袄。他说："千经万典孝为先。"

1954 年，我作为 10 年老兵、正连级干部转业，发了 204 元转业费。陈端全部交给弟弟修房、还债。

多年来，陈端多次资助曾经掩护我们的老区群众，还为战友、乡亲看病买药。他说，钱财如粪土，仁义值千金。

陈端教子女要勤于学习。他说，有书不读便是愚。要求做任何事情都要不怕苦不怕累，脚踏实地，取信于人。宁可人负我，切莫我负人。一生之计在于勤。

他更多的是身教，严于律己。我们家孩子生活一直很艰苦，那时吃的是粗茶淡饭，穿的大都是自己做的衣服，磨破了就打个补丁，穿着补丁摞补丁是寻常事。

"文革"后期，我家三个孩子下到农村劳动，是军区第一家。孩子们在下乡和工作中，曾被评为模范共产党员、劳动模范、模范干部、先进工作者，其中两个孩子荣立了三等功。

陈端离休后，不是超然物外，颐养天年，而是依然执着地关注世界风云变化，心系党和国家的今天和明天。他对党风建设问题最为关心，对因贪污腐败、蝇营狗苟滋生而严重侵蚀我党深恶痛绝。他说："我们革命就是为了把权力从腐败的国民党手里夺过来，建设好国家，为人民谋利益。如果革命者用权力谋私，那就有悖于当初革命者的初衷，先烈有知，英魂何安！"

他牵挂人民群众疾苦，坚持不断地向灾区、社会公益事业捐助，受到赞扬。他热爱祖国壮丽河山，足迹遍及大江南北。他每天读书看报、写字，渴求新知识。

1987 年 7 月，陈端毕业于河南老年大学。他认为，人要活到老，学到老。读书、看报可以了解社会动态，提高生活质量。他说："有位民主党派人士讲，谁能打倒共产党？谁也不能打倒共产党！只有共产党内部腐败才能不打自倒。这句话听着刺耳，然而却切中要害。在新的历史时期，我们共产党人要认真学习，永葆青春。"

对于过去受过的磨难，他都付之一笑。

耄耋之年，他还被评为"先进老干部"。最后，写几句不成文的顺口语，再表我心迹。

> 五十五载共命运，戎马倥偬结同心。
> 浴血奋战鄂西北，驰骋沙场黄河滨。
> 金柱护君饮枪弹，胞弟青春血染尘。
> 九死一生幸存者，欢欣雀跃绘新篇。
> 党的政策牢掌握，带头执行永向前。
> 舍身忘我护长城，实绩斐然不计功。
> 人生一世无坦途，革命路上荆棘丛。
> "左倾"错误遭磨难，撤职查办身致残。
> 妻哭湿枕泪洗面，日日家书慰君寒。
> 君心泣苦口不言，封封回信报平安。
> 胸怀坦荡坚信党，平反昭雪喜团圆。
> 天安门上思先驱，英雄碑前吊英灵。
> 韶山冲瞻主席君，梅园村仰总理容。
> 慈母冤魂儿抱憾，忍辱负重心放平。
> 瑞金医疗手术日，提心吊胆履薄冰。
> 郑州邙山瞰黄河，山海关前登长城。
> 跨越长江三峡险，船头露餐漓江行。
> 榆林海港登军舰，天涯海角漫沙滩。

北京故宫博物院，西安秦岭兵马俑。

北戴河下海遨游，鼓浪屿上日光岩。

锦绣中华美如画，落英缤纷梅花园。

耄耋之年学不倦，耕耘劳作身心健。

时刻铭记党宗旨，民富国强艳阳天。

2001 年 10 月 20 日写于郑州

好一家人　好一个家

——阅李广文《伟大的时代，平凡的经历》有感

出生滹沱寒门院，十岁领衔儿童团。

生死关头保党干，不畏倭贼刀架肩。

群众大会得表彰，人小骨硬好少年。

带领青救抗日会，又率民兵据点端。

配合主力扫敌寇，解放饶阳满城欢。

毅然参军入八路，转战万里大河山。

剿匪反霸进辽西，冰天雪地战犹酣。

昼搜夜袭气如虹，饥寒劳苦只作甜。

辽沈战役打尖锋，郑家屯率前卫连。

身负弹伤拼火线，勇克强敌奇功建。

天津沈阳忙城防，挥师南下奔湖南。

英德新街京广线，铁道卫士保平安。

组建高炮坦克团，军政要职一身兼。

捷登海岛巡逻舰，飞截走私抓特嫌。

对空掩护天作房，汕头钵子饭同餐。

主抓军训大练兵，总结经验重实战。

头版头条上军报，屡立新功威绵延。

"文革"派性挑武斗，"三支两军"赴桂黔。

安民转粮七十万，抗洪救灾到中原。

率士救人两千七，总参总政奖令传。

团职岗位十六春，师级履命十八年。

鹤首解甲亦无憾，富国强兵已偿愿。

家有贤妻邵志新，为人师表是模范。

高级教师造诣深，言传身教桃李妍。

谦虚谨慎明大义，尤对子女管教严。

家有好男李晓星，胸怀宽广智勇全。

投身对越反击战，敢打敢拼智非凡。

名实相符讲贡献，十次立功着先鞭。

优秀士兵晋将军，各项任务俱领先。

带兵躬行重使命，五评优秀指挥员。

国殇四川大地震，第一时间急驰援。

历尽艰险钢铁汉，百日坚持第一线。

心中唯有乡亲重，哪管病魔身躯缠。

忠国孝亲德行好，令人倚重常挂牵。

闻知组织论功赏，主动请辞免升迁。

功名利禄皆云烟，但图此生心坦然。

家有好女名李娟，白衣战士非等闲。

专家更带博士生，论文登载百余篇。

救死扶伤人为本，医德高尚屡评先。

特殊贡献新功建，"非典"请战冲前沿。

总后传令受嘉奖，评为优秀好党员。

好人好事好家庭，红色传统诗千篇。

堪称代代子弟兵，无愧个个好儿男。

2009 年金秋

（《老战士之家》登载）

好一家人

致杨炬大姐

亲爱的大姐：

您好！

在您一直以来的悉心关爱、鼓励和支持下，我的这本文集《抗战女兵的传奇今生》终于完稿了。特附上书目，敬请审阅。

时光胜箭。屈指数来，经回顾收集、采访整理、动笔润色，等等，等等，我竟足足做了25年的功课。

期间，《解放军报》登载的题为"战火中三遇王树声大将""王树声坚守空山坝"等文您已收阅。

令我深为感恩的是，您不顾年事已高，多年来与我保持着书信和电话往来。每每出书，您必亲笔题名寄给我。您在北京的家中与我亲切会面，又委托女儿四毛多次前来郑州，到我的家中问候。只可惜，20世纪60年代，老首长王树声大将托人送我的珍贵纪念章，因"文革"动乱而未能如愿收到……

亲爱的大姐！我记得您长我10岁，今年已步入98岁高寿，连我也是88岁的人啦。真好啊，因为我们的心总还是那么年轻！

衷心祈愿大姐健康，幸福，长寿！

温 敏

2018年9月5日

杨炬复温敏

温敏同志：

你好！

2018年9月5日来函收悉。得知你所著《抗战女兵的传奇今生》一书已完成，我亦看过书目，也看过了书中收入的部分文章。我非常欣慰。特向你致贺！

你作为一名13岁参加八路军、14岁加入中国共产党，先后经历了残酷的战争年代和复杂的和平年代的考验，并以88岁高龄坚持笔耕不辍，难能可贵。

特向你致谢！

杨　炬

2018年9月8日